Into
Alzheimer's

알츠하이머 속으로

이바하 장편소설

차 례

30여 년 전.

달빛마저 검은 구름에 가려진 늦은 밤. 어둠에 젖은 서늘한 한 겨울 바람만이 저수지 앞에 서 있는 남자와 함께하고 있다.

군 입대를 앞둔 듯 짧은 머리를 한 앳된 얼굴의 남자는 검은 늪처럼 보이는 시커먼 저수지로 빨려 들어가는 차를 우두커니 서서 바라보고 있다. 차가 물속으로 완전히 잠기자 바글대는 물거품과 함께 잔물결이 일렁거렸다. 남자의 눈에 그 모습은 먹잇감을 삼킨 물속 괴물이 트림을 하는 것처럼 보였다.

차가 물속으로 완전히 잠기자 남자는 비로소 한겨울 추위가 느껴졌다. 주먹 쥔 채로 있던 두 손을 모아 입김을 후후 불며 담배를 꺼내 물고 불을 붙였다. 깊이 빨아들인 후 내뿜은 흰 연기가 찬바람에 휩쓸리며 순식간에 사라졌다.

깊게 빤 담배가 남자의 머리를 띵하게 했다. 그 덕분에 방금 지옥을 경험한 듯한 기분이 잠시 진정되었지만 남자는 여전히 빙빙 돌고 있는 시뻘건 지옥의 불구덩이 가운데 서 있는 기분이었다.

몇 모금 빤 담배를 발로 비벼 끈 후 주위를 둘러보았다. 초승달마저 구름에 가려져 주위는 시커먼 어둠뿐이다. 남자는 어둠이 짙은 먼 곳까지 시선을 뻗어 샅샅이 훑었다. 자신을 지켜보는 사람은 없는 듯했다. 갑자기 추워진 겨울밤에 저수지 올 사람은 없을 것이다. 남자처럼 다른 목적이 있지 않은 한.

남자는 굳어있던 발을 움직였다. 어둠 속을 걷는 남자는 지금 걷는 이 어둠의 길을 영원히 벗어나지 못할 것만 같은 두려운 예감이 들었다. 나는 오늘 일어난 일을 잊을 수 있을까.

남자는 자신의 손에 서늘한 살인의 전율이 떨어지지 않고 달라붙어 있는 것 같은 기분에 더러운 오물을 털어내는 것처럼 두 손을 거칠게 툴툴 털었다. 몇 번을 그렇게 턴 두 손을 바지 주머니에 넣었다. 주머니에 넣었던 오른손이 놀란 것처럼 곧바로 주머니 밖으로 나왔다.

걸음을 멈춘 남자는 굳은 표정으로 물끄러미 손바닥을 바라보다 손을 말아 다시 주머니에 넣었다. 지금 주머니에 있는 것이 다시 세상 밖으로 나오지 않기를 바라면서 남자는 다시 걸음을 옮겼다.

제1장

기억의 시작

기억의 꽃은 우연히 또는
자극에 의해 피어난다.
가끔 다른 기억의 향기가
혼란스럽게 하기도 한다.

연자는 시베리안 허스키 모양의 큼지막한 강아지 인형을 품에 안고 드라마가 나오는 텔레비전에 시선을 고정한 채 앉아 있다. 텔레비전과 팽팽하게 묶여있는 것처럼 움직임이 없던 연자의 시선이 느슨하게 풀어지며 거실 주위를 어루만지듯 움직였다.

여기가 어디지? 내 집인가. 그나저나 우리 동동이 밥 줘야 하는데.

순간 집 안을 어슬렁거리며 돌아다니는 남자가 연자의 눈에 들어왔다. 누구지? 처음 보는 남자인데.

"엄마, 저녁 드셔야죠? 동동이도 저녁 먹어야지?"

엄마? 내 아들인가. 동동이를 알고 있는 걸 보면 아들이 맞는 것 같은데. 그런데 내 아들이 언제 저렇게 나이를 먹었나. 큰애는… 얼마 전 군대 갔는데.

집 안을 돌아다니는 남자를 계속 따라다니던 연자의 시선이 남자가 들어간 방에서 멈췄다. 문 앞에 서 있는 거무스름한 형체. 그것을 본 연자의 눈이 빠르게 깜박거렸다. 그러자 거무스름한 형체가 조금씩 모습을 드러냈다. 그것은 검은색 코트를 입고 등을 보이고 서 있는 남자였다. 남자를 본 연자의 심장이 벌떡벌떡 뛰기 시작했고, 강아지 인형을 안고 있는 손도 부들부들 떨리기 시작했다.

그 사람이다. 저 사람은 죽었는데.

- 그래. 죽었지. 누가 죽였지?

내가… 그랬어. 내가 죽였어.

- 정말 네가 죽였어?

그래, 내가 그랬어. 저 사람, 나와 내 아들을 죽이려고 다시 온 거야.

소파에서 천천히 일어난 연자의 시선이 주방으로 이동했다. 도마 위에 놓여 있는 칼이 연자의 시선을 왈칵 끌어당겼다.

*

봄이 왔나 싶더니 어느새 긴팔 티셔츠가 거추장스럽게 느껴질 정도로 날이 따뜻했다. 휠체어를 미는 인태의 이마에 맺힌 땀방울이 볼을 타고 흘러내렸다. 횡단보도 앞에 선 인태는 주머니에서 꺼낸 손수건으로 이마에 맺힌 땀을 꼭꼭 찍어 눌렀다.

"다음에는 공원 말고 다른 데 갈까요?"

아파트 출입구로 이어지는 횡단보도 앞에 서 있는 인태는 휠체어에 앉아 있는 연자의 귀에 대고 물었다. 다정하게 묻는 인태와 달리 멍한 눈동자로 앞을 보고 있는 연자는 그래, 라고 대답했다. 아무런 감정이 없는 메마른 말투다. 알츠하이머 치매 환자인 연자에게 '지금 절벽에서 밀까요?'라고 물어도 그래, 라고 대답할 것이다.

횡단보도를 건넌 연자의 휠체어가 아파트 단지 출입구를 지났다. 이 아파트는 지은 지 오래된 아파트다. 거주자 대부분도 중년 이상으로 20, 30대는 손에 꼽을 정도다. 어린 아기의 울음소리는 고사하고 까르르 웃는 아이들의 웃음소리도 듣기 힘들다. 그러다 보니 아파트 주위에 개나리가 흐드러지게 만발한 봄이 와도 아파트에는 생기가 없고 낙엽 떨어진 늦가을처럼 적요하다. 그래도 생기가 넘치는 게 없는 것은 아니다. 재건축을 하네 마네 하는 이야기가 돌면서 요란스레 들썩이는 집값만큼은 으쓱으쓱 어깨춤을 추고 있다.

"어르신, 마실 다녀오셨어요?"

경비실 앞을 청소하던, 나이로 봐서는 연자와 별 차이 나지 않아 보이는 경비원이 경비실 앞을 지나가는 연자에게 인사를 건넸다. 인태도 경비원에게 가벼운 목례를 했다. 경비원은 수고한다면서 인태에게도 상냥하게 인사를 건넸다. 경비원은 인태를 요양보호사로 생각하고 있을 것이다. 이 아파트에 연자를 아는 사람이라면 인태를 아들로 생각하는 사람은 아무도 없다. 인태 역시 그것을 바라지 않는다. 인태에게 이곳은 버스 정류장처럼 잠시 머물다 타야 할 버스가 오면 떠나야 하는 그런 장소다.

엘리베이터에서 내린 인태는 휠체어에 탄 연자와 함께 502호 앞에 섰다. 도어록을 누르려고 하는데 복도를 걸어오는 50대 중후반 정도로 보이는 남자가 연자에게 인사를 건넸다.

"안녕하세요, 어머니."

505호에 사는 남자다. 한 달 전 즈음 이사 온 남자인데 마주칠 때마다 살갑게 웃는 얼굴로 인사를 건네는 싹싹한 남자다. 이 남자가 이사 오기 전 505호에는 모녀가 살았다. 딸이 유학을 가는 바람에 여자는 지방에 있는 홀어머니와 산다며 이사를 갔고, 여자의 오빠라는 이 남자가 이사를 왔다. 이혼을 했는지 원래 미혼인지 남자는 혼자 살고 있다. 혼자 사는 홀아비 티를 내지 않으려는 듯 항상 거리감이 느껴질 정도로 단정한 모습인데 오늘은 출근할 때 입는 정장이 아닌 청바지의 캐주얼 차림이었다. 그래서인지 십 년은 젊어 보였다. 인태는 남자에게 가벼운 목례를 하며 말을 건넸다.

"오늘은 출근 안 하셨나요?"

"몸이 안 좋아서 월차를 냈습니다. 병원에 좀 가려고요."

남자는 인태에게 인사를 건네고 자리를 떴다.

문을 열고 집 안으로 들어간 인태는 연자의 손을 잡고 일으킨 후 현관 옆에 기대있는 지팡이를 건넸다. 지팡이를 잡은 연자는 거실 바닥을 두덕거리며 소파로 걸어가 풀썩 주저앉았다. 휠체어를 접어 현관 옆에 두고 거실로 들어온 인태는 텔레비전 옆에 놓여 있는 리모컨을 집어 텔레비전을 켰다. 드라마가 나오는 채널을 고정하자 '동동'이라고 부르는 강아지 인형을 안고 있는 연자의 시선이 텔레비전에 고정되었다. 어린애나 애가 된 노인이나 동영상에 정신 팔리는 것은 똑같다.

연자의 하루는 먹고 싸고 멍하니 앉아 있다가 잔다. 순서만 바뀔 뿐 이 행동의 반복이다. 본능의 반복인 셈이다. 알츠하이머 치매에 걸린 인간의 모습으로 생각은 없고 짐승처럼 본능만 남았다. 인태는 그런 연자의 모습을 보고 있으면 어느 날은 안쓰럽기도 하고, 또 어느 날은 같은 인간이라는 게 혐오스럽기도 했다. 그 혐오에는 자신의 미래도 저럴지 모른다는 두려움이 내재되어 있을지도 모른다.

그나마 다행인 것은 연자가 얌전하다는 점이다. 치매에 걸린 후 폭력 성향이 심하게 나타나는 노인들도 있다는데, 만약 연자가 그랬다면 인태도 연자를 돌보는 데 애를 많이 먹었을 것이다.

연자가 먹을 간식을 준비하려고 주방으로 가는데 텔레비전 옆에 있는 집 전화가 울렸다.

"형, 오늘 저녁에 볼까?"

연자의 친아들인 지안이다. 인태는 지안과 약속 시간과 장소를 정하고 통화를 마쳤다. 다시 주방으로 가던 인태는 걸음을 멈추고 자신의 방으로 시선을 던졌다.

*

편의점에서 숙취해소 음료를 산 지안은 가로등 불빛이 쏟아져 내리는 편의점 앞의 파라솔에 앉아 캔커피를 마시고 있다. 고개를 뒤로 젖혀 캔에 남은 커피를 마실 때 휴대전화가 울렸다. 아내의 전화다. 아내는 현재 외국에서 아들과 함께 생활하고 있다. 지안은 흔히 말하는 기러기 아빠다.

"퇴근했어?"

아내가 전화할 때마다 하는 첫 질문이다. 오늘도 변함이 없다.

저녁은 뭐 먹었어? 아픈 데는 없지? 거기 날씨는 어때? 등등 많은 데 한결같다. 한국에서 같이 살 때도 그랬다. 아내는 지안이 퇴근할 무렵에 전화를 했고 그때마다 '언제 퇴근해?'가 통화의 시작이었다. 두 번째 질문은 어머니 안부를 묻는 것이다. 이 순서를 벗어난 적이 없으니까.

"뭐 좀 살 게 있어서 집에 들어갔다가 잠깐 밖에 나왔어."

"어머니는?"

"그렇지 뭐."

아내의 질문처럼 지안의 대답도 모범답안처럼 정해져 있다. 그렇지 뭐, 별일 없어, 그냥 그래, 이런 대답들이 그날 지안의 기분에 따라 바뀐다.

"어머니를 요양원에 보내야 당신이 편할 텐데. 다시 보내지 않을 거야?"

"당분간은 내가 이렇게 모셔야지. 지금보다 더 안 좋아지시면 그때는 어쩔 수 없고."

"요즘 자기 너무 뜬 거 같아. 스타로 사는 기분이 어때?"

아내가 대화 소재를 바꾸며 장난 섞인 말투로 물었다. 무표정하게 말하던 지안의 입가에 옅은 미소가 번졌다. 좀처럼 아내와 통화할 때 생기지 않는 미소다.

"스타는 무슨. 잠시 바람 쐬는 거지 뭐."

지안은 퓨전 레스토랑의 총괄 셰프로 일하는 요리사다. 평생 방송에 출연할 일이 없을 지안은 우연한 계기로 2년 전부터 방송에 출연하고 있다. 지안의 레스토랑에 자주 오는 여자 손님 중에 방송국 예능프로그램 작가가 있었다. 멀끔하고 서글서글한 외모의 지안을 본 그녀는 자신이 작가로 일하는 요리하는 방송에 몇 번 출연을 시켰는데 반응이 좋았다. 그 후 다른 방송에도 출연을 하게 되었고, 최근에는 두 개의 방송에 고정으로 출연하고 있다. 방송 출연 요청이 더 있지만 레스토랑 업무에 지장이 있어 출연을 고사하고 있을 정도로 상종가다.

방송 출연의 효과는 예상한 것보다 대단했다. 지안이 방송 출연 후 레스토랑 매출이 두 배 가까이 증가한 것이다. 사업 수완이 좋은 지안의 친구이자 레스토랑 대표인 재윤은 레스토랑 음식을 집에서 간단하게 만드는 콘셉트로 유튜브 채널까지 준비 중이다.

중학생인 아들 이야기를 마지막으로 지안은 아내와 통화를 마쳤다. 휴대전화로 시간을 확인한 지안은 테이블 위에 놓여 있는 숙취해소 음료를 들고 자리에서 일어나 아파트로 향했다.

요양원에 있던 연자를 집으로 데리고 온 것은 석 달 전이다. 좀체 전화를 하지 않는 요양원 원장이 상의할 일이 있다며 지안에게 전화를 했다. 바로 다음 날 지안은 요양원으로 가서 환갑을 바라보는 후덕한 인상의 여자 원장과 마주 앉았다. 원장은 심각한 얼굴로 최근 연자의 이상 행동을 언급했다.

별문제 없이 조용히 생활하던 연자가 얼마 전부터 밤만 되면 죽여 버리겠다고 고래고래 소리를 지르고, 집으로 가야 한다며 난리를 친다는 것이다. 이런 내용을 전해 들은 다른 환자들 가족들이 불만을 토로하는 바람에 원장은 난감하다며 머쓱한 웃음

을 지었다. 원장이 대놓고 말은 하지 않았지만 요양원에서 연자
가 나갔으면 하는 속마음이 말투와 얼굴에 얼비쳤다. 달리 방법
이 없었다. 자신의 어머니 때문에 요양원에 있는 다른 노인들에
게 피해를 줄 수는 없는 일, 결국 지안은 연자의 짐을 싸서 집으
로 돌아왔다. 집으로 돌아와 짐을 풀며 소파에 앉아 있는 연자에
게 물었다.

"왜 그러셨어요?"

"무~ 얼?"

연자는 텔레비전에 시선을 고정한 채 무심히 대답했다.

"요양원에서 난리를 치셨다면서요."

"그 사람이 자꾸 나타나서 그랬어."

"그 사람이 누군데요?"

"내 남편. 그 인간이 요양원에 찾아왔어. 나를 죽이려고 온 거
야."

요양원에서 난리 친 이유가 이미 오래전 세상을 뜬 아버지가
나타난다는 망상 때문이라니. 지안은 연자가 집에서도 그러면
어떻게 해야 하나 걱정을 했지만 집으로 돌아온 연자는 요양원
에서 그런 일이 있었다는 게 믿기지 않을 정도로 이상증세 없이
안정적으로 생활했다.

연자가 집으로 온 후 중년의 요양보호사를 고용했다. 지안이
퇴근할 때까지 요양보호사 아줌마가 연자를 돌봤고 퇴근 후에는
지안이 돌봤다. 치매에 걸린 부모를 모시는 일이 남 일이라고 생
각했었는데 막상 자신에게 닥치자 정신이 없었다. 개인적인 일

을 보는 것은 거의 포기해야 했다. 한 사람은 자신을 잃어가고 또 다른 사람은 자신의 시간을 잃고 있는 상황이었다.

연자가 치매 판정을 받은 것은 십여 년 전이다. 평생 건강할 것만 같았던 연자가 알츠하이머 치매 판정을 받게 되자 지안의 평온한 삶에 변화의 조짐이 꿈틀대기 시작했다. 변화의 시작은 아내였다. 지안에게 연자의 치매 사실을 들은 아내는 기다렸다는 듯 즉각적인 반응을 보였다.

"어떻게 하려고? 설마 모시고 살겠다는 건 아니지?"

아내는 어렸을 때 함께 살던 친할머니가 치매에 걸려 어머니가 힘들어한 것을 직접 경험한 사람이었다. 가족 모두가 힘들었다고 했다. 그래서인지 아내는 결혼 전부터 시부모든 친정 부모든 치매에 걸리면 요양원에 보내겠다는 말을 자주 했다. 겪어보지 않은 사람은 모른다면서 그 누구든 절대 함께 살 수 없다고 결혼 전부터 진하고 굵은 선을 그었다.

연자의 치매 사실을 전한 날, 아내는 '그때 우리 가족들이 얼마나 힘들었는지 알아?' 라고 시작하며 과거에 했던 말들을 다시 반복했다.

가족 중에 치매 환자가 한 명 생기면 환자 뒤치다꺼리는 가족 모두가 공동으로 감당해야 하는 것이고, 가족이 함께한다고 해도 고통은 분담되지 않고 더 커지는 거라고, 환자를 향한 가련함과 애틋함은 환자가 죽은 후에나 생긴다며 아내는 설교하듯 말했다.

"그러니까 어머니 요양원으로 보내자. 그리고……"

아내는 한술 더 떠 아들의 유학 이야기를 꺼냈다. 아들의 유학도 아내가 연애 시절부터 자주 했던 말이었다.

"내가 왜 당신이랑 결혼했는데. 당신보다 조건 좋은 남자들 많았어. 그런데 결혼 이야기가 오갈 때 즈음 내가 자식은 외국에서 교육시키겠다고 하면 다들 말이 바뀌더라고. 대학이면 모를까 그 전에 유학은 안 된다고. 당신만 내 계획에 지지를 했어. 그래서 결혼한 거야."

아들이 유치원에 다닐 때 유학 이야기를 꺼내며 아내가 한 말이다. 지안과 결혼한 이유를 직설적으로 말하는 아내의 말에 내심 기분이 상했지만 지안 자신이 내뱉은 말이었기에 달리할 변명이 없었다. 연애 시절 아내가 그냥 하는 말로 생각해 별생각 없이 지지한 상황을 실제로 맞닥뜨릴 줄은 몰랐다.

"중학교는 늦어. 지금 가야 해. 그렇지 않아도 이야기를 하려고 했는데 말 나온 김에 오늘 결정 내자."

언제부터 준비를 했는지 아내는 유학 관련 서류를 지안 앞에 한가득 풀어놓았다. 아내는 이미 유학원에서 상담도 받았고 학교까지 점찍은 상태였다. 그동안 수집한 정보와 자료를 내밀며 장황설을 늘어놓은 아내는 지안의 허락을 구하는 표정이 아닌 상급자가 하급자에게 통보하는 표정이었다. 지안이 반대하면 이혼도 불사할 것 같은 분위기에 결국 지안은 아내의 고집에 두 손을 들었다. 그렇게 든 두 손이 작별 인사로 이어졌고 홀로 남게 되었다. 해가 몇 번 더 바뀌면 기러기 아빠의 생활이 10년이 된다. 혼자라는 외로움과 치매에 걸린 어머니를 돌보는 사이 지안은 지쳐갔다. 방송 출연이라는 새로운 경험을 하지 않았다면 벌써 제풀에 지쳐 쓰러졌을지도 모른다.

지안은 편의점에서 산 숙취해소 음료를 손에 들고 엘리베이터 앞에 섰다. 위층에서 내려온 엘리베이터의 문이 열리자 검은색 야구 모자를 쓴 젊은 여자가 내리며 지안의 옆을 스쳐 지나갔다. 기분 좋은 옅은 화장품 향기가 코끝에 잠시 맴돌다 사라졌다.

엘리베이터에서 내린 후 복도를 걸어가는 지안은 자신이 조금 전에 나온 502호 현관문이 살짝 열려있는 것을 발견했다. 집에서 나올 때 지안의 발에 걸렸는지 슬리퍼 하나가 현관문 틈 사이에 끼어 있었다.

문을 열고 집 안으로 들어갔다. 연자는 늘 그렇듯 거실 소파에 앉아 텔레비전을 보고 있었다. 불 꺼진 작은 방으로 시선을 돌린 지안의 눈앞에는 살풍경스러운 광경이 펼쳐져 있었다. 갑자기 빨라진 심장박동과 피부에 오른 소름, 지안의 몸 안과 밖이 동시에 시각적 충격에 반응했다. 지금 집 안에 있는 세 사람은 각자 다른 세상에 있는 사람들이었다.

*

강력계 형사인 라인은 조사를 받기 위해 자신 앞에 앉아 있는 지안을 물끄러미 바라보았다. 텔레비전을 즐겨보지는 않지만 식당에서 식사할 때 지안이 나오는 프로그램을 짧게나마 몇 번 본

적이 있다. 텔레비전에서 본 지안은 여느 연예인 못지않게 세련되고 멋졌다. 그러나 지금 자신 앞에 어깨를 축 늘어뜨리고 풀이 죽은 채 초점 잃은 눈빛을 하고 앉아 있는 모습은 같은 사람이 맞나 싶을 정도로 전혀 다른 모습이었다.

사건이 접수된 시각은 밤 11시 직전, 지안은 자신의 어머니가 사람을 죽인 것 같다며 다급한 목소리로 신고를 했다.

라인이 사건이 발생한 아파트에 도착했을 때 노인 한 명이 거실 소파에 앉아 있었고, 불이 꺼진 방에는 등에 칼이 꽂힌 남자가 쓰러져 있었다. 특이한 점이라면 피해자가 5월 중순에 겨울 코트를 입고 있었다는 점이었다. 남자는 곧바로 병원으로 옮겼으나 이송 중 사망했다. 지안은 자신이 편의점에 다녀온 사이 어머니가 피해 남성인 강인태를 살해한 것 같다고 말했다.

피의자는 송연자, 올해 78세. 피해자는 51세의 강인태. 피해자 강인태는 과실치사로 3년 6개월을 복역한 후 6년 전에 출소했고 가족은 없다.

사건 직후 라인과 하 형사가 피의자인 송연자를 조사하려고 했지만 그녀는 조금 전 자신이 저지른 행동에 아무런 기억이 없었다. 한눈에 봐도 중증 치매 환자였다. 어쩔 수 없이 연자의 아들인 지안을 조사했다. 먼저 가해자와 피해자, 두 사람의 관계부터 알아야 했다.

"인태 형은 어렸을 때부터 우리 가족과 가까운 사이였습니다. 인태 형이 어머니 집에 같이 살게 된 건 한 달이 좀 안 되고요. 카센터에서 일하던 인태 형이 지방으로 내려가는데 그 전에 잠시 어머니를 돌봐준다고 해서 그렇게 한 겁니다. 그 덕분에 저도 일하는 데 편했고요."

"요양병원이나 요양원에 보내지 않고 왜 피해자에게 맡기셨나요?"

라인 옆에 앉아 있는 하 형사가 물었다. 지안은 요양원에서 있었던, 나올 수밖에 없었던 사정을 설명했다. 라인과 하 형사는 이해가 간다는 듯 고개를 끄덕였다.

"사건이 일어나기 전 상황을 말씀해 주시죠."

라인의 말에 지안은 한숨을 크게 내쉰 후 입을 열었다.

"어머니 치매가 시작된 것은 십수 년 전입니다. 지금은 중증이고요. 최근에는 저도 못 알아보십니다."

지안은 사건 전후 상황을 메모한 것을 읽는 것처럼 조목조목 말했다. 지안은 어머니를 돌보는 인태가 고마워 인태와 저녁 식사를 약속했고, 퇴근 후 아파트에서 멀지 않은 음식점에서 만난 두 사람은 한 시간 반 정도 지난 뒤 나와 연자의 집으로 갔다. 두 사람이 음식점에서 마신 술은 소주 두 병. 지안이 반병 정도 마셨고 나머지는 인태가 마셨다.

집에 들어오자 인태가 숙취해소 음료가 마시고 싶다고 해서 지안은 다시 집에서 나와 편의점으로 갔다. 숙취해소 음료를 산 후 편의점 앞에서 캔커피를 마시며 아내와 잠시 통화를 한 후 다시 집으로 돌아왔고, 사건은 이미 벌어진 후였다는 것.

지안의 설명을 다 들은 라인은 강인태와 집에 들어온 시각, 편의점에 간 시각, 다시 집에 돌아온 시각을 물었다. 기억을 더듬는 듯 눈을 깜박이던 지안은 휴대전화를 꺼내 편의점에서 사용한 카드결제 발송 문자와 아내와 통화 시각을 확인하며 라인이 질문한 각각의 시각을 어림잡아 대답했다.

"그런데 피해자가 왜 겨울 코트를 입고 있었을까요?"

라인은 사건 현장에서 피해자를 보았을 때 들었던 의문을 물었다. 라인의 질문에 지안도 그 부분이 이상하다고 생각했는지 고개를 갸웃거리며 잘 모르겠다고 말했다.

"알겠습니다. 병원에서 송연자 씨 정밀 검사를 한 후 다시 조사를 할 겁니다. 그때 연락드리겠습니다."

자리에서 일어난 지안은 가벼운 목례를 한 후 사무실에서 나갔다. 라인은 문을 열고 나가는 지안의 뒷모습을 물끄러미 바라보았다. 지안이 문을 닫고 사라지자 옆자리에 앉아있는 하 형사가 기다렸다는 듯 물었다.

"선배님, 김지안 셰프가 의심스럽지 않으세요?"

"하 형사는 김지안이 의심스러워?"

라인 역시 지안이 의심스러운 것은 사실이었다. 하 형사는 라인이 생각하는 것과 같은 것을 말했다.

"치매를 앓는 노인 혼자서 남자를 살해하는 게 쉽게 납득되지 않아서요. 피해자가 정신을 잃을 정도로 만취한 경우가 아니라면 말이죠. 게다가 피해자가 겨울 코트를 입고 있는 것도 이상하고."

피해자 강인태는 170㎝ 조금 넘는 키에 보통 체격의 남자다. 중증 치매인 노인 혼자서 살해했다는 것에 의문이 갈 수밖에 없다. 게다가 최근 며칠 동안은 완연한 봄 날씨였다. 집 안에서 겨울 코트를 입고 있는 것은 분명 부자연스럽다. 새로 산 옷이 맞나 입어보았다는 게 그나마 합리적인 추측이다.

경찰서 내 숙직실에서 잠을 잔 라인과 하 형사는 아침 식사를 하기 위해 경찰서 문을 나섰다. 문을 나서자마자 익숙한 목소리가 기다렸다는 듯 라인의 등 뒤에서 들렸다.

"이라인 형사님, 오랜만이네요."

넉살 좋은 미소를 얼굴에 한가득 지은 남자가 라인에게 다가왔다. 그는 라인과 남다른 인연이 있는 정이학 기자다. 한동안 보이지 않더니 이렇게 이른 시간에 무슨 일로.

반갑지 않은 손님이지만 라인도 억지 미소를 지으며 오랜만이라고 인사를 건넸다.

"형사님, 김지안 셰프 어머니 사건 수사 중이죠?"

어떻게 그걸. 라인은 이학의 말에 흠칫 놀랐다. 이렇게나 빨리 냄새를 맡는 것도 대단한 재주다. 유명 셰프가 관련된 사건이니 기사로 올린다면 화제성은 분명 있을 것이다.

"벌써 그걸 알았어?"

"제가 별 볼 일 없는 기자처럼 보이겠지만 나름 여기저기 빨대들이 많습니다. 헤헤헤."

라인은 이학의 웃는 얼굴을 두 손으로 잡아당겨 흔들고 싶은 마음을 애써 누르며 경고성 말을 던졌다.

"이제 막 수사를 시작했어. 지난번 같은 그런 기사 올리지 마.

경찰들도 하지 않는 인권침해를 기자가 하면 안 되지. 클릭 유
도해서 돈 버는 거 내가 뭐라 할 거는 아니지만 상도덕은 지키자
고."

"에이, 그럴 일이 있겠습니까. 지난번 사건 때 크게 데서 그런
일은 없을 겁니다. 그나저나 사건 내용 좀 알려주시죠. 아주 조
금이라도."

이학은 닿을락 말락 하게 모은 엄지와 검지손가락을 라인의 얼
굴 앞에 내밀며 사정했다.

"방금 말했잖아. 이제 막 수사 시작했다고. 다음에 보자고."

말을 마친 라인은 바쁜 일이라도 있는 것처럼 이학 옆을 쌩하
니 지나갔다.

라인과 정이학 기자와 악연은 수년 전으로 거슬러 올라간다.
두 사람의 대화에서 나온 지난번 사건은 라인이 맡았던 사건이
었다.

술집에서 난투극이 벌어졌고 피해 남성은 심각한 상태였다. 가
해자는 유명 남자 연예인이었다. 피해 남성은 자신이 사귀던 여
자 친구가 그 연예인과 사귀게 되면서 이별을 통보했고, 그 분을
참지 못해 남자 연예인에게 따질 심산으로 그 연예인이 자주 가
는 술집에까지 찾아갔다. 취기에 시작된 말다툼이 결국 폭행으
로 이어졌다. 유명 연예인이 연관된 사건이라 곧바로 기사화가
되었고 어떻게 알았는지 헤어디자이너였던 여자의 신상이 인터
넷에 공개가 되었다. 그러자 남자 연예인의 팬들이 여자를 향한

무차별적인 온라인 공격을 가했다. 꽃뱀이니 갈보니 하면서 시작된 온라인 공격이 현실로까지 이어졌다. 그녀가 일하는 헤어숍에 크고 작은 테러가 발생한 것이다.

여자 신상을 유추할 수 있는 기사를 쓴 기자가 바로 정이학이었다. 여자가 일하는 헤어숍 이름이 적시되지는 않았지만 기사 내용을 보면 헤어숍 위치를 쉽게 알아낼 수 있었다. 이런 상황에 놓이자 여자는 극단적인 선택을 했지만, 다행히 가족들의 발 빠른 조치로 목숨을 건졌다. 이게 끝이 아니었다. 흔한 폭행 사건 정도로 마무리될 줄 알았는데 상황은 이상하게 돌아갔다.

인터넷과 SNS에서는 여자의 행동을 비판하는 사람들을 욕하는 젠더 갈등으로 이어졌고, 여자를 저렇게 만든 것은 언론이라며 선정주의에 매몰된 황색 저널리즘을 비판하기 시작했다. 이런 분위기가 되자 정이학이 몸담고 있는 언론사에서 사과문을 게시했다. 이후 언론들은 약속이라도 한 듯 사건을 수사한 경찰에게 비판을 가하기 시작했다. 같은 밥을 먹는 그들끼리 단결이라도 한 것인지 피해 여성의 신원을 기자에게 노출한 것이 사실은 경찰이라면서 경찰의 안이함을 비난하는 기사들을 일제히 쏟아내기 시작한 것이다. 결정적으로 담당 형사인 라인과 정이학 기자가 술집에서 만나는 것을 보았다는 목격자가 조작되어 등장하면서 하나로 모인 여론의 비난 물줄기는 결국 경찰에게 몰렸다.

사실 여부를 떠나 결국 그 사건 담당 형사였던 라인은 문책을 받았다. 라인은 억울했다. 하지도 않은 일이 사실로 둔갑해버린 것도 모자라 모든 비난이 자신을 향하는 현실이 믿기지 않았다.

그렇다고 라인이 마땅히 할 수 있는 것도 없었다. 일이 커지는 것을 염려한 경찰 수뇌부는 서둘러 라인을 징계했다. 결국 라인은 피해자의 신분을 노출한 책임이 있어 감봉 조치를 당했고, 이학도 자신이 근무하는 언론사에서 자체 징계를 받았다. 이 일을 계기로 라인은 언론에 반감 정도가 아닌 적대적인 감정이 생겼다.

'정 기자 저 자식은 아직 제대로 수사 시작도 안 한 사건을 어떻게 알았을까?'

경찰서 근처 식당에서 식사를 하던 라인은 하 형사에게 조금 전에 만난 이학 이야기를 꺼내며 자신이 언론에 가진 반감을 드러냈다.

"조금 전에 만난 그 녀석뿐만 아니라 다른 기자들하고도 가깝게 지내지 마. 좋을 거 하나도 없으니까."

"선배님이 많이 데이셨나 봐요."

"그때 일 생각하면 지금도 뚜껑이 열려. 특히 형님, 형님 하면서 꼬리 치는 놈들 조심해. 우리와 그쪽 사람들과는 가는 길이 달라. 물론 경우에 따라 저쪽 애들도 사건을 파기도 하지만, 우리는 범인 잡는 일을 하는 거고 저쪽 애들은 사건으로 돈 버는 일을 하는 거야. 언론이 사회의 공기라는 말은 옛날 독재에 저항하던 기자들에게나 했던 말이야. 지금은 그냥 돈에 환장한 장사꾼들일 뿐이지."

아침 식사를 마친 라인과 하 형사는 사건 현장인 송연자의 아파트로 향했다. 어젯밤에 현장 조사를 했지만 혹시라도 놓쳤을지 모를 단서를 환한 시간에 확인하기 위해서다.

라인은 어제 김지안을 조사한 후 치매 노인이 저지른 살인 사건을 찾아봤다. 그런 사건이 몇 건 있었다. 모두 우발적인 살인이었다. 치매라는 병의 특성상 계획적인 살인은 불가능하다. 이번 사건도 치매에 걸린 송연자가 저지른 우발적인 사건일 확률이 높다. 그렇지 않다면 누군가 계획한 것이고 당연히 그 누군가는 연자와 같은 공간에 함께 있었던 사람일 것이다.

라인은 이 사건이 정말 우발적으로 발생한 사건인지 의문이 들었다. 섣부른 추측은 금물이지만 본능이 그렇게 반응하는 것을 무시할 수도 없다. 수사를 더 해봐야 알겠지만 사건이 전체적으로 자연스럽지 않고 어색하다.

우발적인 사건과 계획적인 사건에는 분명한 차이가 있다. 범인의 행동 패턴도 다르고 현장에 남아있는 단서들도 다르다. 하지만 이 사건은 왠지 우발적인 사건과 계획적인 사건, 그 두 가지가 공존하고 있는 느낌이다.

계획적인 범행의 현장은 우발적인 범행보다 흔적이 상대적으로 적다. 이 사건에는 이상하다 싶을 정도로 피해자의 저항 흔적이 없다. 분명 치매 노인이 범인인 점을 생각하면 우발적인 사건인데 정황은 계획적인 사건처럼 보인다. 상반된 두 경우가 동시에 느껴지는 이유는 뭘까. 라인이 정리한 의문점은 세 가지 정도다.

첫 번째, 피해자 강인태가 입고 있는 겨울 코트. 왜 겨울 코트를 입고 쓰러져 있던 걸까. 옷이 잘 어울리나 확인하려고 입은 것이 그나마 가장 합리적인 추측인데 그게 아니라면 피해자 강인태 스스로 옷을 입을 이유는 없다.

두 번째는 구성원의 관계다. 어렸을 때부터 친한 형이라서 치매 환자인 어머니를 맡겼다는 지안의 말도 부자연스럽다. 가족도, 전문 요양보호사도 아닌 강인태가 지안의 모친을 돌본다? 분명 자연스럽지 않다.

세 번째. 신고자이자 연자의 아들인 지안이다. 이전에 발생한 치매 노인 사건의 경우 대부분은 사건 현장에 피해자와 가해자만 존재하는 경우였다. 이번 사건은 지안이 현장에 있었다는 점이다. 물론 그가 사건 발생 추정 시간에 편의점에 다녀왔다고는 하지만 그 시간이 애매하다. 사건 발생 전후의 경계에 그가 있는 것 같다. 그가 집을 비운 시간에 인태가 겨울 코트를 입었고 송연자가 살인을 했다…… 강인태가 정신이 온전한 상태였다면 그렇게 당한 게 의아하다.

아파트 단지에 도착한 라인과 하 형사는 사건이 발생한 집 안으로 들어갔다. 하 형사는 집 안 곳곳을 휘저으며 돌아다녔고, 라인은 인태가 쓰러져 있던 방의 문 앞에 섰다. 라인은 방바닥을 보며 그가 발견되었던 당시 모습을 떠올렸다. 등을 보인 채 바닥에 쓰러진 인태의 모습은 분명 거실에서 들어온 인물이 칼로 찌른 후 쓰러진 자세다.

지안의 진술대로 그가 편의점에 간 사이 사건이 발생했다면, 코트는 인태 스스로 입었을 확률이 높다. 옷을 입은 후 행거 옆에 있는 전신 거울 앞에 서서 옷이 어울리나 보고 있었을 것이다. 이때 송연자가 강인태 등 뒤에서 칼로 찔렀다. 대충 이런 상황일 것이다.

전신 거울을 보며 사건 상황을 생각하던 라인의 시선이 거울 옆에 있는 행거로 이동했다. 1단에는 옷걸이에 걸린 티셔츠와 바지, 점퍼 등이 촘촘하게 걸려 있고, 2단에는 입었던 옷을 벗어 던진 것으로 보이는 바지와 티셔츠 몇 벌이 제멋대로 걸려 있었다.

라인은 거실로 시선을 돌렸다. 어젯밤 라인이 이 집에 왔을 때 연자는 커다란 강아지 인형을 안고 소파에 앉아 있었고, 지안은 허탈한 표정으로 수사팀을 맞이했다. 그때 지안이 입고 있던 회색 재킷의 한쪽 허리 부분에는 핏자국이 있었다. 라인이 그곳을 유심히 바라보자 지안은 어머니가 만져 생긴 자국이라고 말했다. 소파에 앉아 있는 연자는 강아지 인형을 진짜 강아지처럼 품에 품고 쓰다듬으며 과자를 인형 입에 비벼대며 '맛있지?' 라고 혼자 중얼거리고 있었다. 한눈에 보아도 정상은 아니었다.

연자에게 다가간 라인은 한쪽 무릎을 꿇고 연자와 시선을 맞췄다. 연자는 응석이 묻어있는 시선으로 라인을 보며 "우리 동동이 예쁘지?"라고 말하며 헤 웃었다. 친구 집에 갔을 때 인형을 끌어안고 좋아라 하던 서너 살 된 아이의 표정이었다.

라인과 하 형사의 눈에 새롭게 들어온 것은 없었다. 연자의 아파트에서 나온 라인과 하 형사는 어젯밤 지안과 인태가 저녁 식사를 한 음식점으로 향했다.

음식점은 아파트에서 멀지 않았다. 걸어서 가도 10여 분 남짓 걸릴 정도의 거리였다. 음식점 주차장에 주차를 하고 차에서 내렸다. 겉으로 보기에도 제법 가격이 나갈 것 같은 고급 한정식 식당이었다.

라인과 하 형사가 음식점 안으로 들어가자 입구 앞에서 탁자를 닦던 30대 중후반으로 보이는 여자 직원이 어서 오세요, 하며 인사를 건넸다. 하 형사가 직원에게 신분을 밝히며 사장님을 뵙고 싶다고 하자 직원은 놀란 표정으로 사장님을 모시고 오겠다고 하면서 잰걸음으로 식당 안으로 들어갔다. 잠시 후 앞머리를 가지런히 뒤로 넘긴 중년의 남자가 홀로 나왔다.

"형사님들이 무슨 일로 오셨나요?"

사장은 서비스업 특유의 미소를 지으며 인사를 건넸다.

"사장님, 어제 김지안 셰프가 이곳에 왔었죠? 어떤 남자와 함께."

하 형사가 물었다.

"예, 그분 저희 가게 단골손님입니다. 남자분과 같이 오셨는데 무슨 일인지……."

사장은 호기심 어린 눈으로 라인과 하 형사를 번갈아 보며 물었다.

"조사할 게 있어서요. 어제 두 분이 어느 정도 술을 드셨나요?"

라인은 감시카메라 위치를 찾으려고 가게 천장을 둘러보며 물었다. 입구 앞 천장에 달려 있는 카메라가 카운터를 바라보고 있었다.

"제 기억에는 많이 드시지 않았던 것 같습니다. 확인해보겠습니다."

카운터로 들어간 사장은 모니터를 들여다보며 다시 말을 이

30

었다.

"소주 두 병 드셨네요."

지안이 진술한 것과 같다.

"나갈 때 두 사람 상태를 기억하시나요?"

카운터 앞에 선 하 형사가 물었다.

"셰프님은 원래 술을 많이 하지 않으시는 분이거든요. 같이 오신 분도 취하지 않으셨던 거 같습니다."

"사장님, 감시카메라 영상 확인할 수 있을까요?"

라인의 부탁에 사장은 떨떠름한 표정으로 알았다고 말하며 감시카메라 영상을 모니터에 띄웠다.

"여기네요. 확인하시죠."

사장이 자리를 비키자 라인과 하 형사가 모니터 앞에 섰다. 모니터에는 지안과 인태 두 사람이 같이 등장했다. 검은색 백팩을 멘 지안이 카운터에서 계산하는 뒷모습이 보였고, 인태는 출입문 옆 벽면에 걸려 있는 거울을 보며 머리를 매만지고 있었다. 계산을 마친 후 두 사람은 같이 나갔다. 인태가 만취 상태가 아닌 것은 확인됐다.

*

지안은 머리맡에 놓여 있는 휴대전화 벨소리에 놀라 눈을 번쩍 떴다. 지각이다. 침대에서 벌떡 일어난 지안은 벽에 걸려 있는 시계를 보았다. 출근 시간이 훌쩍 지난 시간이었다. 지안은 밤새 이런저런 생각을 하며 뒤척이다 잠을 설쳤다.

벨소리가 요란스레 울리는 휴대전화를 들어 액정을 보았다. 레스토랑 사장인 친구 재윤의 전화였다. 지각한 적이 단 한 번도 없는 지안이 출근하지 않자 전화를 한 것이리라.

"김 셰프, 아직 집이야?"

지안이 전화를 받자 씩씩하게 말하는 평소와 달리 재윤의 목소리가 차분했다.

"어, 신 사장. 미안. 어젯밤에……"

지안이 간밤에 일어난 일을 설명하려고 하자 재윤이 말을 막았다.

"조금 전에 형사들이 다녀갔어. 대충 이야기는 들었다. 천천히 와도 돼."

재윤의 목소리가 차분한 이유가 있었다. 형사들이 찾아왔다면 최근과 어제 지안에 대한 것들을 물어보려고 온 것이리라.

재윤과 통화를 마친 지안은 멍한 얼굴로 침대에 걸터앉았다. 간밤에 일어난 일들이 오래전 꾼 꿈처럼 아득하게 느껴졌다. 바닥에 쓰러져 있던 인태도, 소파에 앉아 있던 연자도, 불과 몇 시간 전 경찰서에서 조사를 받던 자신도 어제 일어난 일이라고 느껴지지 않을 만큼 까마득하게 느껴졌다.

침대에서 일어나 주방으로 나온 지안은 냉장고에서 꺼낸 생수를 마시며 집안을 둘러봤다. 지금 지안이 서 있는 집은 자신의 집이다. 인태가 한 번도 발을 들여놓은 적이 없는 이 집에 인태가 어슬렁거리며 돌아다니는 것 같은 기분에 지안의 시선이 기웃거리며 이곳저곳으로 움직였다.

지하 주차장으로 내려온 지안은 차에 오르기 전 현재 자신이 고정으로 출연하는 방송 프로그램의 작가에게 전화를 했다. 당분간 출연할 수 없다는 갑작스러운 지안의 말에 작가는 당혹스러운 듯 말하기 전 작은 한숨을 먼저 내뱉었다.

"셰프님, 갑자기 무슨 일인데요?"

지안은 어머니 사건을 솔직하게 말했다. 얼마 지나지 않아 알게 될 일을 굳이 숨길 필요는 없었다. 둘러댈 핑계가 마땅치 않기도 하고.

"아, 어쩌다 그런 일이. 알겠습니다, 셰프님. 사건 마무리되면 연락 주세요."

사건이 마무리되면 연락 달라는 작가의 마지막 말이 통화를 마친 후에도 지안의 귀에 계속 맴돌았다. 잘 마무리되는 게 뭐지. 엄마가 구속되는 거 아닌가.

지안은 지난밤 조사를 받으며 자신의 앞에 앉아 있던 두 형사가 자신을 의심하는 눈빛을 읽었다. 치매를 앓고 있는 노인 혼자서 멀쩡한 중년 남자를 살해한다는 것이 자연스러운 것은 분명 아니니 현장에 있던 지안이 의심을 받는 것은 당연한 일이다. 앞으로 경찰 조사를 통해 그런 의심은 벗게 되겠지만 문제는 소문이다.

지안이 살인 사건에 연관되었다는 추측성 기사라도 뜨게 된다면 진실 여부는 문제가 되지 않는다. 법적 판단이 끝날 때까지 지안을 물어뜯고 싶어 하는 사람들에게는 좋은 먹잇감이 될 것이다. 인터넷 커뮤니티와 SNS를 타고 돌아다니는 기사는 다시 전파자의 구미에 맞게 자극적인 요소가 추가되면서 각색이 되어 퍼질 것이고, 지안의 추락을 바라는 사람들의 손들이 이때다 하고 달려들어 지안의 다리를 잡고 끌어내리려 할 것이다.

아무런 혐의가 없다고 결론이 나더라도 이미 인터넷을 통한 인민재판으로 삶은 회복하기 힘들 정도로 만신창이가 될 것이고, 꽤 오랜 시간 시름시름 앓다 다시 일상으로 돌아올 것이다. 회복 불가능한 상태에서 돌아온 일상은 아마 지옥의 늪에서 허우적거리는 것과 다름없이 비참할지도 모른다.

지안의 SNS에는 지안을 험담하는 글을 꾸준히 올리는 사람들이 몇 명 있다. 레스토랑 음식이 형편없다는 둥, 얼굴로 장사하는 장사치라는 둥, 차라리 연예인을 하라고 비아냥대는 글을 올리는 사람들이다.

이 정도의 글은 자신에 대한 관심이라고 생각하고 넘어갔지만 살인 사건이라면 상황이 다르다. 누군가 장난으로 내뱉은 거짓 소문 하나만으로도 지금까지 힘들게 쌓아온 탑이 한순간에 와그르르 무너질 수도 있다. 어쩌면 이 모든 일의 시작이 오래전 인태를 만나면서부터 예정되어 있었는지도 모른다.

지안이 인태를 처음 만난 것은 초등학교 4학년 초여름이다. 초등학교 입학 전 인천에서 살았던 지안은 엄마와 손을 잡고 엄마의 고향으로 이사를 왔다. 말이 이사지 아버지의 폭행을 피해 도망가듯 몰래 빠져나온 것이다.

지금도 어렴풋하게 아버지가 엄마를 폭행하는 기억이 있다. 그런 기억들 사이에 웅크리고 숨어 있는 것은 아버지의 술 냄새다. 유일하게 후각과 시각이 하나로 연결된 기억이다. 시크무레한 악취와 같은 냄새와 함께 큰소리를 내는 우악스러운 아버지의 얼굴, 그 때문인지 지안은 술도, 술자리도 좋아하지 않는다. 선물로 받은 알코올 도수가 낮은 와인조차도 일 년에 한두 잔 할까 말까다.

어린 지안을 데리고 고향으로 온 연자는 뭘 해서 먹고살까 궁리를 하다 초등학교 근처에서 떡볶이와 김밥, 라면을 파는 분식집을 시작했다. 음식 솜씨가 남달랐던 연자가 할 수 있는 유일한 것이었다. 연자의 가게는 학생들이 항상 북적댈 정도로 장사가 잘되었다. 그 덕분에 지안도 덩달아 유명해졌다. 그 가게 아들이라는 걸 알게 된 친구들은 뭐라도 하나 얻어먹을 심산으로 지안에게 잘해줬다. 하지만 모두가 지안을 친하게 지내고 싶은 대상으로 생각한 것은 아니었다.

그 당시 지안을 괴롭히던 중학교 1, 2학년 정도 되는 형들이 몇명 있었다. 연자의 분식집 단골이던 그들은 지안이 연자의 아들인 것을 알고 어느 날 집으로 가던 지안을 잡고 샛골목으로 끌고 갔다. 그날이 그들에게 서너 번째 끌려간 날일 것이다.

"우리가 너희 엄마 분식집 단골인 거 알지? 너한테 뺏은 돈 다시 너희 분식점에 가서 쓸 거야. 결국 네 용돈으로 다시 돌아오는 거지. 그러니까 우리가 하는 행동은 갈취가 아닌 합리적인 돈의

순환 이런 거야. 네가 똑똑하다면 내가 하는 말 이해할 거야."

어디서 주워들었는지 유식한 단어를 섞어가며 그럴듯한 협박을 하는 그들이 지안의 주머니를 뒤졌다. 주머니에서 나온 돈은 오락실 게임기의 동전 구멍으로 들어갈 동전 몇 개가 전부였다.

"너희 엄마 용돈 안 주시냐? 애들 코 묻은 돈 벌어서 다 뭐 하시는 거야. 매번 동전 몇 개가 전부네."

"야! 그 돈 원위치해라. 쪼그만 새끼들이 벌써부터 남의 돈 뺏고 지랄들이야!"

지안을 가로막고 있는 중학생들 뒤에서 제법 굵은 남자 목소리가 들렸다. 고등학생이던 인태가 지안 앞에 처음 등장하는 순간이었다. 짧은 스포츠머리를 한 그가 담배를 물고 바지 주머니에 손을 끼운 채 위풍당당하게 서 있었다. 지안에게는 그 모습이 텔레비전 만화영화에서 본 정의의 사도가 나타나는 장면처럼 보였다.

"누, 누구세요?"

중학생들은 자신보다 큰 덩치의 불량스러운 자세로 서 있는 인태를 보자 주눅이 들었는지 움츠러든 목소리로 물었다.

"나? 그 돈 주인 삼촌인데. 너희들 뭐냐, 나이키 브라더스야? 세 놈 다 똑같은 티셔츠 입고 있네. 그 옷도 애들한테 빼앗은 거지? 그렇게 꼬나보면 어떻게 할 건데? 왜, 덤벼보시게? 그럼 들어와 봐. 내가 싸움이 뭔지 제대로 가르쳐줄게."

담배를 발로 비벼 끈 인태는 고개를 좌우로 까닥거리며 중학생들에게 다가왔다. 손에 들고 있던 동전 몇 개를 지안의 손에 다시 쥐여 준 중학생들은 도망가듯 자리를 떴다.

"고맙습니다. 그런데 누구세요?"

지안은 인태에게 고개를 꾸벅 숙여 인사를 하며 물었다.

"아까 말했잖아. 네 삼촌이라고. 나 강인태야. 네가 김지안이지? 그런데 정말 엄마가 용돈 안 주시냐?"

"아뇨. 필요할 때 말하면 주세요."

"야, 나 배고프거든. 너희 집에 가서 밥 좀 먹자."

집으로 가자는 인태의 말에 지안이 머뭇거리자 인태는 "엄마한테 가서 내 이름 대고 물어봐. 누군지 아실 거야"라고 말하며 몸을 돌렸다.

지안을 앞서 걷는 인태는 지안의 집으로 가는 길을 잘 알고 있었다. 정말 삼촌이 맞나? 지안은 빠른 걸음으로 걷는 인태를 따라 자신의 집으로 향했다.

집에 들어온 인태는 자신의 집인 양 텔레비전을 켜고 거실 소파에 벌러덩 누웠다.

"밥이 없는데 라면은 어때요?"

"뭐든 줘."

잠시 후 지안은 자신이 끓인 라면과 김치가 놓인 밥상을 거실에 내려놓았다. 소파에서 일어나 거실 바닥에 앉은 인태는 숟가락으로 라면 국물을 떠먹은 후 놀라는 표정을 지으며 지안을 쳐다보았다.

"우와, 라면 국물 매콤한 게 죽이네. 이거 정말 네가 끓인 거야?"

"엄마가 분식점에서 사용하는 소스에 제가 만든 비법 소스가 추가된 거예요."

"그래? 그 소스 당장 라면 회사에 팔아도 되겠다. 엄마를 닮아서 그런가, 어린 녀석이 요리 솜씨가 제법이네."

배가 고팠는지 라면 국물까지 깨끗하게 비운 인태는 다시 거실 소파에 누워 텔레비전을 보며 빈둥거렸다. 해가 저물 무렵에서야 낮잠을 자던 인태가 소파에서 일어났다. 약속이 있는지 자신의 손목시계를 본 인태는 엄마가 늦게 오시냐고 물었다.

"많이 늦는 날은 9시 뉴스 끝날 때 즈음에 오세요."

인태는 아쉬운 표정으로 다음에 보자는 말을 하고 집에서 나갔다. 연자가 집으로 돌아왔을 때 지안은 강인태라는 삼촌을 아느냐고 연자에게 물었다. 연자는 다소 놀란 얼굴로 먼 친척이라고 하면서 어떻게 아느냐고 물었고, 지안은 중학생 선배들과 있었던 일을 말했다. 그날 연자는 인태와 가깝게 지내지 말라는 말만 했다.

다시 인태를 만난 것은 몇 개월 지난 후다. 피아노 학원을 마치고 집으로 가는 길에 큼지막한 검은색 비닐봉지를 든 인태가 나타났다.

"잘 지냈냐. 오늘 삼촌이 너 고기 사주려고 왔는데 같이 갈래?"

고기를 사준다는 말에 혹한 지안은 가깝게 지내지 말라는 연자의 말도 잊고 인태의 뒤를 따라갔다.

인태와 함께 들어간 고깃집은 어린 지안의 눈에는 부자들이나 오는 고급 음식점처럼 보였다. 사실 그렇게 비싼 음식점도 아닌

데 가끔 집에서만 고기를 구워 먹었던 지안에게 그런 음식점은 놀이공원 못지않은 신기한 장소였다. 자리에 앉은 후에도 지안의 시선은 계속 가게 안을 두리번거렸다.

"자식, 촌스럽게. 그만 두리번거려. 이런 데 처음 왔어?"

지안이 고개를 끄덕이자 고기를 뒤적거리던 인태가 목소리를 낮춰 말했다.

"엄마한테 이런 데 데리고 가달라고 해. 네가 말을 안 하니까 엄마도 신경 안 쓰는 거라고."

고기가 익은 걸 확인한 인태는 먹으라는 손짓을 했다. 지안은 인태에게 잘 먹겠다는 인사를 하고 정신없이 고기를 입안으로 밀어 넣었다. 고기를 먹을 때 인태가 이런저런 말을 많이 했는데 배를 채우는 데 정신이 팔린 지안은 건성으로 들으며 고기 먹는 일에만 집중했다. 이날 인태가 한 말 중에 지안이 기억하는 것은 싸움에 대한 것이었다.

"지난번 그런 놈들이 돈 뺏으려고 하면 어떻게 해야 하는지 알려줄까?"

"어떻게 해야 하는데요?"

"간단해. 생각할 거 없이 그냥 들이받아."

"전 싸움도 못 해요. 그리고 그렇게 하면 얻어맞잖아요. 그게 무서워서 돈을 주는 건데."

"너 한번 맞고 끝내는 게 나아, 아니면 계속 돈 뜯기는 게 나아?"

"당연히 한번 맞고 끝내는 거요."

"그래, 바로 그거야. 한번 무식하게 대들면 그 뒤로는 널 안 건드려. 너를 괴롭히는 애들 있으면 그냥 눈 질끈 감고 들이받아 버리라고. 두렵다고? 왜 두려운지 알아? 들이받은 후의 쾌감을 몰라서 그래. 그 쾌감을 알면 두려움, 맞을 때 고통, 그런 게 아무것도 아니란 걸 알게 된다고. 씨팔, 욕 한번 하고 그냥 들이받으라고. 알았어?"

당시 인태가 한 그 말은 특별히 대단하지도 않고 한 귀로 듣고 흘려버릴 수준의 말인데 시간이 한참이 흐른 지금도 지안은 인태가 한 저 말만은 또렷하게 기억하고 있다. 유독 그 말을 자신이 기억하고 있는 게 신기할 따름이다.

지안은 불판과 입 사이를 부지런히 움직이던 젓가락을 식탁에 내려놓았다. 고기로만 배를 채운 첫 번째 경험에 흡족해하며 콜라를 마신 후 꺼억 트림을 했다. 인태는 지안을 보며 기분 좋은 미소를 지은 후 입을 열었다.

"자, 이제 계산할 시간이다. 김지안, 식당에서 식사 후 돈이 없을 때는 어떻게 해야지?"

"그게 무슨 말이에요? 돈이 없다니. 삼촌이 사는 거 아니에요?"

"내가 계산까지 한다고는 안 했어."

지안은 싱글싱글 웃으며 말장난하는 인태를 황당한 표정으로 바라보았다.

"김지안, 내 것이 되는 거에는 몇 가지 방법이 있어. 돈을 주고 사는 방법도 있고, 강제로 뺏는 방법도 있고, 훔치는 것도 있지. 나는 오늘 훔치는 거로 할 거다. 무슨 말인지 알지? 나는 이제 문

을 열고 여기를 나갈 거야. 너도 여기 직원들 잘 보고 있다가 나
처럼 도망쳐. 알았지?"

인태는 어안이 벙벙한 채 앉아 있는 지안을 보고 피식 웃으며
자리에서 일어나 가게 문을 열고 태연하게 나갔다. 지안은 인태
가 장난하는 것으로 생각하며 그가 다시 돌아올 거라고 믿었지
만 30분이 지나도 그는 돌아오지 않았다.

어떻게 해야 하지. 도망가려고 자리에서 일어나는 순간 사장
아줌마도 자리에서 일어날 거야. 문을 재빨리 열고 뛴다고 해도
얼마 가지 못해 잡힐 거고.

주방 근처 자리에 앉아 채소를 다듬고 있는 사장으로 보이는
아줌마가 인태가 자리를 뜬 후 힐끔힐끔 지안을 쳐다보고 있었
다.

자리에서 일어난 지안은 쭈뼛쭈뼛하며 주방 근처에서 채소를
다듬고 있는 사장에게 다가갔다. 자수하기로 한 것이다.

"돈이 없어서 그러는데요. 엄마한테 전화하면 안 될까요?"

인태처럼 도망갈 용기가 없던 지안이 할 수 있는 최선의 방법
이었다. 지안의 전화를 받은 연자는 지안이 있는 고깃집으로 한
달음에 달려왔다. 연자는 사장에게 연신 고개를 숙이며 죄송하
다고 사과했다. 사장은 별일 아니라면서 사람 좋은 웃음을 지으
며 지안의 머리를 쓰다듬었다. 되레 사장은 아드님이 착하다고
칭찬을 하며 만 원권 지폐 한 장을 지안의 손에 쥐여 줬다. 연자
와 함께 문을 열고 나가려는데 사장이 다시 지안을 불렀다.

"꼬마야! 이거."

사장이 손에 들고 있는 것은 인태 자리에 있던 검은색 비닐봉지였다. 인태가 들고 있던 것이다. 사장은 봉투 안을 힐끗 보며 운동화 같다면서 지안에게 건넸다.

"너 여기 누구랑 온 거야? 사장님 말로는 어떤 학생이라고 하는데."

애써 화를 누르던 연자가 음식점 밖으로 나오자마자 큰 소리로 물었다. 지안은 기어들어 가는 목소리로 인태를 만났다고 말했다. 그 이름이 나오자 연자는 불같이 화를 냈다.

"엄마가 그 삼촌이랑 가깝게 지내지 말라고 했지! 또다시 이런 일이 있으면 그땐 가만 안 둘 거야!"

연자의 호통에 지안은 고개를 숙인 채 죄송하다고 말했지만 속으로는 억울했다. 혼나야 할 사람은 자신이 아닌 인태인데. 나는 고기 사준다고 해서 그냥 따라간 것뿐인데.

두 사람은 아무런 말없이 집까지 걸었다. 지안은 연자에게 왜 그 삼촌과 가까이 지내면 안 되느냐고 묻고 싶었지만 분위기상 그런 질문은 할 수가 없었다. 나쁜 사람 같지도 않았고 고깃집 일도 나름 재미있었다. 처음 겪는 상황에 당황스럽기는 했지만 뭘 해야 할지 어리둥절한 경험이 신선했다.

두 사람이 집 앞에 도착했을 때 대문 앞에는 인태가 기다리고 있었다. 연자는 지안에게 집 안으로 먼저 들어가라고 했다. 집 안으로 들어온 지안은 자신의 방 창가에 서서 밖의 상황에 귀를 기울였지만 두 사람의 대화는 들리지 않았다.

사실 지안은 담장 밖의 두 사람 대화에 관심이 없었다. 관심은 오직 비닐봉지 안에 있는 운동화였다. 설레는 마음으로 봉지 안에 들어있는 상자를 꺼내 열었다. 상자 안에는 흰색의 나이키 운동화가 들어 있었다. 꿈에서라도 갖고 싶었던 운동화가 눈앞에 등장하자 와, 하는 감탄사가 절로 나왔다.

한쪽 발을 신발 안으로 조심스럽게 밀어 넣었다. 지안의 발에 딱 맞았다. 그날 이후 애지중지 아끼며 신은 운동화의 밑창이 닳아서 버릴 때까지 인태를 보지 못했다. 그를 다시 만난 것은 나이키 운동화를 기억하지 못할 만큼의 시간이 지난 후였다.

정신없이 바쁜 점심 영업시간이 끝날 무렵, 홀 서빙을 하는 직원이 짜증 섞인 얼굴로 주방으로 들어와서는 혼자 식사를 하는 남자 손님이 아무런 이유도 없이 다짜고짜 지안을 찾는다며 투덜댔다. 지안은 음식에 무슨 문제가 있나 하는 생각을 하면서 자신을 부른 남자의 테이블로 갔다. 청바지에 허름한 검은색 점퍼를 입은 남자가 막 식사를 마친 듯 물로 입가심을 하고 있었다.

"불편한 게 있으신가요?"

"오랜만이다. 나 누군지 알지?"

중년의 남자가 웃으며 지안을 올려다보았다. 거무죽죽하고 까칠한 남자의 얼굴. 지안은 한눈에 인태임을 알아차리지 못했다. 마지막으로 본 게 어렸을 때라 머리가 희끗희끗하고 살이 오른 중년의 인태를 모르는 것은 당연지사. 게다가 지안의 기억 속에 인태의 존재는 이미 오래전 홀홀히 자취를 감춘 상태였다.

인태는 자신을 알아보지 못한 지안에게 섭섭한 표정을 지으며 스스로 자신의 이름을 말했다.

"나 강인태야. 이제 기억나지? 내 입이 촌스러워 그런가, 파스타가 예전에 네가 끓여준 라면보다 못하네."

인태라는 이름을 듣고 나서야 어렸을 때 보았던 어렴풋한 그의 모습이 덮여 있던 먼지를 풀풀 털며 지안의 기억에서 일어났다.

"아… 강인태. 오랜만이네. 여기는 어떻게 알고 온 거야?"

그다지 반갑지 않은 손님에 지안은 무덤덤하게 반응했다.

"너 유명하던데. 출세했어. 음식으로 성공할 줄 알았다."

"형, 미안한데. 내가 좀 바빠서. 다음에 이야기하자."

"그래? 엄마는 잘 계시냐?"

몸을 돌리려던 지안은 엄마라는 단어에 굳은 얼굴로 인태를 내려다보았다.

"요양원에 계셔."

요양원 위치를 알려달라고 하는 인태에게 지안은 요양원 이름을 알려주며 인터넷으로 검색하면 어디 있는지 알 수 있다고 말하고 쌩하니 자리를 떴다.

그때 아예 모른 척해야 했는데. 나 때문에 레스토랑에 피해가 생기면 안 되는데.

지안은 자신 때문에 혹시라도 생길지 모를 레스토랑의 피해가 걱정되었다. 사업 파트너 관계 이전 오랜 친구인 재윤에게 피해를 주고 싶지는 않았다.

고등학교 때부터 친구인 재윤과 같이 퓨전 레스토랑을 시작하기 전, 호텔 조리학과를 졸업한 지안은 프랜차이즈 패밀리 레스토랑에서 일하고 있었고, 재윤은 유통회사에서 근무하고 있었다. 재윤은 지안의 요리 재능을 학창 시절부터 보아온 친구였다. 재윤이 집에 놀러 왔을 때 지안은 자신이 개발한 음식을 만들어 주었고 재윤은 평을 해줬다. 그럴 때마다 재윤은 대단한데, 신선한데 등 긍정적인 평을 했다.

지안이 패밀리 레스토랑에서 일하는 게 지겨워질 무렵 재윤이 퓨전 레스토랑을 하자는 제안을 했다. 재윤은 돈이 꽤 있는 재력가 집안의 아들이다. 현재 레스토랑도 재윤의 아버지가 소유한 건물의 한 층을 임대해 쓰고 있다. 지안은 고민할 것도 없이 재윤의 제안을 받아들였다. 고민 없이 재윤의 제안을 선뜻 받은 이유는 급여 조건 때문이었다. 매달 매출이 일정한 금액을 넘으면 인센티브를 주겠다는 조건. 다른 데서는 쉽게 받을 수 없는 솔깃한 조건이었다.

레스토랑은 시작부터 잘되었다. 가게 위치도 좋았고, 사진 촬영과 SNS 활동이 활발한 젊은 세대를 겨냥해 실내 인테리어에 많은 신경을 쓴 부분이 주효했다.

레스토랑이 예상 밖으로 잘되자 지안은 욕심이 생겼다. 이 레스토랑이 내 것이라면…….

누구도 뭐라고 할 수 없는 자연스러운 욕망의 흐름이다. 이런 욕망은 지안이 방송에 출연하면서부터 시작됐다. 지안이 방송 출연으로 유명세를 타기 시작하자 레스토랑은 지안을 보기 위해 찾아오는 손님들로 발 디딜 틈이 없을 정도였다. 테이블을 치우기가 무섭게 손님들이 자리를 채웠다. 밀려드는 주문을 소화하느라 주방은 전쟁터와 다름없었다. 이런 전쟁 같은 영업의 단물은 당연히 대표인 재윤에게 모여들었다.

물론 인센티브를 받는 덕에 지안도 이전 직장과 비교가 되지 않는 급여를 받았다. 이전 직장에서 그 정도의 급여를 받았다면 흐뭇해하며 만족했겠지만 상황은 그때와 달랐다. 더구나 자신이 죽어라 일한 돈이 친한 친구의 주머니로 들어가는 것을 보면 더욱 기분이 착잡했다. 건물 한 층 자리를 내주고 돈을 쓸어가는 것을 보게 된다면 누구도 지안의 심정을 이해 못 하지는 않을 것이다.

지안도 자신이 지분을 월등히 많이 갖고 있는 2호점을 오픈하기로 마음먹었지만 현실은 만만하지 않았다. 가장 큰 벽은 역시 돈이었다.

유동 인구가 많은 번화가의 임대료는 상상을 초월한다. 핫플레이스를 벗어나면 그나마 조금 싸지만 그 돈도 지안이 홀로 감당하기에는 버거운 금액이었다. 대출은 집을 살 때 최대한 끌어 쓴 상황이고 수입의 상당 부분은 대출금 상환과 아내와 아들의 유학비용으로 지출된다. 그러다 보니 지안의 수중에 남는 돈은 얼마 되지 않았다. 재윤에게 부탁하면 어느 정도 투자를 하겠지만 그렇게 되면 지안이 2호점을 하는 의미가 없어진다.

그런 꿈을 현실에서 이루려면 현재 비빌 언덕은 연자밖에 없다. 바로 연자의 아파트. 살인 사건이 터지는 바람에 지안은 어쩔 수 없이 잠시 꿈을 미루게 되었다.

레스토랑에 들어가자 실내의 공기가 여느 때와 달랐다. 형사들이 휘젓고 지나간 탓인지 지안에게 인사를 건네는 직원들의 표정에는 뭔가를 말하고 싶은데 그렇게 하지 못하는 불편함이 서려 있었다. 재윤도 그런 얼굴로 주방에서 나왔다. 재윤은 검지손가락으로 홀의 안쪽 자리를 가리켰다.

"저쪽에 김 셰프 기다리는 사람이 있어."

지안은 벽으로 가려 보이지 않는 홀의 안쪽 자리로 걸어갔다. 식사를 하는 단발머리를 한 여자의 옆모습이 보였다. 지안은 단번에 누군지 알았다. 초등학교 동창이자 변호사인 홍다연.

"홍변, 오랜만이네."

지안은 오랜만에 만난 다연에게 반갑게 인사를 하며 맞은편 자리에 앉았다.

"인기 스타 김 셰프, 반가워. 이제 출근한 거야?"

다연은 파스타 면발을 입안으로 빨아들이며 인사를 건넸다.

"바쁘신 변호사 양반이 이 시간에 웬일이야?"

"인터넷으로 뉴스를 봤어. 유명 셰프의 치매 걸린 모친이 살인을 했다는 기사. 실명 공개는 안 됐지만 너 같더라고. 경찰서에 들러서 확인하고 여기로 온 거야. 음, 해물 파스타 정말 맛있다. 내가 먹어본 것 중에 최고야."

다연은 입을 우물거리며 옆에 놓인 가방에서 서류 봉투를 꺼내 지안에게 건넸다. 지안은 봉투를 받으며 뭐냐고 물었다.

"사건 수임 계약서야. 거기 사인하면 돼. 어머니가 아무래도 치매니까 내 도움이 필요할 거야. 그런데 정말 어머니가 그런 거야?"

지안은 봉투에서 서류를 꺼내며 고개를 살짝 끄덕였다.

"홍변, 엄마는 이제 어떻게 되는 거지? 교도소로 가는 건가?"

"확신할 수는 없지만 그렇지는 않을 거야. 치매 환자라서 심신 상실 상태라 실형을 받더라도 구속은 안 되고 병원에서 치료감호 처분을 받을 확률이 높아. 최근 발생한 치매 노인 살인 사건 판결도 그렇고. 어떻게 된 일인지 설명 좀 해줄래?"

지안은 지난밤에 일어난 일을 찬찬히 설명했다. 마지막은 형사들이 자신을 의심하는 것 같다는 말로 마무리했다.

"형사들이 너를? 크게 신경 쓸 거 없어. 그 사람들은 사람을 의심하는 게 일이니까. 너만 확실하면 별일 없을 거야."

그렇게 말하며 지안을 바라보는 다연의 표정은 네가 아닌 게 확실하지? 하는 질문을 하는 것 같았다.

"피해자에 대해 말해줄래? 왜 그 집에서 어머니랑 같이 살게 되었는지. 어떤 사이야?"

지안은 형사들에게 말한 것을 그대로 다연에게 설명했다. 어릴 때부터 알던 사이고 최근에 다시 만났다는 내용이다.

사건 이야기를 마친 후 오랜만에 만난 두 사람은 예전 이야기를 주고받았다.

"엄마가 홍변 너를 많이 좋아하셨지. 공부도 잘하고 똑똑하고 얼굴도 예쁘다고 하면서."

지안이 초등학생일 때 연자는 친구들 중에서 유독 다연을 특별하게 대했다. 가끔은 아들인 자신보다 다연을 더 예뻐한다고 느낄 정도였다.

"김 셰프 어머니는 나에게 고마운 분이시지. 대학 다닐 때 방학에 너희 어머니 식당에서 알바도 몇 번 했었거든. 그때 원래 받을 알바비보다 더 챙겨서 주시곤 하셨어. 건강하실 것만 같았는데 치매에 걸리셔서 이런 일까지……."

"아, 홍변. 네 결혼식에 못 가서 미안하다."

지안은 분위기를 바꾸려고 화제를 돌렸다.

"언제 적 이야기를 하는 거야. 괜찮아, 다음 결혼식에 오면 돼."

"다음… 결혼식이라니?"

다음 결혼식이라는 말에 놀란 지안의 표정을 보며 다연이 장난 섞인 미소를 지었다.

"몰랐어? 나 이혼했어, 작년에."

다연은 별일 아닌 것처럼 태연한 얼굴로 말을 이었다.

"같은 로펌에서 만난 사람이었는데 뜨겁게 사랑해서 결혼한 거는 아니었어. 괜찮은 사람이어서 사귀게 되었고 어쩌다 보니까 결혼까지 하게 됐지. 그런데 살면서 부딪치는 게 너무 많더라고. 그렇게 몇 년을 남남처럼 살다 작년 초에 남편이 사랑하는 여자가 생겼다고 고백하더라고. 아이도 없고 구질구질하게 물고 늘어지고 싶지 않아서 깔끔하게 갈라섰어. 둘 사이에 걸려 있는 게 없으니 골치 아플 일도 없더라고."

예상하지 못한 이야기에 지안은 말문이 막혔다.

"넌 어때? 기러기 아빠로 사는 게."

"어떨 게 있나. 그냥… 사는 거지 뭐."

"여자들 대시 많이 하지 않아?"

다연은 빙긋 웃으며 물었다. 지안은 아쉬운 표정을 지으며 유명세 때문에 더 조심하는 중이라고 농담으로 받아쳤다. 지안의 말에 살짝 웃은 다연은 자못 진지한 얼굴로 말을 이었다.

"이혼한 주제에 남의 집 일에 내가 뭐라고 할 거는 아닌데. 주말 부부도 아니고 자식 공부를 위해 외국까지 나가서 사는 거, 내가 고리타분해서 그런 건지 솔직히 이해 못 하겠더라. 함께 사는 것보다 애들 공부가 더 중요한 건가?"

지안 역시 나도 그렇다면서 아내의 흉을 보고 싶었지만 말을 삼켰다.

"이제 일어나야겠다. 파스타 먹으러 자주 와야겠어. 정말 맛있네."

"그래, 자주 와. 홍변 네가 오면 내가 서비스 잘 챙겨줄게. 그리고… 엄마 일 잘 부탁한다."

지안이 악수를 청하려고 할 때 지안의 휴대전화가 재킷 주머니에서 울렸다.

"예, 그래요? 알겠습니다."

다연은 물로 입가심을 하며 통화하는 지안을 쳐다보았다.

"경찰서에서 온 전화인데 병원에서 엄마 조사를 한다고 그러네."

"그래? 그럼 같이 가자. 몇 시에 한대?"

*

지안과 인태가 식사한 음식점에서 나온 라인과 하 형사는 차에 올랐다. 운전석에 앉은 하 형사는 시동을 걸며 입을 열었다.

"선배님, 김지안 셰프에게 의심이 더 가는데요."

"만취 상태가 아니었다면 강인태는 왜 저항을 한 흔적이 없을까."

"강인태가 스스로 코트를 입은 게 아니라면 김지안 셰프가 뭔가 한 거밖에 없잖아요. 저항하지 못하게 결박을 했거나 아니면 전기 충격기를 사용했거나. 그것 말고는 없을 거 같은데요."

하 형사가 가속페달을 밟는 순간 라인의 전화가 울렸다. 팀장의 전화였다. 연자의 검사를 마쳤다며 병원에서 검사한 의사를 만나라는 연락이었다.

라인과 하 형사는 연자가 검사를 받은 병원에 도착했다. 팀장이 알려준 층에서 내려 복도 앞에서 두리번거리는데 갈색 뿔테 안경을 쓴 가운을 입은 여자가 다가왔다.

"경찰서에서 오셨죠?"

가슴에 달린 명찰을 보니 검사를 담당한 의사 같았다. 의사는 가자는 손짓을 한 후 몸을 돌려 복도를 걸었다. 의사를 따라 들어간 곳은 회의실로 보이는 공간. 대여섯 명이 둘러앉아 회의할 수 있는 탁자가 가운데 자리 잡고 있었고, 등을 보이고 있는 두 명이 의자에 앉아 있었다. 라인과 하 형사가 의사와 함께 들어가자 의자에 앉아 있던 두 사람이 일어나며 몸을 돌렸다. 지안과 검은색 정장을 입은 단발머리 여자가 라인과 하 형사를 향해 가벼운 목례를 했다. 자리에서 나온 여자는 라인에게 다가와 명함을 건네며 다시 인사를 했다.

"처음 뵙겠습니다. 송연자 씨 변호를 맡은 홍다연 변호사입니다."

라인과 다연이 인사를 나누며 서로의 명함을 주고받을 때 문이 열리고 간호사가 휠체어를 밀며 들어왔다. 휠체어에 앉은 채 사무실로 들어오는 연자는 동물원에서 신기한 동물을 보는 아이처럼 해맑은 얼굴로 사람들 한 명 한 명의 얼굴을 확인하듯 바라보았다.

출입문을 사이에 두고 지안과 다연, 하 형사는 문 옆에 서 있고 라인 혼자 의자에 앉았다. 라인의 맞은편에 연자와 나란히 앉은 의사는 안경을 고쳐 만지며 입을 열었다.

"검사 결과를 말씀드릴게요. 알츠하이머 치매로 중증 상태입니다. 해마가 위축된 상태고, 아밀로이드 단백질이 쌓여⋯⋯"

"선생님, 그런 내용은 보고서에 쓰시고⋯⋯."

라인은 의사 입에서 전문적인 단어가 나오자 서둘러 의사의 말을 막은 후 질문을 던졌다.

"선생님, 어제 사건과 관련된 기억이 뭐라도 나온 게 있나요?"

의사는 고개를 가로저으며 전혀 없다고 했다. 라인은 자신을 쳐다보고 있는 연자와 눈을 맞췄다. 연자의 표정은 어제 보았는데도 처음 보는 사람 보듯 호기심이 가득했다.

"송연자 씨, 저 누군지 아세요? 어제 만났죠?"

라인의 얼굴을 물끄러미 보던 연자는 고개를 가로저으며 몰라,

몰라, 라고 대답했다. 영락없는 어린아이 말투다.

"어르신, 어제 일어난 일 전혀 기억에 없으세요?"

라인이 연자의 호칭을 바꾸며 달래는 듯한 말투로 물었다. 순간 천진난만한 아이 같던 연자의 표정이 조금씩 변하기 시작했다. 입가를 씰룩거렸고 무심하게 탁자를 바라보고 있던 눈동자도 불안한 듯 이리저리 움직였다. 뭔가 기억이 난 징후다.

예상 밖의 상황에 라인은 연자의 얼굴에 시선을 고정한 채 의자를 당겨 몸을 탁자에 붙였다. 탁자를 물끄러미 바라보던 연자의 시선이 라인의 가슴을 타고 올라와 라인의 눈에서 멈췄다. 라인은 어서 말해보라는 표정으로 고개를 살짝 끄덕였다.

"…내가, 내가 죽였어."

나지막하게 내뱉은 연자의 말 한마디에 방 안의 기운이 순간 싸늘하게 변했다. 라인과 하 형사의 놀란 시선이 마주쳤다. 의사도, 지안과 다연도 놀라는 표정이었다.

서릿발같이 싸늘한 표정의 연자는 뭔가를 계속 말하려는 듯 불안한 눈동자가 탁자 위 이곳저곳을 다시 굴러다녔다.

"누구를 죽였는데요?"

라인이 다시 나긋한 말투로 물었다.

"그 사람. 그 사람을 내가 죽였어. 부엌에서."

담담한 말투로 말하는 연자는 떠오른 상황을 재연하려는 것처럼 주먹 쥔 오른팔을 들어 위아래로 크게 흔들었다.

연자의 입에서 튀어나온 단어, 부엌. 라인은 혼잣말로 부엌이라고 중얼거리며 하 형사와 다시 눈을 맞췄다. 하 형사는 들고 있는 수첩에 메모를 했다.

"그 사람이 누군데요?"

라인은 최대한 다정하게 물었다. 눈을 치켜뜨고 굳은 얼굴로 라인을 쳐다보던 연자는 "그 사람?"이라고 물은 후 빙긋 웃으며 살짝 벌어진 입을 움직였다.

"그 사람… 몰라, 몰라."

연자는 다시 어린아이로 돌아왔다. 연자의 헤벌레 웃는 모습을 보며 라인은 아이에게 희롱당한 것 같은 기분이 들었다.

"어르신, 강인태 아세요?"

연자는 라인의 연이은 질문이 귀찮은 듯 인상을 찌푸리며 모른다는 말만 반복했다. 그러다 갑자기 저기… 라는 말에 사람들의 관심이 다시 연자에게 쏠렸다. 방 안의 사람들이 이 공간의 주도권을 쥔 연자의 입에 다시 집중했다. 정적이 짙게 깔린 방 안의 분위기를 연자가 저기… 라고 뜸을 들이며 살랑살랑 흔들었다.

"저기… 배고파, 밥 줘."

연자에게 집중했던 방 안 사람들의 관심이 단번에 흐트러지며 날아갔다. 기억이 떠오르는 시간이 얼마 되지 않는 사람처럼 연자는 다시 아무것도 모르는 사람이 되었다. 연자는 옆에 앉아 있는 의사를 보며 밥을 달라고 떼를 썼다. 더 이상 조사는 힘들 것 같았다.

"선생님. 조금 전 송연자 씨 말을 어떻게 생각하세요?"

라인의 질문에 의사는 안경을 매만지며 입을 열었다.

"어떤 부분을 말씀하시는 건지."

"부엌이라고 말한 부분이요."

라인은 부엌이라는 단어를 꼭 집었다. 그때 다연과 지안이 문을 열고 밖으로 나갔다.

"사건이 부엌에서 일어났나요?"

의사의 질문에 라인은 방에서 일어났다고 말했다. 진지한 표정을 한 의사는 꽉 다문 입을 조심스럽게 뗐다.

"음… 글쎄요. 어제 사건이다 아니다, 라고 단언하기는 어려울 거 같네요. 확언할 수는 없지만 다른 기억을 말하고 있는 것 같기는 해요. 알츠하이머 환자들이 어제 일을 기억 못 해도 오래전 기억을 또렷하게 기억하는 경우가 종종 있거든요."

라인이 의사와 말하는 동안 고개를 돌려 하 형사를 쳐다보던 연자가 안간힘을 다해 휠체어에서 일어났다. 간호사가 연자를 다시 휠체어에 앉히려고 하자 라인이 그러지 말라고 말렸다. 연자의 일거수일투족을 확인해야 한다.

연자는 비틀거리며 불편한 걸음으로 문 옆에 서 있는 하 형사에게 다가갔다. 라인은 연자의 뒷모습을 유심히 바라보았다. 하 형사 앞에 선 연자는 악수를 하듯이 하 형사의 오른손을 잡더니 자신의 다른 손을 하 형사의 손에 포갰다. 어떤 의미의 행동인지는 모르겠으나 다정함을 표현하는 행동처럼 보였다.

"선생님, 그렇다면 과거에 누굴 살해한 기억일 수도 있다는 건가요?"

라인은 연자의 뒷모습을 계속 주시하며 물었다.

"제가 방금 말씀드렸듯이 확신할 수는 없습니다. 치매 환자의 기억이 도면처럼 저희들 눈에 보이는 게 아니니까요. 실제 겪은 일일 수도 있고, 영화나 드라마 같은 것을 본 기억일지도 모르죠. 강렬한 장면이 기억에 남아있을 수도 있으니까요."

"선배님, 이거 보세요."

차에 오르자마자 하 형사가 조수석에 앉아 있는 라인에게 손을 내밀었다. 하 형사의 손바닥에는 검은색의 동그란 단추가 하나 있었다. 라인은 그 단추를 집어 들었다.

"이게 뭐야?"

"아까 송연자 씨가 제게 주더라고요."

연자가 하 형사의 손을 잡았을 때 건넨 것이다. 라인은 단추를 유심히 살펴보았다. 크기가 제법 컸다.

"송연자 씨가 제게 단추를 건네며 검지손가락을 입에 대고 '쉿!' 이라고 하더라고요."

하 형사가 자신의 검지손가락을 입에 대며 말했다.

"다른 말은 없었고?"

"예."

"조금 전 송연자 씨가 뭔가를 기억한 거 같지?"

"예, 그런 거 같아요. 부엌이라는 단어가 예사롭지 않아 보여요. 사건은 방에서 일어났는데."

치매 노인의 헛소리라고 할 수도 있지만 달리 보면 아닐 수도 있다. 분명 연자의 부엌에서 자신이 죽었다는 말은 그냥 넘길 수 없는 의미심장한 말이다. 그리고 하 형사에게 한 행동. '쉿'이라고 한 송연자의 행동은 말하지 말라는 건데. 왜 하 형사에게 그런 말을 했을까. 이 단추는 또 뭐고.

라인과 하 형사는 사무실로 들어오며 책상 앞에 앉아 있는 팀장에게 인사를 했다. 팀장은 인사를 받지도 않고 모니터에 집중하고 있었다.

"팀장님, 뭐 보고 계세요?"

라인은 팀장이 앉아 있는 의자 뒤로 갔다. 모니터에는 아파트와 편의점 앞 감시카메라 영상이 흐르고 있었다.

"이 형사, 이 영상이랑 김지안 진술과 일치하나 확인해봐."

라인이 그렇게 하겠다고 말한 후 자리로 돌아가려는데 팀장이 이 여자 말이야, 하는 말에 라인의 몸이 다시 돌아왔다.

"혹시 이 여자가 뭐라도 듣지 않았을까?"

라인의 시선이 멈춘 팀장의 모니터에는 엘리베이터에서 내리는 여자의 장면이 정지되어 있었다. 지안이 엘리베이터에 타기 전 여자가 엘리베이터에서 내리는 장면이었다.

"저 여자 그 아파트 주민인가요?"

라인의 질문에 팀장이 아니, 라고 말한 후 화면 속 여자의 정체를 설명했다.

"아파트 경비원 말로는 아파트에 사는 사람은 아니래. 502호 사건이 발생한 시간 즈음에 친구 만나러 505호에 갔었나 봐. 505호 살던 남자에게서 확인했어. 그 집에 전에 살던 사람 딸이 지금 살고 있는 남자의 조카인데 친구라고 하면서 유학 가는 친구에게 인사하려고 들렀다고 하더라고. 그 여자가 복도를 지나가다 무슨 소리라도 들었을 수도 있으니까 일단 전단지를 아파트 주변에 붙여보자고."

"글쎄요. 그럴 가능성은 희박해 보이는데요. 옆집에서도 아무 소리 못 들었다는데…… 저 여자가 살인 사건과 관련된 뭔가를 보거나 들었다면 바로 경찰에 신고했겠죠."

"그렇겠지. 그래도 혹시 모르니까 이 장면 전단지로 만들어 아파트 주변에 붙여보자고."

라인은 별것 없을 텐데, 라고 생각하며 자신의 자리로 돌아왔다.

사건 회의에서 라인은 병원에서 연자를 조사한 내용을 팀장에게 보고했고, 지안이 일하는 레스토랑에 다녀온 형사는 지안이 2호점 준비를 하는데 자금 때문에 고민이 많았다는 말을 전했다. 회의 말미에 팀장은 요즘 세상에 휴대전화 없이 사는 사람은 처음 보았다면서 인태 명의의 휴대전화가 없다며 허탈해했다.

회의를 마치고 자신의 자리로 돌아온 라인은 야구 모자를 쓴 여자가 등장하는 영상을 확인했다. 5층 엘리베이터에서 탄 여자는 1층에서 내렸고 곧이어 1층에 있던 지안이 엘리베이터에 올라탔다. 여자의 얼굴은 야구 모자에 가려 정확하게 보이지 않았지만 옷차림과 전체 분위기는 20대 초반 정도로 보였다. 영상 속 지안의 재킷 옆구리 부분은 팔에 가려 피 묻은 흔적은 확인할 수 없었다. 야구 모자 쓴 여자가 등장하는 영상을 확인한 라인은 사건 타임라인을 정리했다.

지안이 인태와 함께 집에 도착한 시각은 대략 밤 10시 10분경. 지안이 집에서 나온 시각 10시 20분. 편의점에서 숙취해소 음료 구입 후 출발한 시각 10시 38분. 아파트 엘리베이터 오른 시각 10시 50분. 502호 도착 후 사건 신고한 시각 10시 58분. 팀장이 말한, 야구 모자 쓴 여자가 505호 남자를 만난 시각은 대략 10시 30분에서 40분 사이.

사건이 일어난 상황은 세 가지 경우다. 연자 혼자 범행한 경우라면 지안이 집에서 나와 다시 돌아온 10시 20분에서 58분 사이. 지안이 공범이라면 두 가지 경우로 10시 10분에서 지안이 집에서 나오기 전인 10시 20분과 지안이 편의점에 들러 다시 돌아온 후 신고한 10시 58분 사이. 편의점에서 돌아온 후 신고한 시간을 본다면 범행하기에 시간상으로 충분하지 않다. 그럼 앞의 두 가지 경우라는 건데.

라인이 사건 타임라인을 정리한 후 옆자리에 앉아 있는 하 형사를 보며 간단하게 저녁 식사를 하자고 제안했다.

"죄송해요, 선배님. 여자 친구와 약속이 있어서. 보름 넘게 못 봤거든요."

하 형사는 봐달라는 표정을 지으며 말했다. 라인이 퇴근을 하려고 자리에서 일어날 때 휴대전화가 울렸다. 액정화면에 뜬 이름은 '코알라'였다. 중, 고등학교 동창인 고아라.

코알라는 고아라의 이름에서 만들어진 아라의 학창시절 별명이다. 고등학교 졸업 후 연락이 끊겼던 그녀를 다시 만난 것은 라인이 경찰이 되고 5, 6년 정도 지났을 때였다. 퇴근 후 마트에서 장을 보는데 누군가 옆에 와서 아는 척을 했다.

"혹시…."

옆에서 들리는 여자 목소리에 고개를 돌리자 머리를 뒤로 질끈 묶고 화장기 없는 얼굴에 검은색 뿔테 안경을 쓴 여자가 긴가민가한 표정으로 라인을 쳐다보고 있었다. 라인의 기억에 남아있는 얼굴이 안경 너머 여자의 얼굴과 겹쳐짐과 동시에 반사적으로 별명이 입에서 툭 튀어나왔다.

"어? 너… 코알라?"

"두 줄 맞지?"

여자도 '두 줄'이라는 라인의 별명을 불렀다. 두 줄은 라인의 별명으로 코알라와 마찬가지로 이라인이란 이름에서 만들어진 별명이다. 초등학교 때 누군지 기억에도 없는 친구가 만든 두 줄이라는 별명은 고등학교 졸업할 때까지 끈질기게 라인을 따라다녔다.

마트에서 만난 두 사람은 서둘러 장을 본 후 근처 커피숍으로 자리를 옮겼다.

"이게 얼마 만이야. 코알라, 넌 하나도 안 변했네. 옛날 그대로야."

아라는 뭐가 그대로냐, 많이 늙었지, 라고 말하며 배시시 웃었다.

"강남에서 학원 강사 한다는 말은 들었는데 집으로 다시 돌아온 거야?"

아라는 강남 학원은 너무 힘들어 이 동네 학원으로 옮겼다고 했다. 그렇게 다시 만난 두 사람은 가끔 만나 밥도 먹고 영화도 보고 술도 마신다. 연인도 친구도 아닌 어정쩡한 관계다.

라인과 아라가 같은 반을 한 것은 중학교 때 한 번, 고등학교 때 한 번이다. 아라는 학창 시절 우등생이었다. 공부도 잘했고 항상 책을 끼고 다녔다. 두께만으로 사람을 기겁하게 하는 고전부터 에세이, 추리 소설 등 장르를 가리지 않고 읽었다.

아라의 성격은 조용했지만 가끔 남자애들과 요란스럽게 싸운 적도 종종 있는 특이한 친구였다. 싸움의 이유는 대부분 힘센 친구들이 약한 친구들을 괴롭힐 때였다. 보통 아이들은 그런 상황을 목격하고도 모른 척 넘어갔지만 아라는 참지 않고 대들었다. 주먹 꽤나 쓴다는 녀석들도 아라가 논리적으로 내뱉는 문장들 앞에 속수무책이었다. 여자를 때려봐야 이익이 없는 걸 알았던 녀석들은 자리를 뜨며 한마디씩 했다. 미친년, 또라이년. 그 녀석들이 물러서며 할 수 있는 최선의 공격이었을 것이다.

친구들은 이런 아라를 좋아하면서도 독특한 성격을 감당하기는 힘들다고 생각했는지 가깝게 지내지는 않았다. 아라 역시 친구들에게 먼저 접근하는 성격이 아니라 아라 주변에는 친구들이 많지 않았다. 유일하게 라인만 예외였다. 라인은 학창 시절 독특한 캐릭터를 가진 친구들에게 관심이 많았다. 당연히 아라는 라인의 최고 관심 대상이었다. 라인은 아라에게 갖고 있는 호감을 그녀가 좋아하는 책을 선물하며 표현했다. 그럴 때마다 아라는 라인을 매점으로 데리고 가서 간식으로 보답했다.

마트에서 만난 그날 그동안 몰랐던 아라의 삶을 들었다. 대학을 졸업 후 대기업에 입사한 그녀는 일 년 정도 지나 퇴사를 했다고 했다. 여자라서 받는 부당한 대우를 참지 못해 생긴 상사들과의 갈등에 지쳐 스스로 나왔다고 했다. 자신이 할 수 있는 것이 아무것도 없어 절망적이었다면서. 이후 학원에서 수학을 가르쳤고, 학원 강사를 하면서 좋아하던 소설을 써 공모전에 당선도 되었다. 이후 소설을 한 권 출간했고 웹 소설 연재도 했다. 라인도 아라가 쓴 소설을 읽었다. 문학에 젬병인 라인도 술술 읽힐 정도로 재미는 있었다.

"두 줄! 여기!"

아라와 약속한 선술집 문을 열고 들어가자 창가 자리에 앉아 있는 아라가 손을 들며 소리쳤다. 목소리가 얼마나 우렁찬지 가게 안에 있는 손님들의 시선이 아라를 거친 후 출입문 앞에 서 있는 라인에게 몰렸다.

"야, 사람 많은 데서는 내 별명 부르지 마. 창피하단 말이야."

라인은 자리에 앉으며 투덜댔다.

"그래? 이 형사라고 부르는 것보다는 나을 텐데. 여기서 이 형사! 라고 불렀으면 손님 중에서 불편해할 사람들 꽤나 많을걸. 아마 여기 사장부터 불편해할 거야. 난 모두를 배려해서 그런 거라고. 형사라는 직업은 이상한 경계에 있는 직업이거든. 이 사회를 위해 꼭 필요한 직업이지만 그렇다고 가까이하고 싶은⋯⋯"

일장 연설을 늘어놓을 것 같은 분위기에 라인은 알았어, 라고 아라의 말을 끊었다.

"그런데 무슨 일로 나를 부른 거야? 가만, 코알라 너 지금 학원에서 수업할 시간 아니야?"

"내가 말 안 했나? 학원 그만뒀어. 한 달 조금 넘었지. 학원에 못돼 먹은 녀석이 하나 있는데 내가 그놈 혼쭐을 내줬거든. 그놈이 한 여자애를 유독 괴롭혀. 그 여자애가 잘사는 집 애가 아니거든. 짝퉁 옷을 입었네, 냄새가 나네, 하면서 괴롭히는 거 눈여겨보고 있다가 하루 날 잡아 따끔하게 혼을 좀 내줬지. 내가 그런 거 못 참잖아. 약자들 괴롭히는 거.

그런데 그놈이 내가 혼낸 걸 엄마한테 말했나 봐. 그 애 엄마가 학원 원장에게 전화를 해서 난리를 쳤겠지. 자기 아들한테 그렇게 한 강사 자르라고 하면서. 그 부모에 그 자식이지. 안 그래도 요즘 건강이 다시 좋지 않아서 그만두려고 했는데 잘됐다 싶어서 그만뒀어. 대신 그룹과외를 해. 나름의 이름 있는 대학 나왔고 유명 학원 경력도 있어서 그런지 괜찮아."

"그런 일이 있었어? 잘했어. 돈도 좋지만 건강이 먼저지."

"두 줄, 오늘 너 부른 거… 다른 게 아니고 너희 서에서 치매 노인 살인 사건 수사하고 있지?"

아라는 가방에서 작은 수첩을 꺼내며 물었다. 오늘 라인을 부른 이유다.

"그건 어떻게 알았어?"

"인터넷 뉴스에 올라왔던데. 기사에 담당 경찰서까지 친절하게 나왔어."

"그래? 내가 있는 팀에서 수사하고 있어. 그런데 네가 그 사건을 왜?"

"너희 팀에서? 잘됐다. 내가 치매 노인 살인 사건을 소재로 소설을 쓰려고 하거든. 그래서 그 사건에 대해 좀 듣고 싶어서."

"수사 기밀 아무 데나 흘리고 다니면 안 돼."

"예전 기자랑 얽힌 그 일 때문에 그래? 야, 내가 너에게 들은 거어디 가서 흘리겠어. 이럴 때 친구 좀 써먹자. 소설 쓰는 데 참고만 할 거야. 또 알아, 내 작가적 상상력이 사건 해결하는 데 도움을 줄지."

아라 성격상 라인이 거절한다 해도 몇 날 며칠을 그녀의 사정과 협박에 달달 볶이며 시달릴 걸 아는 라인은 맥주로 입을 축인후 이야기를 시작했다.

"너 김지안 셰프라고 알아?"

"김지안 셰프? 요즘 방송에 자주 나오는 그 사람? 그럼, 그 사람엄마가 살인한 거야? 피해자는 누군데?"

라인은 지금까지 수사한 내용을 간단하게 설명했다. 마무리는 김지안이 공범일 가능성도 있을 거라는 추측을 넌지시 말하면서. 수첩에 메모를 마친 아라가 라인을 보며 물었다.

"김지안 셰프를 의심하는 거 확증편향 아닌가?"

"확증편향?"

"그래, 두 줄 네가 보고 싶은 거만 보는 거 아니냐고. 형사의 본능이라고 포장하면서."

"그런 거 아니야. 수사할 때는 최대한 용의자 폭을 넓게 해야 한단 말이야."

"그렇기는 하지. 피해자가 지금 같은 날씨에 겨울 코트를 입은 것도, 치매에 걸린 노인 혼자 멀쩡한 남자를 그렇게 했다는 것도 이상하기는 하네. 네 추측대로 김지안이 공범일 가능성을 완전히 배제할 수는 없겠어."

맥주를 마신 아라는 대학 다닐 때 과외를 했던 이야기를 꺼냈다.

"내가 과외를 하던 그 집에 할머니가 계셨는데 중증 치매셨어. 결혼한 딸 집에서 같이 살았는데 그 아줌마가 고생 많았지. 할머니가 젊었을 때 죽은 딸이 있었는데 나를 그 딸로 생각했는지 나를 볼 때마다 죽은 딸 이름을 부르면서 나에게 와서는 밥 먹었느냐, 학교 다녀왔느냐 하고 말했어. 아줌마 말로는 죽은 언니가 당시 내 나이 때 교통사고로 죽었다고 하더라고. 그러던 어느 날 과외를 마치고……"

아라가 말을 하는 도중 옆자리에 벗어놓은 라인의 재킷 주머니에서 휴대전화가 울렸다. 라인은 아라에게 미안하다고 말하며 재킷 주머니에서 휴대전화를 꺼냈다. 처음 보는 번호였다.

라인이 자신의 이름을 말하며 전화를 받자 안녕하세요, 라고 인사를 하는 상대는 라인과 구면이라는 듯 친근한 말투였다.

"형사님, 저는 아파트 사건 현장에 갔던 구급대원입니다."

라인이 사건 현장에서 만나 명함을 건넨 대원이다. 안경을 쓰고 있던 얼굴이 떠올랐다.

"아, 예. 무슨 일로……"

"수사에 도움이 될까 해서 연락드렸습니다."

라인은 귀를 세우고 구급대원의 말에 집중했다.

"다름이 아니라 숨진 강인태 씨 눈가에 눈물 자국이 있더라고요. 사망하기 전에 흘린 것 같습니다."

눈물 자국이라. 흔하지는 않지만 이런 경우가 없는 것은 아니다. 죽기 전 느꼈을 분노와 배신, 슬픔에 눈물을 흘릴 수 있다.

"수사에 도움이 될까요?"

"물론이죠. 이렇게 전화 주셔서 감사합니다."

라인의 통화를 지켜보던 아라는 라인이 통화를 마치자마자 무슨 전화냐고 물었다.

"사건 날 피해자를 옮긴 구급대원인데 피해자가 죽기 전 눈물을 흘린 자국이 있다고."

아라는 눈물 자국… 이라고 혼잣말을 하며 수첩에 눈물 자국이라고 쓴 후 동그라미를 여러 번 휘감아 그렸다.

"그런데 이건 뭐야?"

아라가 내민 손바닥에는 병원에서 나왔을 때 하 형사가 건넨 단추가 놓여 있었다. 주머니에서 휴대전화를 꺼낼 때 같이 딸려 나와 바닥에 떨어진 모양이다. 라인은 단추를 건네받으며 병원에서 연자를 조사한 내용을 간추려 말했다. 아라는 족집게 강의를 듣는 수험생 같은 진지한 얼굴로 라인이 하는 말을 들으며 수첩에 메모했다.

술자리는 오래가지 않았다. 라인은 피곤했고 아라도 내일 오전에 약속이 있다고 해서 평상시보다 일찍 자리에서 일어났다.

가게 밖으로 나왔을 때 횡단보도 맞은편에 하 형사가 서 있었다. 신호등이 바뀌고 길을 건넌 하 형사가 라인 옆에 서 있는 아라를 힐끗 보며 인사를 했다.

"여자 친구 만난다더니 벌써 헤어진 거야?"

"여자 친구가 일이 늦게 끝난다고 해서 지금 만나러 가는 길입니다. 옆에 계신 분은……"

"저는 두 줄, 아니 이라인 형사 친구예요. 반갑습니다."

하 형사가 애인으로 오해할 것 같아 라인이 아라를 소개하려고 했는데 아라가 먼저 인사를 건넸다. 아라는 인사를 건네고 바삐 뛰어가는 하 형사의 뒷모습을 물끄러미 바라보았다.

"왜, 저 친구 마음에 들어? 그 마음 고이 접어 휴지통에 버리셔. 저 친구 결혼 약속한 애인이 있어."

"난 연하남 관심 없거든. 그런데 저 사람 김지안 셰프랑 분위기가 비슷한 거 같은데."

아라는 안 그래? 하는 표정으로 라인을 쳐다보았다.

*

어제 병원에서 조사받던 연자의 돌발행동에 지안은 놀랐다. 그건 다연도 마찬가지였는지 회의실 밖으로 지안을 데리고 나온 다연은 작은 목소리로 속삭이듯 물었다.

"어머니가 혹시 예전 사건 말씀하시는 거 아냐?"

"그런 거 같은데."

"너 절대 형사들에게 먼저 그 사건 말하지 마."

"말할 것도 없어. 내 기억에 아무것도 없는데 뭘."

다연이 말한 예전 사건은 지안의 아버지가 사망한 채 발견된 사건으로, 다연에게 말한 것처럼 지안의 기억에 전혀 존재하지 않는 사건이다.

사건이 일어난 것으로 추정되는 날은 지안이 초등학교 6학년 때로 겨울방학을 앞두고 있을 무렵이었다. 하교를 한 후 친구들과 오락실 문 앞에서 기웃거리고 있을 때 다연이 지안의 등 뒤에서 어깨를 톡톡 쳤다.

"또 오락하려고? 아줌마가 너 데리고 우리 집에 가서 숙제하라고 하셨어. 같이 가자."

다연은 연자가 건넨 음식이 든 검은색 봉지를 지안의 눈앞에서 흔들었다. 지안이 여전히 오락실 앞을 떠나지 못하고 머뭇거리자 다연은 자신이 지안의 엄마인 양 매몰차게 지안의 팔을 잡고 오락실 앞에서 끌고 나왔다.

그날 다연의 집에서 숙제를 하던 지안은 다연이 화장실 간다고 잠시 자리를 비웠을 때 가방을 챙겨 집으로 향했다.

지안은 그날 작은 구멍으로 아버지를 본 어렴풋한 기억 외에 이상하리만치 다른 기억이 없다. 지금이야 오래전 일이니까 그러려니 하겠지만 당시에도 아무런 기억이 없었다. 집으로 간 후 작은 구멍으로 웃고 있는 아버지를 보고 머리에 쿵 하는 충격을 느낀 것이 그날 기억의 전부다. 그 충격에 정신을 잃었고 눈을 다시 떴을 때는 병원 응급실이었다. 눈을 떴을 때 침대 옆에 앉아 있는 연자가 지안의 머리를 쓰다듬고 있었다.

"뇌진탕이래. 괜찮아?"

"아빠는요?"

"아빠 봤어?"

눈을 뜬 지안은 작은 구멍으로 아빠를 보았다는 것을 연자에게 말했다.

"그랬구나. 아빠는 인천 집으로 돌아가셨어."

연자는 지안이 집 밖의 주방 창문에 난 구멍으로 아버지를 보다 밟고 있던 의자에서 미끄러져 떨어지며 머리를 바닥에 부딪쳤다고 말했다.

지안은 연자가 말한 내용을 사실로 믿었다. 다른 기억이 없으니 연자가 한 말의 진실 여부를 따질 필요는 없었다. 연자의 그 말이 거짓일지도 모른다는 것은 시간이 한참 흐른 후 지안이 일하던 패밀리 레스토랑으로 형사가 찾아왔을 때 비로소 알게 되었다.

휴게실에 마주 앉은 중년의 형사는 주눅이 들 정도의 날카로운 눈빛으로 지안을 노려보며 김평호 씨가 아버지가 맞느냐고 확인한 후 마지막으로 본 게 언제냐고 물었다. 아버지에게 무슨 일이 생긴 것이 분명했다.

"아버지에게 무슨 일이 있나요?"

"김지안 씨 아버지의 시신이 발견되었습니다."

형사의 말은 지안이 어렸을 때 살았던 동네의 저수지에서 아버지 차가 발견되었는데 그 안에 백골이 된 아버지의 시신이 있다는 것이었다. 누군가 칼로 등을 찌르고 머리 부분을 둔기로 가격한 후 차와 함께 저수지에 빠뜨렸다고 형사는 추측하고 있었다.

아버지와 연락을 하고 지내지 않았지만 그래도 잘살고 있을 거로 생각했는데, 형사의 말은 그야말로 날벼락이고 충격이었다. 그렇다고 가슴 깊은 곳이 무너지는 것 같은 충격은 일지 않았다. 뉴스에서 나오는 사건 소식에 아는 사람이 등장한 정도의 느낌이었다. 오랜 시간 아버지를 잊고 살아온 탓이리라.

"언제 돌아가셨는데요?"

"정확하지는 않지만 16년 전 겨울로 추측하고 있습니다."

형사의 말을 듣자 지안은 작은 구멍으로 본 아버지의 마지막 모습이 떠올랐다. 그날이 아마도 사건이 발생한 날일 가능성이 크다. 지안은 자신이 기억하고 있는 내용을 형사에게 말했다. 집 밖에서 작은 구멍으로 아버지를 본 마지막 기억을.

"오랜 시간 아버지와 연락을 하지 않으셨나 봅니다?"

"사실, 아버지와 사이가 좋지 않아서요. 저는 잘 계시는 줄 알고 있었습니다."

지안의 말에 형사는 고개를 끄덕였다. 주억거리는 형사의 고갯짓에는 많은 것이 담겨 있으리라. 형사 생활을 하면서 지안과 같은 가족을 적지 않게 보았을 것이다. 허울만 멀쩡한 가족이지 속은 곪아 터져 살짝 누르기만 해도 노르끄레한 고름이 줄줄 흘러나오는 그런 염증과 같은 관계로 얽힌 가족을.

인생은 멀리서 보면 희극이고 가까이서 보면 비극이라는 찰리

채플린의 말처럼, 지안의 가족은 멀리서 보면 행복한 가족처럼 보였을 것이고, 가까이서 보면 언제 터질지 모르는 비극이 기다리고 있는 가족으로 보였을 것이다.

"혹시 강인태라고 아십니까?"

형사의 뜬금없는 말에 지안은 살짝 당황했다. 그 이름이 형사의 입에서 나올 줄은 몰랐다. 지안은 어릴 적 몇 번 만났던 사람으로 가까운 사이는 아니라고 대답했다.

"그 사람이 김지안 씨 어머니 아들이라고 하더군요."

엄마의 아들이라니. 예상하지 못한 형사의 말에 지안은 뒤통수를 세게 맞은 것처럼 얼얼했다. 까맣게 잊고 있던 인태가 연자의 아들이라는 존재로 다시 등장할 줄은 꿈에도 몰랐다.

"그런데 그 사람을 왜 묻는 거죠?"

"마지막으로 본 게 언제인지 기억하시나요?"

형사는 분명 인태가 사건에 연관되었다는 생각으로 묻는 게 틀림없었다.

"오래전이라 언제인지 정확하게 기억이 나질 않습니다. 초등학교 4, 5학년 때 같은데, 그 사람이 사건에 관련되었나요?"

"그건 아직… 강인태 씨가 교도소에 있는 거는 아십니까?"

교도소라니. 연이어 던지는 형사의 예상 밖의 말에 지안은 정신이 없었다. 지안이 알고 있는 게 없는 걸 확인한 형사는 실망한 표정으로 돌아갔다. 형사가 찾아온 날 지안은 연자를 찾아가 형사가 한 말을 그대로 전했다.

"엄마도 어제 그 형사를 만났어. 예전에 살았던 동네 저수지에서 네 아빠 차가 발견되었는데 거기에 아빠 시신이 있다고. 나도 아는 게 없어. 네 아빠가 집에 왔던 날 잠시 이야기를 하고 아빠는 인천으로 돌아갔어. 그 후 연락이 안 돼서 아빠 집에 갔는데 집을 오랜 시간 비운 거 같더라고. 아빠 형제들과 친척들에게 연락을 했는데 다들 아빠의 행방을 모르더구나. 그래서 실종 신고를 했지. 네 아빠가 그렇게 되었을 줄은 상상도 못 했어. 그 당시 아버지가 하던 사업이 안 좋아져서 돈을 빌려준 사람 중에 원한이 있는 사람이 그랬을 수도 있을 거야."

"그 말 정말이죠?"

"왜? 너는 엄마가 그랬을 거라고 생각하니?"

"그 형사가 강인태는 말 안 했나요?"

잠시 말을 잇지 못하던 연자는 한숨을 길게 내쉰 후 머뭇머뭇 입을 뗐다.

"언젠가는 너에게 말하려고 했는데······."

연자는 자신의 과거사를 담담하게 말했다. 지안의 아버지를 만나기 전 같이 살았던 남자 사이에서 태어난 아들이 강인태라고 하면서 전남편이 먼저 세상을 뜬 후 아이가 없는 친구에게 입양했다며 자신의 선택을 후회한다면서 한숨을 내쉬었다.

"인태는 그 사건과 아무런 관련이 없어. 그렇게 알고 있어라."

지안은 그날 연자의 말, 인태가 사건과 관련이 없다는 말을 믿어야 하나 혼란스러웠다. 설마 아니겠지 하면서도 그럴 수 있다는 개연성은 지안 안에서 고개를 쳐들고 끄덕였다.

어렸을 때 지안에게 아버지는 공포의 대상이었다. 아마 과거 그날도 집 앞에 주차된 아버지 차를 보고 집 안으로 들어가지 못하고 집 밖의 주방 쪽에 있는 창문 구멍으로 집 안을 들여다보다 미끄러졌을지 모른다.

아버지 시신이 발견된 당시는 살인 사건 공소시효가 폐지되기 직전이었다. 공소시효가 지난 사건이라 경찰도 수사할 의지가 없었는지 사건은 흐지부지 마무리되었고, 아버지를 살해한 범인을 잡았다는 소식은 없었다.

시간은 다시 흘렀고 아버지 사건은 지안의 기억에서 희미해졌다. 그러던 중 인태가 나타났다. 레스토랑에서 그를 만난 후 지안의 머릿속에서 어릿어릿한 과거 기억이 꿈틀대며 다시 살아났다. 바로 작은 틈으로 아버지를 보았던 기억이다. 이번 기억은 전과 달랐다. 바로 인태가 등장한 것이다. 웃고 있는 아버지와 마주 보고 서 있는 인태의 모습이.

그 기억이 떠오르자 과거 사건을 인태가 한 게 아닐까 하는 의심은 확신으로 바뀌었다.

그 사실을 알고 있던 엄마는 지금까지 그것을 감추려고 하는 게 아닐까. 엄마는 정말 병원에서 조사받을 때 그 사건을 떠올린 것일까? 부엌이라는 단어를 말한 걸 보면 과거 사건을 말하는 거 같은데. 그런데 엄마가 한 말은 본인이 혼자서 아버지를 죽였다는 의미였어. 치매 걸린 노인네의 착각일까.

레스토랑은 평소와 다름없이 손님들로 북적였다. 대부분이 뉴스를 보고 찾아온 손님들이었다. 마침내 뉴스 기사에 지안의 이름이 등장했다. 예상한 것보다 훨씬 빨리 자신의 이름이 등장해 지안도 놀랐다.

어제 늦은 밤, 지안은 자신의 이름이 뉴스에 등장한 후 수십 통의 전화와 문자에 시달렸다. 지인들이 대부분이지만 모르는 번호도 적지 않았다. 아마도 기자들의 전화였을 것이다. 모르는 번호는 거르고 아는 지인들 전화만 몇 통 받아 간단히 사건을 설명한 후 휴대전화를 껐다.

레스토랑을 찾은 손님 중에는 지안을 인터뷰하려는 기자들도 섞여 있었다. 지안을 취재하려는 기자들은 직원들이 최대한 예의를 갖춰 밖으로 내보냈다. 모든 기자가 직원들의 행동에 고분고분하지는 않았다. 지안을 인터뷰하려고 혈안이 된 기자 몇 명은 주방에 들어가려고 직원들과 실랑이를 벌였고, 그럴 때마다 지안은 주방 뒤에 있는 사무실 겸 휴게실로 몸을 숨겼다. 조금 전에도 그런 기자가 한 명 있었다. 신참으로 보이는 남자 기자였는데 어찌나 고집이 센지 직원들이 말려도 막무가내였다.

사무실로 피신한 지안은 소파에 앉아 휴대전화를 켰다. 다시 켠 지안의 휴대전화에는 걱정과 응원을 하는 지인들의 문자가 기다리고 있었고, 지안의 SNS에도 응원과 격려의 글들이 가득했다.

지안이 누군지 아무도 모르는 그런 존재였다면 연자의 사건은 세상 사람들 관심에 없는 그런 사건 중 하나였을 것이다. 텔레비전에 출연하며 생긴 유명세 덕분에 연자의 사건은 여느 뉴스 못지않게 관심도가 높았고, 가상의 세계에서 지안은 치매 걸린 노모를 돌보는 천사가 되어버렸다.

지안은 대중의 이런 반응이 달갑지만은 않았다. 만에 하나 살인 사건에 지안이 연관되어 있다는 가짜 뉴스나 추측성 기사라도 나오는 날이면 언제 그랬냐는 듯 저주를 퍼붓는 글들로 도배될 것은 뻔하다. 그것은 곧 추락을 의미한다. 지안은 그것이 두려웠다. 그런 지안의 마음을 누군가 아는지 추락의 두려움을 부추기는 일은 곧바로 일어났다.

식사를 마친 테이블을 정리하던 여직원이 테이블 위에 놓여 있던 우편 봉투를 들고 사무실로 들어왔다.

"셰프님, 이게 테이블 위에 있던데요?"

팬레터인가, 이런 생각을 하며 우편 봉투를 건네받은 지안은 봉투 겉면을 보자마자 눈이 휘둥그레졌다. 프린터로 출력한 보낸 사람 강인태와 받는 사람 김지안이라는 이름이 봉투에 버젓이 붙어있는 게 아닌가.

봉투를 건넨 직원이 사무실에서 나가자마자 재빠르게 봉투를 뜯었다. 봉투 안에는 더욱 놀라운 것이 들어 있었다. 지안이 추락하는 불길한 징조를 알리는 것 같은 뎅뎅거리는 종소리가 머릿속에서 울리는 것 같았다.

봉투 안에는 사진 두 장이 들어 있었다. 사진을 보자마자 지안의 입에서 '최세경'이라는 이름이 작게 튀어나왔다. 하나는 세경이 커피숍에 혼자 있는 사진이었고, 다른 사진은 세경과 지안이 모텔로 들어가는 사진이었다. 누가 보더라도 사진 속의 인물은 지안이었다. 입안이 마르고 손이 떨렸다.

세경은 지안이 방송에 출연하기 전 잠깐 만난 사이다. 레스토랑에 자주 왔던 손님으로 대학원에 다니던 여자였다.

사무실에서 나온 지안은 직원에게 우편 봉투가 놓여 있던 테이블을 확인하고 손님에 대해 물었다. 직원은 남녀 커플이라는 것 외에는 정확하게 기억을 하지 못했다. 지안은 카운터로 가서 감시카메라 영상을 확인했다. 보통 체격의 등을 보이고 있는 남자가 현금으로 계산을 했고 옆에는 남자와 비슷한 또래로 보이는 여자가 서 있었다. 두 사람 모두 야구 모자를 쓰고 있어 얼굴을 확인할 수는 없었지만 전체적인 느낌은 대략 30대 중후반 정도로 보이는 커플이었다. 지안은 멍하니 모니터를 들여다보았다. 머릿속에는 물음표를 달고 있는 하나의 단어만이 둥둥 떠다녔다. 누가? 대체 누가?

*

라인은 경찰서를 나가기 전 모니터로 뉴스를 보고 있다. 김지안과 관련된 기사들이다. 벌써 인터넷에는 치매 노인 살인 사건의 아들이 유명 셰프 김지안이라는 뉴스 수십 개가 올라온 상태였다. 뉴스 내용은 간단했다. 치매 걸린 노인이 자신을 간병하는 남자를 살해했고 그 노인을 모시고 있던 아들이 김지안 셰프라는 이름만 나온 정도였다.

대중의 관심을 끌지 못할 사건이지만 유명 셰프의 이름 하나 등장만으로 댓글은 다른 어느 기사들보다 많이 달렸다.

기사에 딸린 댓글은 지안을 칭찬하는 글이 대부분이었다. 죽은 고인의 명복을 비는 글도 간혹 있었지만 지안을 칭찬하는 압도적인 글 사이에 끼인 그런 글은 비집고 나올 틈이 없었다. 오색 종이가 쏟아질 것 같은 찬사와 갈채 그리고 위로로 가득한 댓글만 본다면 지안은 세상에 둘도 없는 천사고, 고달픈 현실을 이겨내며 살아가는 들장미 소녀 캔디였다.

라인은 생각했다. 왜 댓글은 이런 반응일까. 대중은 치매 걸린 노모를 모시고 산 지안에게 자신들이 바라는 이상적인 사람의 모습을 투영한 것일까. 아니면 가족이라는 단어에 남아있는 온기가 사라지지 않기를 바라는 마음 때문일까.

그런 환상으로 버무려진 댓글을 보고 있자니 라인의 입가에는 쓴웃음이 번졌다. 마음 한구석에서는 너희가 속고 있는 그런 환상을 내가 부숴주겠다는 마음이 솟아났다.

라인과 하 형사는 오늘 연자가 생활했던 요양원과 인태가 일했던 카센터에 갈 예정이다. 경찰서를 나서며 라인은 인태가 연자를 돌보기 전 일했던 요양보호사에게 전화를 했다. 연자를 돌보며 인태를 만난 요양보호사는 3자의 입장에서 두 사람의 관계를 본 유일한 사람으로 꼭 만나야 하는 사람이다. 그런데 무슨 일이 있는지 요양보호사의 전화는 어제저녁부터 계속 꺼져 있었다.

라인과 하 형사는 연자가 머물렀던 요양원으로 향했다. 요양원은 시내 중심에서 조금 벗어난 곳에 위치하고 있었다.

요양원의 원장실에 들어간 라인과 하 형사는 응접탁자를 사이에 두고 머리가 희끗한 후덕한 인상의 여자 원장과 마주 앉았다.

"전에 이곳에서 송연자 씨가 계셨다고 들었습니다. 그분 아드님 말로는 이곳에서 문제가 있어 집으로 모셔갔다고 하던데요. 그때 일을 알고 싶어서 왔습니다."

라인의 말에 원장도 연자 소식을 들었는지 안됐다고 혀를 차며 이야기를 시작했다.

"송연자 어르신은 별문제 없이 잘 지내던 분이셨어요. 말이 없고 조용하셨죠. 그런데 어느 순간 갑자기 폭력적으로 변하셨어요. 같이 계시는 사람들과 아무 이유 없이 싸우고, 환영을 보는 건지 망상인지 어떤 날은 죽여 버리겠다고 소리를 지르며 난리를 피우고, 또 어떤 날은 미안하다고 울기도 하고 그랬어요."

"갑자기 그렇게 된 이유가 있을까요?"

하 형사가 메모를 하며 물었다.

"치매를 앓는 분들이 그렇게 변하는 게 특별한 거는 아니에요. 송연자 씨 같은 경우는 나중에 생각해 보니까 면회 온 날 이후부터 그런 거 같았어요."

"면회요?"

라인과 하 형사가 동시에 물었다.

"친척이라는 남자가 와서 면회를 한 적이 있거든요. 그날 면회 온 다른 가족들도 있었는데 송연자 씨가 다른 가족을 보고 겁에 질린 듯 갑자기 소리를 지르다 실신을 했어요. 그날 이후부터 이상 증세가 시작됐죠. 직원들 말을 들어보니 송연자 씨가 밤중에 소리를 지를 때 남편이 왔다는 그런 말을 했다고 하더라고요."

라인은 속으로 남편이라··· 라고 되뇌며 면회 방문자 기록을 볼 수 있느냐고 물었다. 원장이 전화로 직원에게 방문객 노트를 가져오라고 하자 직원이 두툼한 노트 한 권을 가지고 원장실로 들어왔다. 자신의 책상으로 돌아간 원장은 책상 위에 놓여 있는 달력을 넘기며 기억이 가물가물한지 고개를 갸웃거렸다.

"설 연휴 전이었던가? 정확히는 모르겠는데 면회한 분이 2월 초에 온 것 같아요."

건네받은 노트를 빠르게 뒤적거리다 멈춘 하 형사가 노트를 라인에게 내밀며 손가락으로 2월이 시작되는 페이지 아랫부분을 가리켰다. 송연자를 찾아온 방문객 칸에 '강인태'라는 이름이 있었다.

요양원에서 나온 후 라인이 운전석에 올랐다.

"카센터는 내가 갈 테니까 하 형사는 경찰서로 돌아가서 송연자 남편에 대해 알아봐."

하 형사를 경찰서 근처에 내려준 라인은 인태가 일했던 카센터로 향했다.

멀리 지안이 조사할 때 말한 카센터 상호가 보였다. 카센터에 들어가자 차량 정비를 위해 온 손님인 줄 알고 작업복을 입은 직원이 라인에게 다가왔다. 신분을 밝히고 사장님을 만나고 싶다고 하자 직원은 외부에 일이 있어 나갔다면서 사무실을 가리키며 잠시 기다리라고 했다.

라인이 사무실 응접 소파에 앉은 지 10여 분 남짓 지났을 때 문이 열리며 라인 또래의 남자가 인사를 하며 들어왔다. 키는

170㎝ 초반에 짧은 머리 스타일을 한 마른 체형의 남자였다. 청바지와 티셔츠를 입고 있어 나이보다 젊어 보였다.

"안녕하세요. 형사님이시라고요?"

자리에서 일어난 라인도 인사를 건넸다. 두 사람은 명함을 주고받았다. 카센터 사장 이름은 진정수.

"사장님, 강인태 씨 소식 알고 계시죠?"

정수는 어두운 표정으로 고개를 끄덕였다.

"형사님, 마실 거라도 드릴까요? 커피 괜찮으신가요?"

라인은 고개를 끄덕이며 다시 자리에 앉았다. 원두커피를 담은 머그잔을 라인 앞에 내려놓은 정수는 맞은편 소파에 앉았다.

"이곳에서 강인태 씨가 일하셨다고 들었습니다. 강인태 씨와는 어떤 관계이신지."

"인태 형과는 어릴 때부터 알던 사이입니다. 제가 어렸을 때 인태 형이 아버지가 운영하던 주유소에서 아르바이트를 했거든요. 그래서 어릴 때부터 친하게 지냈습니다. 인태 형이 이곳에서 일한 건 최근입니다. 기간은 5개월 정도 될 겁니다."

"출소한 후 바로 여기서 일한 거는 아니군요."

"예, 형님 지인이 일하는 지방 농장에서 몇 년 일하다가 올라왔습니다. 복역 중에 자동차 정비 자격증을 따서 여기서 일할 수 있었죠."

"강인태 씨가 사건이 일어나기 전날까지 여기서 일했나요?"

"아닙니다. 사건이 일어나기 보름 전에 그만뒀죠."

"혹시, 강인태 씨가 김지안 셰프에 대해 언급 적이 있었나요?"

"저에게 대놓고 말한 적은 없었습니다. 사건이 일어난 후 생각해보니 한 번 그 이름을 들은 적이 있더라고요."

메모를 하던 라인은 동작을 멈추고 정수를 바라보았다. 정수는 이런 걸 말해야 하나, 하는 표정이었다.

"인태 형이 술 마실 때 텔레비전에 나오는 김지안 셰프를 아느냐고 하면서 김지안에게 받을 돈이 있다는 말을 한 적이 있습니다."

"그래요? 그때 돈 액수를 말하지는 않았나요? 그리고 어떤 돈인지는?"

"빌려준 돈을 받는 건 아니라고 했습니다. 그때 인태 형이 정확한 액수는 말하지 않아서 얼마인지는 모르겠습니다만 수억 원이라는 말은 했습니다."

돈이라, 익숙한 사건 패턴에 접근하는 느낌에 라인은 작은 물꼬가 트이는 기분이 들었다.

*

지안은 사무실 소파에 멍한 얼굴을 한 채 기대앉아 우편물 사진의 주인공인 세경을 떠올렸다. 까맣게 잊고 있던 사람인데 방금 본 사진 때문인지 불과 며칠 전에 만난 사람처럼 다시 가깝게 느껴졌다.

지안이 사진 속 인물인 세경과 만난 시기는 기러기 아빠로의 생활에 지쳐갈 때였다. 애초부터 싱글이었다면 무료한 일상에 무감각했겠지만, 함께 살던 아내와 아들이 외국으로 떠나자 아무도 없는 집은 조금 넓은 고시원처럼 느껴졌고, 객지에서 타향살이하는 것 같은 외로움에 퇴근하고 집에 오면 몸과 마음은 전보다 더 빨리 지쳤다. 그때는 알지 못하는 사람의 온기가 남은 의자에라도 앉아 기대고 싶을 때였다. 오죽했으면 아무도 거들떠보지 않는 천하의 추녀가 대시를 해도 마음의 문을 열고 품고 싶을 정도였겠는가. 그런 위태로운 시기에 지안의 마음을 닫고 있는 헐거워진 문의 손잡이를 세경이 열고 당차게 쑥 들어왔다.

세경은 지안의 레스토랑에 일주일에 한 번 이상 찾아오는 단골손님이었다. 지금은 주체 못 할 정도의 많은 손님 때문에 못하지만 세경을 만난 당시, 지안은 식사를 하는 손님들 테이블에 가서 음식이 입에 맞으세요? 필요한 게 있으세요? 등등 일일이 확인을 하며 서비스를 했다.

항상 친구 두세 명과 함께 오던 세경이 어느 날은 혼자 와서 식사를 했다. 지안은 평소처럼 세경에게 다가가 오늘은 혼자 오셨네요, 하며 인사를 건넸다. 세경은 환하게 웃으며 "오늘은 혼자 식사하고 싶어서요"라고 말했다. 20대의 싱그럽고 풋풋한 미소 하나만으로도 지안의 가슴은 설렜다. 맛있게 식사하라는 말을 하고 돌아서는데 세경이 지안에게 쉬는 날 뭐하냐며 향기로운 유혹의 질문을 던졌다.

"쉬는 날이요? 그냥… 뭐… 집에서 뒹굴뒹굴합니다."

"그럼 쉬는 날 저랑 뮤지컬 보러 가실래요? 티켓이 두 장 생겼는데…….".

수줍게 말하는 세경의 모습에 지안의 얼굴은 미소로 가득 채워졌다. 젊은 여자에게 처음 받아보는 대시에 지안은 그 자리에서 큰소리로 '언제든 시간 낼 수 있어요!'라고 말하고 싶었다. 그날 지안은 레스토랑 직원들 몰래 세경에게 연락처를 건넸고, 식사를 마치고 나간 세경은 곧바로 문자를 보냈다.

'연락 드릴게요^^'

지안도 아무 때나 연락해도 된다는 답을 곧바로 보냈다. 별거 아닌 문자 하나에 가슴속에서 설레는 마음이 파도를 쳤다. 굳이 결혼을 했다, 기러기 아빠다, 라고 밝힐 이유는 없었고 그런 생각조차 들지 않았다. 레스토랑과 집으로 연결된 길을 종종걸음으로 왔다 갔다 하는 일상에 펄쩍 뛰어야 하는 디딤돌이 중간중간 생긴 것 같은 변화에 가슴이 두근거리고 설렐 뿐이었다.

그렇게 시작된 세경과 만남은 지안의 삶을 다시 20대 청년으로 돌아가게 했다. 갈걷이가 끝난 들판처럼 텅 비어있던 지안의 가슴은 뜨거운 열정을 가득 품은 열매들이 오밀조밀 채워졌고, 몸도 20대로 다시 돌아갔는지 참아왔던 수컷의 본능이 움트며 며칠을 침대에서 뒹굴 수 있을 정도로 불타올랐다. 처량한 기러기 아빠의 푸석푸석한 날갯짓에서 해방되어 하늘을 훨훨 나는 기분이었다.

그런 달콤한 기분은 오래가지 않았다. 금지된 장난에 재미 들었던 철부지가 철이 들었는지 세경과의 관계를 지속할 수는 없다는 생각이 들기 시작했다. 잠시 사랑의 묘약에 취한 죄책감이 깨어난 것이다.

세경을 만날 때마다 또 다른 자신이 어떻게 할 거야? 라는 질문을 자꾸 했다. 지안 안에 자리 잡고 있는 아내와 세경, 두 여자에게 가진 죄책감이 비로소 본색을 드러내며 지안에게 선택의 신호를 노크한 것이다.

세경을 만나기 전 자신의 상황을 밝혀야 한다고 다잡은 결심은 세경의 천진난만한 얼굴을 보면 언제 그랬냐는 듯 무너졌다. 그렇게 미루고 미루던 고백을 결국 술자리에서 꺼냈다.

"사실, 나 결혼했어. 아내와 아이는 외국에 있고. 미안해. 일부러 속이려고 한 것은 아닌데 말할 기회를 놓쳤어. 너를 사랑하기도 했고."

막장 드라마 속의 욕받이 남자 주인공이 하는 대사를 자신이 읊고 있는 상황에 스스로 민망하고 어처구니없었다. 그 말을 듣자마자 세경은 잠시 놀란 표정을 짓더니 펑펑 울기 시작했다. 예상하지 못한 지안의 말에 놀란 세경은 꽤 긴 시간 눈물을 쏟았다. 아마도 태어나 처음으로 남자에게 제대로 뒤통수를 맞았을 것이다. 그날 이후 세경은 레스토랑도, 지안과의 연락도 끊었다. 지안은 미안하다는 사죄의 문자를 여러 차례 보냈지만 세경의 답은 없었다. 세경에게는 미안했지만 어차피 결말이 정해진 관계에 그 정도면 아름다운 이별이라 자위하면서 세경과의 관계를 끝냈다.

수년 전 세경을 만나던 당시 사진이 지금, 그것도 연자가 살인사건을 일으킨 이 시점에 등장했다. 게다가 보낸 사람이 죽은 강인태다.

어머니 사건이 터진 지금에 왜 이런 사진을 보낸 걸까. 의도는 분명하다. 나를 괴롭히려는 것. 어머니 사건으로 정신없을 때 돈이라도 뜯어내려고 하는 수작인가. 그렇다면 이게 시작이라는 의미인데. 보낸 사람은 누굴까. 분명 강인태와 나를 잘 알고 있는 사람일 텐데……. 내가 세경을 만났던 사실을 아는 사람은 없다. 출소 후 강인태가 나를 미행하며 찍은 것일까. 아니면 다른 사람에게 사주해서…….

휴대전화 벨소리가 지안의 머릿속을 환기시켰다. 주머니에서 휴대전화를 꺼냈다. 아내였다. 아내는 이 시간에 전화를 하지 않는다. 지안은 아내가 지금 자신의 모습을 몰래 지켜보고 있다가 전화를 한 것 같은 기분이 들었다.

"이 시간에 무슨 일이야?"

지안의 인사말 이후 아내는 말을 하기 전 화가 가득 서려 있는 당신… 이라는 호칭을 두 번 반복했다.

"당신… 아니 그런 일이 있었으면 말을 해야지!"

당신이라는 호칭 이후 쉼 없이 이어진 아내의 말은 손이 베일 정도로 날카로웠다. 옆에 있었다면 부르르 떨면서 따귀라도 날릴 말투였다.

"아는 동생한테 전화를 받고 지금 기사를 봤어. 어머니가 사람을 죽였다는 기사."

기사를 본 아내는 충격이 컸는지 말하는 목소리가 작게 떨렸다.

"아, 그래. 경황이 없어서 당신에게 말 못했어. 미안해."

"정말 어머니가 그런 거야? 죽은 사람은 누군데? 당신은 아무런 관련이 없는 거지?"

계속 질문하는 아내에게 하나하나 설명하려면 하루 종일 전화를 붙잡고 있어야 한다.

"나는 아무런 관련 없어. 죽은 사람은 엄마 간병을 하던 아는 사람이야."

지안이 아무런 관련이 없다고 하자 아내는 마음이 놓였는지 안도의 한숨을 크게 내쉬었다. 아내는 나를 걱정하는 걸까, 아니면 유학비용을 걱정하는 걸까.

"미안해, 여보. 옆에 있어 주지 못해서. 조금만 더 참아줘."

아내는 미안하다는 말을 다시 한 번 더 한 후 전화를 끊었다.

조금만 더 참으라고? 얼마나 더 참으라고. 왜 나만 참아야 하는데!

위생모를 벗어 소파에 던지며 욕을 입 밖으로 쏟아내려고 하는 찰나 노크 소리가 들리며 문이 열렸다. 지안은 들고 있던 사진을 재빨리 에이프런 주머니에 넣었다. 재윤은 문틈으로 고개를 내밀고 "괜찮아?"라고 물으며 사무실 안으로 들어왔다.

"김 셰프, 무슨 우편물이야?"

"별거 아니야. 팬레터 비슷한 거. 힘내라는 그런 거야."

지안은 소파에 누워있는 위생모를 들어 다시 썼다.

"김 셰프. 잠시 쉬는 게 어때? 어머니 일 때문에 힘들 텐데, 잠시 쉬어."

"괜찮아. 내가 자리를 비우면 주방은 누가 관리해."

재윤은 씁쓸한 표정으로 네가 알아서 하라고 말한 후 사무실에서 나갔다.

*

카센터에서 나온 라인은 편의점에서 도시락으로 늦은 점심 식사를 했다. 지안과 인태 사이에 돈이 얽혀있다는 증언이 나온 이상 불분명했던 지안의 살해 동기가 조금은 드러났다. 물론 그것 하나만으로 지안을 용의자로 지목할 수는 없다.

라인은 식사를 하면서 수첩에 정리한 사건 타임라인을 다시 확인했다. 지안이 공범이라는 전제하에 확인하는 것이다.

김지안이 공범이라면 집에 들어간 10시 10분에서 편의점 가기 위해 나온 10시 20분 사이에 사건이 일어났을 거야. 10분이면 충분해. 사건 후 알리바이를 위해 집에서 나왔을 거고. 김지안 재킷에 묻은 혈흔은 언제 생겼을까. 엘리베이터에 오르는 영상에는 그 부분이 잘 보이지 않았어. 김지안은 집으로 돌아온 후 연자의 손을 통해 묻었다고 했고. 신고한 시각이 58분경이면 편의점에 가려고 집에서 나온 시각과 30여 분 시간 차이가 있어. 그의 재킷에 묻은 혈흔이 사건 후인지 사건이 발생했을 때 묻었는지 확인만 하면…… 아, 그 방법.

라인은 혈액 응고 분석이라는 과학 수사기법이 떠올랐다. 다른 사건 사례에서 본 기억이 있다. 사건 발생 시간에 다른 곳에 있었다는 용의자의 알리바이가 거짓말이라는 것을 혈액 응고 분석으로 입증해 유죄 판결을 받게 한 내용이었다.

혈액 응고 분석은 체외 혈액이 응고되는 특성을 이용해 범행 당일의 기온과 습도를 재현해 실제 혈액이 응고되는 시간을 측정하는 방법이다. 이번 사건도 지안이 사건 발생 시간에 현장에 있었냐는 부분이 중요하다. 칼의 손잡이와 절굿공이에 묻은 피해자의 혈흔 응고시간이 지안의 재킷에 묻은 혈흔의 응고시간과 같다면 지안이 공범이라는 정황이 좀 더 확실해진다.

라인은 곧바로 팀장에게 전화를 해 이 내용을 설명하며 국과수에 혈액 응고 분석을 의뢰하자고 제안했다. 팀장도 괜찮은 방법이라면서 그렇게 하겠다고 하며 통화를 마쳤다.

식사를 마치고 도시락 용기를 정리할 즈음 하 형사의 전화가 왔다.

"선배님, 송연자 남편 김평호가 오래전에 살해당한 채 발견되었다고 합니다."

뜻밖의 소식이었다. 하 형사는 연자의 남편 사건을 빠르게 설명했다.

연자의 고향에서 일어난 사건으로 살인죄 공소시효가 폐지되기 전에 했던 수사로, 그 동네에 있는 저수지가 가뭄으로 물이 마르자 그곳에서 차가 발견되었고 차 안에는 백골의 시체가 있었다는 것. 그 시체가 연자의 남편인 김평호. 이미 공소시효가 지난 후 발견된 시신으로 경찰은 수사를 했지만 오래전에 발생한 사건이라 용의자조차 제대로 특정하지 못하고 종결되었다.

"그리고 송연자의 남편 김평호 동생인 김순호는 대학교수로 있다가 3년 전에 지병으로 사망했습니다. 그 학교에 김순호 교수의 딸이 교수로 근무하고 있다고 하네요. 제가 가서 만나보겠습니다."

"어, 그래. 송연자 남편 사건 수사한 경찰서는 어디야?"

"○○경찰서이고요, 담당 형사는 유기성 형사입니다."

*

재윤이 사무실에서 나간 후 지안은 냉장고에서 꺼낸 생수를 벌컥벌컥 들이켰다. 모니터에서 본 야구 모자를 쓴 남자의 모습이 계속 눈앞에서 아른거렸다. 강인태를 잘 아는 사람이라면 누굴까, 아무래도 교도소에 있던 사람일 확률이 높겠지.

소파에 앉은 지안은 까무잡잡하게 그을린 인태의 얼굴을 떠올렸다. 인태는 지안에게 느닷없이 나타나는 불청객이었다. 처음 만났을 때도, 30여 년 만에 다시 나타났을 때도 그랬다.

인태가 레스토랑에 찾아온 후 두 달 남짓 지났을 때였다. 그는 레스토랑 앞에서 퇴근하는 지안을 기다리고 있었다.

"근처 괜찮은 데 가서 술이라도 한잔 할까?"

지안은 피곤했지만 어쩔 수 없이 인태와 함께 레스토랑 근처에 있는 바에 들어갔다.

"오랜 기간 얼굴도 비치지 않다가 갑자기 나타난 이유가 뭐야?"

30여 년 만에 갑작스러운 인태의 등장이 께름칙한 것은 당연하다. 다른 꿍꿍이가 있는 게 아닐까 하는 의심은 인태를 레스토랑에서 다시 만났을 때부터 들었다.

"네가 보고 싶어서 왔지. 제수씨는 아들과 같이 외국에 있다며? 왜 그리 극성인지. 너 많이 힘들겠다."

"형이 내 인생에 뭐라고 할 건 아니지 않나?"

지안은 불편한 기색을 감추지 않았다. 인태는 그런 지안의 반응에 신경 쓰지 않고 자신이 하고 싶은 말을 계속 이었다.

"너는 엄마 닮아서 키도 크고 얼굴도 잘생겼는데 나는 그렇지가 않네. 태어날 때 누굴 닮는 것도 참 중요해."

"쓸데없는 말 그만하고 갑자기 나타난 이유나 말해."

맥락 없는 인태의 말에 짜증 난 지안이 목소리를 높였다.

"자식, 성격 급하네. 엄마는 요양원에 나온 거야?"

"엄마? 내 엄마를 말하는 거야?"

인태의 입에서 엄마라는 단어가 나오자 지안이 발끈했다.

"김 셰프 네 엄마이지만 내 엄마이기도 해. 지금쯤이면 너도 알지 않나? 엄마가 말씀 안 하셨어? 우리는 가족이야. 아빠만 다를 뿐이지."

"가족? 가족은 무슨 가족. 우리는 엄연히 남남이라고. 성도 다르고."

인태는 지안의 말에 빙긋 웃으며 술을 한 모금 마신 후 다시 입을 열었다.

"엄마 치매라며?"

지안은 대답 대신 술잔을 입에 가져갔다.

"계속 집에서 모시게? 지난번 그 요양원에서는 왜 나온 거야?"

지안은 그럴 사정이 있다고 짧게 말했다. 인태는 술잔을 비운 후 작은 숨을 내쉬며 입을 열었다.

"돈이 좀 필요하다."

지안은 결국 그거였군, 하며 혼잣말을 했다.

"나 교도소에 있었거든. 사람을 죽여서."

인태의 말에 지안은 놀란 표정으로 인태를 쳐다보았다. 과거 자신을 찾아온 형사가 교도소에 있다는 말만 했을 뿐 그 이유는 말하지 않아 절도나 사기 정도로 생각했는데 의외였다.

"하하하, 뭐 그리 놀라. 과실치사야. 술 마시고 몸싸움하다 실수로 일어난 일이지."

인태는 대수롭지 않은 표정으로 다시 입을 열었다.

"뭐, 돈이 당장 급한 거는 아니고. 일단 그렇게만 알고 있으라고."

지안은 어림 반푼어치도 없다는 표정으로 인태를 쳐다보았다.

"여기는 내가 일하는 카센터야. 일 있으면 거기 적힌 사무실 번호로 전화해."

인태는 자신이 일하고 있는 카센터 사장의 명함을 지안의 앞에 밀어놓고 자리에서 일어났다.

*

한 시간을 넘게 달려 하 형사가 알려준 경찰서에 도착한 라인은 강력계 사무실로 들어갔다. 사무실 문 앞에 보이는 책상에서 서류를 정리하는 형사와 라인의 눈이 마주쳤다. 눈빛이 매서운 젊은 형사였다. 라인이 유기성 형사를 찾는다고 말하자 매서운 눈빛의 형사는 딱딱한 말투로 누구냐고 물었다. 라인이 신분증을 제시하며 소속과 이름을 밝히자 형사는 의자에서 일어나더니 조금 전과 달리 친절하게 대했다.

"유기성 형사님 찾으세요? 그분은 몇 해 전에 퇴직하셨습니다. 그런데 무슨 일로."

"예전 사건에 대해 여쭈어볼 게 있어서요."

"아, 그러세요. 그 선배님이 자주 가는 기원이 있거든요. 지금 시각이면 거기서 바둑을 두고 계실 겁니다."

형사는 경찰서에서 그리 멀지 않다며 시내에 위치한 기원으로 가는 길을 상세하게 알려줬다. 형사가 말한 건물은 도로변에 위치한 오래된 건물이었다. 건물 옆 공터에 주차를 한 후 계단을 올라 2층에 있는 기원 안으로 들어갔다.

넓지 않은 조용한 기원 안에는 나이 지긋한 노인 몇 명이 듬성듬성 자리를 잡고 바둑을 두고 있었다. 출입문 가까운 자리에 앉은 노인 두 명은 바둑 대결을 마치고 점수를 계산하고 있었다. 중절모를 쓴 노인이 이겼는지 흡족한 미소를 짓고 있었고, 맞은편에 앉은 노인은 입을 쩝쩝거리며 아쉬운 표정을 하고 있었다.

"안녕하세요, 어르신. 여기에 유기성 씨라고 계신가요?"

"유기성? 그 양반이 누구지?"

라인을 올려다보던 중절모를 쓴 노인이 앞자리 노인을 바라보며 물었다. 그 노인도 모르는지 고개를 갸웃거렸다.

"전에 형사를 하신 분인데요."

"아, 그 형사 양반. 그 사람 이름이 유기성이었어?"

중절모 쓴 노인은 고개를 돌려 기원을 둘러보다 안쪽에 위치한 창가 자리를 가리켰다.

"저기 덩치 좋은 사람 보이죠? 짧은 머리를 한 사람. 저 사람이 형사 양반이야."

라인은 두 노인에게 목례를 한 후 노인이 가리킨 자리로 걸어갔다. 얼굴이 보이는 짧은 스포츠형 머리를 한 체격 좋은 남자가 잘 풀리고 있지 않은지 바둑판을 보며 심각한 표정을 하고 있었다.

"유기성 선생님 되시죠?"

라인이 다가가는 동안 심각한 얼굴로 바둑판만 보고 있던 기성이 라인이 인사를 하자 그제야 눈을 치켜뜨고 라인을 쳐다보았다. 잠시 라인을 보던 기성이 갑자기 씩 웃었다. 라인도 덩달아 멋쩍은 미소를 지었다.

"아이고, 오늘 손님이 오늘 걸 내가 깜빡하고 있었네. 황 선생, 오늘 못 둔 거 다음에 다시 하자고."

"아니, 그런 법이 어디 있어. 시작했으면 끝을 봐야지. 이제 얼마 안 남았는데. 저녁 내기 하자고 해놓고서는 이게 무슨 경우야!"

승기를 잡았던 맞은편 자리의 노인이 황당하다는 듯 자리에서 일어서는 기성을 올려다보며 목청을 높였다. 기성은 앞자리 노인에게 미안하다고 말한 후 라인의 팔을 잡고 기원 밖으로 나왔다.

"아유, 시간을 잘 맞춰서 오셨네. 고마워, 후배 형사님."

"제가 형사라는 거 어떻게 아세요?"

"내가 형사 밥을 몇 년 먹었는데, 그 정도는 척 보면 알지. 오늘 술값은 굳었으니까 내가 요 밑에 있는 커피숍에서 커피를 사지. 가세."

기성은 돈이 굳은 게 그리 좋은지 싱글벙글 웃으며 계단을 먼저 내려갔다.

"그래, 후배님은 어느 서에서 오셨나?"

기성은 커피로 입을 축이며 물었다. 라인은 기성 앞에 명함을 내밀었다. 기성은 명함을 보며 "그런데 무슨 일로 퇴직한 나를 찾아오셨어?"라고 물었다.

"선배님이 퇴직하시기 전에 송연자 씨 남편 사건을 수사하셨죠? 김평호 씨라고."

"송연자 남편? 송연자… 김평호… 아, 저수지에서 발견된 그 남자."

"예. 그 사건에 대해 알아볼 게 있어서요."

"그 사건을 지금 왜? 내가 수사하던 그때도 공소시효가 지난 후였는데."

"얼마 전에 사건이 터졌습니다. 송연자 씨가 살인을 했습니다."

"살인? 누구를?"

놀란 기성의 작은 눈이 곱으로 커졌다.

"송연자 씨가 자신의 집에서 오십 대 남자를 살해했는데 전혀 기억을 하지 못하고 있습니다. 송연자 씨가 중증 치매 환자거든요."

"죽은 사람 이름은?"

"강인태라고 합니다."

기성은 강인태라는 이름을 중얼거리며 고개를 살짝 주억거렸다. 커피로 다시 입을 축인 기성은 창밖을 바라보았다.

"그런 일이 일어나다니. 후배님, 피해자 발견 당시 상태를 말해줄 수 있나?"

라인은 강인태가 검은색 겨울 코트를 입은 것과 가해자가 그의 등에 칼로 찌른 것, 절굿공이로 머리는 여러 차례 내린 흔적이 있다는 내용을 말했다.

사건 내용을 전하는 라인을 바라보던 기성은 허, 하는 감탄사를 내뱉으며 다시 창밖으로 시선을 옮겼다.

"희한하네. 죽은 남편과 같은 방법으로 강인태를 살해한 게."

"같은 방법이요?"

라인은 재킷 주머니에서 수첩을 꺼내며 물었다.

"송연자 남편, 좀 전에 이름이 뭐라고 했지?"

"김평호입니다."

"맞아, 김평호. 그 사람이 타고 있는 차가 저수지에서 발견되었지. 좀처럼 물이 마르지 않는 저수지인데 그때 여름은 워낙에 가물어서 저수지 물이 반 정도 남아있었어. 저수지를 지나가던 동네 주민이 시신이 있는 것 같은 차가 저수지에 있다면서 신고를 했지. 신고를 받고 내가 현장에 갔는데 차 안에 백골이 된 시신이 있는 거야. 바지 뒤 호주머니에 있던 지갑에 신분증이 있어 신원은 확인했어. 차 명의도 그 사람 거고. 겨울에 빠졌는지 검은색 겨울 코트를 입고 있었지. 오래전에 아내인 송연자가 실종신고를 한 상태였어. 실종신고 후 시간에 꽤 흐른 뒤여서 이미 사망으로 처리가 되어 있었지.

다행히 그때 지갑 안에 있던 톨게이트 영수증에 흐릿하게 남아있는 날짜가 있어서 살해를 당한 시기를 대충 짐작할 수는 있었어. 그때 시신이 입고 있는 코트 등 쪽에 칼로 찌른 흔적이 있었지. 차 안에서 범행에 사용한 칼도 발견되었어. 주방에서 쓰는 칼이었지. 머리 부분은 둔기로 내리친 흔적도 있었고. 누군가가 김평호를 살해한 후 저수지에 차와 함께 빠뜨린 거였어."

기성은 오래전 수사한 사건이라 기억이 가물가물하는지 당시 수사 내용을 더듬더듬 말했다. 그가 두서없이 한 말을 정리하면 다음과 같다.

인천에서 건설업을 하고 있던 김평호는 실종 전 사업이 아주 안 좋은 상태였다. 시신이 발견된 동네에 아무런 연고가 없는 그가 송연자가 살고 있던 동네의 저수지에 발견된 이상 유력한 용의자는 아내인 송연자였다. 기성은 송연자를 만났다. 당시 그녀는 서울에서 제법 큰 음식점을 운영하고 있었다.

송연자는 고향에서 살고 싶어 아들과 함께 내려왔고 남편은 인천에서 건설업을 하고 있어 따로 지냈다고 했다. 남편과 연락이 되지 않아 인천 집에 갔는데 집은 비운 지 오래된 듯했고, 이곳저곳 수소문을 해봤지만 김평호의 행방을 아는 사람이 없어 실종

신고를 했다고 진술했다. 송연자는 왜 남편이 자신의 고향에 와서 그렇게 되었는지는 잘 모르겠다며 의아해했다. 오래전 사건이라 동네에서 김평호를 보았다는 목격자도 확실한 증거도 찾을 수 없었다. 게다가 당시 법상 공소시효가 지난 사건이라 수사팀은 사건을 파고들 의지도 없었다. 기성이 송연자를 만나기 며칠 전 수사팀으로 한 통의 전화가 왔다. 송연자를 잘 아는 사람이라는 남자의 전화였다.

"그 남자는 누구죠?"

"오래전 병으로 죽은 자기 아내가 송연자의 친구라고 하더군. 그 사람이 흥미로운 이야기를 했지. 송연자가 김평호와 결혼하기 전 다른 남자와 같이 살았던 적이 있다고. 혼인신고를 미루고 살았는데 애를 낳기 전에 남편이 사고로 죽었다고 하더라고. 그때 송연자가 출산한 아기를 자신의 아내가 입양하자고 해서 입양을 했고 그 사람이 강인태라고."

기성의 말에 연자의 가계도가 단번에 그려졌다. 강인태가 송연자의 아들이었다니. 강인태가 치매에 걸린 송연자를 돌본 이유가 단번에 이해됐다. 그런데 왜 김지안은 어릴 때 잘 알던 사람이라고 했을까. 지금까지 이런 사실을 모르고 있었나.

"선배님은 송연자 씨가 그 사건의 범인이라고 생각하시는 건가요?"

"범인을 특정하지 못하고 끝난 사건을 이제서 뭐라 하는 게 그렇기는 하지만 그럴 가능성이 높지. 물론 송연자 그 사람이 살인과는 어울리지 않는 사람이지만 피치 못할 사정이 생기면 사람은 자신도 모르게 악하게 변하니까."

"혹시 보험금을 노린……"

"그건 아니었어."

라인이 보험금 이야기를 꺼내자 기성은 말을 끊으며 단호하게 아니라고 말했다.

"김평호 이름으로 가입한 보험이 몇 개 있기는 했는데 사업이 안 좋았을 때 김평호가 해약을 하고 돈을 찾아갔더라고. 채무 관계에 의한 살인일까도 수사했는데 오래전 일이라서 그런 사람을 찾는 게 쉽지 않았지."

기성은 갑자기 조금 전 같이 바둑을 둔 사람 이야기를 꺼냈다.

"좀 전에 나랑 바둑을 둔 황 선생이 학교에서 선생질하다가 퇴직한 사람이거든. 그 사람하고 바둑을 두면 항상 한 끗 차이로 진다니까. 내가 이기고 있다가도 한 수를 잘못 두면서 뒤집어진단 말이지. 수사도 그래. 한 수를 잘못 두면 이상하게 꼬여. 대신 그 한 수를 잘 두면 사건은 쉽게 풀리고. 그 사건의 한 수는 바로 김평호의 차를 운전해서 저수지로 간 사람이야. 나는 그 사람이 범인이라고 생각해. 송연자와 공범일 수도 있고. 당시 송연자는 운전면허가 없었어. 면허는 사건 후 몇 년이 지나서 취득했더라고. 물론 면허증이 없어도 운전을 할 수는 있겠지만.

김평호라는 사람은 체격도 좋고 젊었을 때 유도도 했다고 했어. 그 여자 혼자 김평호를 상대할 수는 없었을 거야. 김평호가 만취 상태라고 해도 송연자 혼자서 살해한 후 차로 옮기기는 힘들었을 테지. 당연히 공범은 존재할 수밖에 없어."

"그래서 선배님은 강인태를 의심하는 거군요. 그 사람도 만나셨나요?"

"만났지. 그때 그 사람은 과실치사로 감옥에 있더라고. 그 사람도 인생이 딱해. 태어나자마자 입양되고, 입양한 집에서 엄마가 죽자 사이가 좋지 않은 아버지를 떠나 집에서 나와 홀로 살았으니까. 그러다 실수로 사람까지 죽이고 교도소에 갔으니.

교도소에서 강인태를 만나 과거에 일어난 사건에 관해 물었더니 전혀 모른다고 하더라고. 숨기는 게 있을까 해서 표정을 유심히 살폈는데 면회 내내 무표정한 얼굴이라 알 수가 없었지. 강인태는 군 입대 전에 그 집에 간 적이 있다고는 했어. 하지만 송연자의 남편은 본 적이 없다고 하더군. 그때가 겨울이냐고 물었더니 그런 거 같다고는 했어."

"강인태가 아닌 다른 사람일 가능성은 없나요?"

"물론 그럴 가능성도 있지. 그 당시 송연자가 만나던 남자와 공모했을 수도 있으니까. 그 여자 젊었을 때는 제법 예뻐서 껄떡대는 남자들이 적지 않다고 하더군. 그런데 송연자를 기억하는 동네 사람들 말로는 강박증이 있을 정도로 남자들을 멀리했다고 하더라고."

기성은 커피로 입을 축인 후 잠시 창밖을 내다보며 다시 말을 이었다.

"레스토랑에서 일하는 송연자 아들도 만났어. 이름이 뭐더라······"

라인은 김지안이라고 말했다.

"맞아, 김지안. 그 사람도 강인태처럼 아무것도 모른다고 하더라고. 강인태를 아느냐고 물었는데 연락을 하고 지내지 않는지 어릴 때 알았던 사람이라고 하더군. 송연자의 아들이라는 것도 모르고. 그날 내가 강인태가 송연자의 아들이라고 말해줬어.

김지안이 어렸을 때라고는 하지만 그는 아무런 기억이 없었어. 아버지를 마지막으로 본 기억은 있는데 그날이 사건이 일어난 날인지는 잘 모르겠다고 하더군. 아버지가 온 날 강인태도 보았느냐고 물으니까 그것도 기억 못하고. 그때 김지안의 말로는 아버지가 무서워 집 안으로 들어가지 못하고 집 밖에서 의자를 밟고 작은 틈으로 집안을 보다 미끄러져 뇌진탕으로 정신을 잃고 병원으로 갔다고 하더라고. 아버지 시신이 발견되었다고 하니까 놀라더군. 그동안 아버지를 찾지 않은 이유를 물으니까 아버지와 사이가 좋지 않아 따로 살고 있었다고 하더라고. 세 사람을 만났을 때 느낌은 가족들끼리 똘똘 뭉쳐 아무것도 모른다고 말하고 있는 느낌이었어. 입을 맞춘 거 같지는 않은데 말이야.

그런데 과거 사건과 현재 사건이 닮은 게 참 희한해. 강인태가 김평호처럼 코트를 입고 죽은 것도 그렇고. 후배님은 송연자 혼자 강인태를 살해했다고 생각하나?"

"확실하지는 않지만 이번 사건도 공범이 있는 거 같습니다. 숨진 강인태가 체격이 크지는 않지만 치매 노인이 혼자 살해했다는 점이 자연스럽지는 않으니까요."

"공범은 누구?"

"송연자 씨 아들인 김지안이요."

기성은 입을 다문 채 음, 하는 감탄사를 냈다.

"선배님은 그 사건을 어떻게 결론 내리셨어요?"

"그 사건은 우발적인 사건이었을 거야. 갑자기 남편인 김평호가 집으로 찾아왔고 송연자와 말다툼이나 폭행이 있었을 거야. 그때 나타난 남자가 김평호를 살해하고 저수지에 차를 빠뜨린 거지. 송연자는 주범이든 공범이든 분명 사건 중심에 있는 사람이고, 그때 나타난 남자는 강인태가 유력하고. 이게 내가 내린 결론이야. 복잡할 거는 없지."

라인은 기성의 말을 수첩에 빠르게 메모했다.

"송연자 그 여자가 치매에 걸렸다니 안됐어. 늙으면 지난 추억을 기억하며 사는 재미도 있는데. 아니, 오히려 다행이라고 해야하나. 과거의 끔찍한 사건 기억이 사라져서."

라인은 병원에서 있었던, 연자가 과거 사건을 기억하고 있는 것 같다고 말하려다 그만두었다. 대신 과거 사건이 일어났을 것으로 추측되는 연자의 집에 관해 물었다.

"그 집 지금도 있나요?"

"어, 그대로 있어. 송연자 그 노인네 심성이 착한 사람이야. 재건축한다고 해서 옆 동네에서 쫓겨나 갈 데 없는 노인들 몇 명이 그 집에서 살았지. 그 집에서 공짜로 살게 해줬어. 전기요금, 수도요금 같은 것도 다 송연자가 냈거든. 김장철에는 자기가 담근 김치도 보내줬다고 하더군. 마지막으로 그 집에 살던 노인 한 명이 얼마 전 요양원으로 가면서 지금은 비어있어. 집 열쇠는 현관 앞에 있는 화분 아래에 있을 거야. 거기에 열쇠가 없으면 그 집

가기 전에 있는 떡집 주인이 갖고 있을 거고. 거기서 그 집을 관리하고 있거든."

라인은 기성과 헤어진 후 그가 가르쳐준 길을 따라 연자가 살았던 집으로 향했다. 멀리 키가 큰 플라타너스 나무가 집을 지키는 호위무사처럼 서 있는 집이 눈에 들어왔다.

집 앞에 도착했다. 담장 너머로 보이는 붉은 벽돌로 지은 단층 주택은 외관이 멀쩡해 오래된 집처럼 보이지는 않았다. 라인은 초록색 페인트가 절반 이상 벗겨진 대문을 열고 안으로 들어갔다.

아담한 마당이 라인을 맞이했다. 집을 관리한다는 떡집 주인이 키우는 것인지 마당 구석의 작은 텃밭에는 상추와 고추가 오밀조밀하게 크고 있었다.

집 옆에 서 있는 플라타너스 나무가 마당 절반에 그늘을 드리웠다. 그 그늘이 덮고 있는 거실 앞에 자리를 잡고 있는 나무로 만든 평상은 어른 대여섯 명이 충분히 앉을 정도로 널찍했다.

라인은 계단을 올라 현관 앞에 놓여 있는 화분을 들었다. 바닥에 놓여 있는 열쇠를 집어 들어 현관문을 열고 집 안으로 들어갔다. 최근까지 사람이 살았던 집이라 을씨년스러운 느낌은 없었다.

거실에 선 라인은 집안을 휙 둘러봤다. 집 안에 있는 가구들은 연자가 살았던 그때 가구들 그대로인 듯 낡아 보였다. 시간의 흔적이 고스란히 남아있는 집. 예전 물건을 치우지 않고 둔 것은 집 주인인 연자의 고집이었을 것이다. 지난 시간을 추억하며 노년을 이곳에서 보낼 생각으로.

라인의 발이 주방으로 움직였다. 수저통에는 주인이 없는 숟가락과 젓가락 한 쌍이 외롭게 기대있었고, 그 옆에는 몇 개 되지 않는 밥그릇과 접시가 포개져 놓여 있었다.

방은 세 개. 먼저 주방 옆의 방문을 열었다. 그동안 창고를 대신하고 있었는지 바로 쓰레기장으로 가도 될 잡동사니들이 가득했다. 안방에는 이 집에서 가장 최근 물건으로 보이는 날씬한 텔레비전 한 대가 벽에 붙어있었고, 문을 열고 닫을 때 삐걱대는 소리가 시각으로도 느껴질 정도로 오래된 장롱은 풍화작용을 겪은 것처럼 세월의 흔적이 문짝에 골고루 흩어져 있었다. 안방 건너에 있는 작은 방은 지안의 방이었다. 그 방 역시 학창 시절 그가 사용했을 낡은 책상과 옷장이 주인이었다.

다시 거실에 선 라인은 연자가 병원에서 말한 부엌을 떠올리며 주방을 바라보았다. 주방을 둘러보며 기성이 말한 과거에 있었던 사건의 상황을 상상했다.

집안에는 김평호와 송연자가 있다. 사업이 힘들어진 김평호는 송연자에게 돈을 요구했다. 그러다 두 사람의 다툼이 있었다. 김평호가 일방적인 폭력을 가했을 것이다. 무슨 일이 있어 우연히 집에 들른 강인태는 그 상황을 보고 말리다 칼을 잡고 김평호의 등을 찌른 걸까. 아니면 반대로 김평호와 강인태가 몸싸움을 하는 도중에 송연자가 그런 걸까. 마지막으로 사건 후 강인태는 김평호를 차에 싣고 가서 저수지에 차와 함께 시신을 유기……

누가 어떻게 김평호를 살해했나 하는 부분만 제외하면 사건의 전체 윤곽이 그럴듯했다. 송연자가 병원에서 내가 죽었다고 말하며 한 동작이 과거 사건의 기억이라면 그녀가 칼로 찔렀거나 방망이 같은 것으로 쓰러진 김평호의 머리를 내친 것인데, 그녀의 말처럼 정말 자신이 모든 것을 했을까?

대문을 열고 집에서 나오는데 나이 지긋한 노인이 라인의 차 옆에 서서 차 안을 살펴보고 있었다. 대문 앞에 선 라인과 눈이 마주친 노인은 의심쩍은 표정으로 물었다.

"나는 길 건너 떡집 주인인데 댁은 누군데 그 집에서 나오는 거요?"

"아, 안녕하세요. 저는 경찰입니다."

라인은 신분증을 보여주며 다시 말을 이었다.

"과거 사건 조사 때문에 들렀습니다. 혹시 예전에 이 집에 살던 송연자 씨……"

"나는 몰라요. 아무것도."

의심 가득했던 노인의 얼굴은 송연자라는 이름이 라인의 입에서 나오자마자 불편한 얼굴로 바뀌었고 곧바로 모른다고 말하며 몸을 돌려 자리를 떴다.

차에 오른 라인이 향하는 곳은 김지안이 일하는 레스토랑이다. 기성의 말을 들은 후 과거 사건 기억이 없었다고 말한 지안의 말을 확인하기 위함이다. 물론 인태와 연자의 관계에 대한 것도 있고.

라인은 병원에서 연자가 한 말을 다시 생각했다. 내가 죽였다고 한 말과 부엌. 그 말이 과거 사건을 의미하는 거라면…… 그 기억을 김지안이 알고 송연자의 과거 기억을 이용해서 강인태를 살해하게끔 계획한 것인가. 그래서 강인태에게 검은 코트를 입힌 걸까. 정말 송연자의 과거 기억을 이용해서 살인을…… 그런 일이 정말 가능한 걸까.

라인은 사건을 처음 접했을 때 들었던 느낌, 우발적인 사건과 계획적인 사건이라는 느낌이 동시에 드는 이유를 다시 정리했다. 연자가 한 과거의 우발적인 사건 기억과 그 기억을 알고 있는 지안이 계획적으로 한 것이 아닐까 하는 것으로.

*

지안이 레스토랑 근처의 술집에서 돈을 요구한 인태를 다시 만난 것은 연자가 지구대에 있다는 연락을 받을 날이었다. 그날은 지안이 평소보다 일이 늦게 끝났고 연자를 돌보는 요양보호사도 가족 모임이 있다면서 지안이 올 때까지 기다릴 수 없을 것 같다고 했다. 한 시간 정도는 별일 없겠지 하는 생각으로 요양보호사에게 퇴근하라고 하고 일을 마친 후 서둘러 집으로 향했다.

집에 들어가니 텔레비전만 켜져 있고 연자는 보이지 않았다. 요양보호사에게 전화를 하자 자신이 나갈 때 거실에 앉아 텔레비전을 보고 계셨다면서 자신의 잘못인 양 죄송하다며 사과를 했다.

요양보호사와 통화를 마친 지안은 연자의 휴대전화로 전화를 했지만 벨소리는 거실 소파 구석에서 들렸다. 연자가 멀리 가지 않았을 거라는 생각에 집에서 나와 아파트 주변을 돌아다녔지만 그녀의 모습은 보이지 않았다. 결국 아파트 입구와 연결된 도로

를 따라 큰길로 나왔다. 어디로 가셨을까, 하는 생각을 하며 돌아
다니길 수십 분. 그때 재윤에게 전화가 왔다.

"지안아, 방금 ○○지구대에서 레스토랑으로 연락이 왔는데 어
머니가 거기에 계시다고 한다. 빨리 가봐."

지구대? 일단 안전한 곳에 있다니 마음이 놓였다. 지안은 재윤
이 말한 지구대로 뛰어갔다. 헉헉거리며 지구대 문을 열자 빠작
빠작 속이 탔던 지안과 달리 연자는 천하태평이었다. 커피가 든
종이컵을 들고 있는 연자는 지구대 안의 대기 의자에 앉아 텔레
비전을 보고 있었다. 텔레비전에는 지안이 출연한 방송이 재방
송되고 있었다.

"엄마, 집에 계시지 왜 나오셨어요!"

연자의 무사함을 확인한 후 지안은 지구대 경찰들에게 감사하
다는 인사를 했다.

"셰프님이 아드님 맞네. 난 어르신이 장난치는 줄 알았거든요."

경찰이 하는 말은 이랬다. 지구대로 신고한 사람은 약국의 약
사로, 약국 앞의 횡단보도에 노인 한 분이 횡단보도를 계속 왔
다 갔다 한다면서 위험해 보여 전화를 했다는 것이다. 출동한 경
찰이 지구대로 데려왔지만 휴대전화도 없고 가족도 기억을 하지
못해 지문조회를 해야 하나 생각했는데, 때마침 텔레비전에서
나오는 지안이 출연한 방송을 보던 연자가 자기 아들이라고 해
서 지안의 레스토랑을 가본 적이 있는 경찰 중 한 명이 혹시나 하
고 레스토랑에 전화를 한 것이었다.

지안은 연자와 함께 지구대에서 나왔다.

"텔레비전에 나오는 사람이 아들인 거 어떻게 아셨어요?"

"뭐? 텔레비전? 거기 누가 나왔어?"

"아니에요. 그런데 무슨 일로 집에서 나오셨어요?"

"아들이 내일 소풍 가거든. 김밥 재료 사려고 나왔지."

"돈은 갖고 나오셨어요?"

"돈? 아, 돈……."

아들이 소풍 간다는 말은 치매가 증상이 심해진 후 연자가 자주 하는 말이다. 지안이 어렸을 때 연자는 가끔 가게에서 팔고 남은 김밥을 집으로 가져왔고 지안은 그 김밥을 먹었다. 소풍 갈 때도 마찬가지였다. 시간이 없던 연자는 전날 남은 김밥을 싸서 지안에게 줬다. 지안은 그런 일들이 상처가 아닌 추억인데 연자는 그것이 마음에 걸렸는지 가끔 아들이 소풍 가는데 김밥을 사줘야 한다는 말을 한다.

두 사람이 집에 도착했을 때 언제 왔는지 문 앞에 인태가 기다리고 있었다.

"엄마 찾으러 나갔었냐?"

"그게……"

"일단 문 열어. 들어가서 이야기하자. 도어록 비번 뭐냐?"

집 안으로 들어간 인태는 할 이야기가 있다면서 주방 식탁으로 지안을 불렀다. 인태는 집주인인 양 냉장고에서 꺼낸 캔맥주를 벌컥벌컥 들이켰다. 지안은 인태 맞은편에 앉았다.

"엄마 혼자 나가셨던 거야?"

지안은 고개만 끄덕였다.

"나 조만간 카센터 그만두고 지방으로 내려갈 거야. 내려가기 전까지 내가 엄마 모실게."

지안은 인태의 뜻밖의 제안에 놀랐다.

"형이 왜 엄마를 모셔?"

"엄마 돌아가시기 전에 아들 노릇 제대로 한 번 하려고. 수고비는 필요 없어. 내가 모시면 오늘처럼 엄마 찾으러 늦은 밤에 쏘다닐 일도 없잖아. 퇴근 후 네 시간도 필요할 테고. 괜찮은 제안 아니냐?"

"형이 이러는 꿍꿍이가 뭐야."

"꿍꿍이는 무슨, 아들이 엄마 모시겠다는데 왜 색안경을 끼고 보냐. 우리는 가족이잖아."

"또 그 소리야! 우리가 무슨 가족이라고 자꾸 가족이라는 거야!"

"우리는 그래도 얼굴은 보잖아. 너, 네 와이프랑 그러고 사는 게 가족이냐? 까놓고 말해서 네 와이프 외국에서 뭐 하고 지내는지 너 알아?"

자신의 가족을 건드리는 인태의 말에 화가 치민 지안은 자리에서 벌떡 일어나 맞은편에 앉아 있는 인태의 멱살을 움켜잡았다.

"사람을 둘이나 죽인 살인자 새끼가 어디서 말 같지 않은 말을 씨불여!"

"둘? 내가 둘을 죽인 거 어떻게 알았어? 예전 사건 엄마가 말했어? 내가 네 아버지를 죽였다고 그러시던?"

지안은 대답 대신 쥐고 있던 인태의 멱살을 풀고 다시 자리에 앉았다. 멱살을 잡힌 게 기분이 상할 법도 했지만 인태는 아랑곳하지 않는 표정이었다.

"김 셰프, 조금 잘나간다고 기세가 등등하네. 요즘 같은 세상에 사람 하나 병신 만들어 추락시키는 거 일도 아니야. 그 정도는 너도 잘 알지 않냐? 지금 네 인기와 유명세 한 방이면 끝날 수가 있어. 나야 이미 망가질 대로 망가진 인생이라 손해 볼 것도 없지만 너는 그렇지 않잖아."

짐짓 무게를 잡고 말하는 인태의 표정에는 자신감이 넘쳤다. 지금 당장에라도 뭔가를 인터넷에 터트릴 수 있다는 표정이었다.

인태는 다 마신 맥주 캔을 테이블에 세게 내리쳐놓으며 입을 열었다.

"세 장 준비해."

"세 장? 삼억?"

인태는 빌려준 돈을 받는 채권자처럼 당당한 표정으로 고개를 끄덕였다.

"내가 왜 당신에게 그 돈을 줘야 하는데."

지안은 인태와 가족이 아니라는 선을 그으려고 형이 아닌 당신이란 호칭으로 대신했다.

"내가 너와 엄마랑 얽혀있는 사연 여기저기 떠들고 다녀봐야 너에게 좋은 거 없잖아. 아름다운 사연도 아니고 살인이 등장하는 내용을. 나도 좀 편히 살아야 너도 편할 텐데. 엄마 명의로 된 이 아파트는 신경 끌 테니까 삼억으로 퉁치자고. 더 부르려다 가족끼리 너무한 것 같아 그 정도로 한 거야.

지금 너 이렇게 사는 거에 나도 일정 부분 지분이 있다. 그 정도의 돈 충분히 받을 자격이 있다는 말이지. 솔직히 그 정도 돈이면 너에게 큰 부담은 아닐 텐데."

"말 같지도 않은 소리하고 있네. 당신이 나 이렇게 사는데 뭘 했다고. 무슨 꿍꿍이가 있는지 모르겠는데 마음대로 해."

"그래? 알았어. 일단 이틀 후에 내 짐 여기로 가져올게. 방은 저기 작은 방 쓰면 될 거 같고. 요양보호사 아줌마는 일주일 정도 더 일하라고 해. 나도 카센터 일 정리해야 하니까. 걱정하지 마, 이 집에 눌러앉을 생각은 추호도 없으니까. 좀 전에 말했듯이 한 달 후에 지방으로 다시 내려갈 거야. 그 전에 잠시 엄마와 함께 있으려고 하는 것뿐이야."

그날 인태는 그렇게 돌아갔다. 인태가 집에 들어오기로 작정한 이상 지안이 거절한다고 해도 며칠을 막무가내로 레스토랑과 집에서 죽치고 기다리며 지안을 괴롭힐 것이다. 사실 삼억이라는 돈 부분만 빼면 인태의 제안이 그리 나쁜 것은 아니었다. 어찌됐든 인태도 아들이니 연자를 돌보는 일에 설렁설렁하지는 않을 것이다. 문제는 그가 제시한 돈이다. 물론 지안은 그 돈을 인태에게 줄 마음이 없었다. 그 부분은 급한 게 아니니 천천히 생각하기로 했다.

인태 말대로 이틀 뒤 그는 짐을 들고 연자의 집으로 왔다. 지안이 퇴근 후 집에 갔을 때 작은 방에는 옷이 걸려 있는 행거가 설치되어 있었다. 꽤 많은 옷이 행거에 걸려 있었다. 문 앞에 서서 방 안을 둘러보고 있을 때 편의점에서 산 물건이 든 봉지를 들고 인태가 들어왔다.

"퇴근했냐?"

"어. 그런데 무슨 옷이 이렇게 많아."

"좀 많지? 옛날부터 입던 옷인데 내가 버리지 못하는 습관이 있어서. 돈은 내가 여기 떠나는 날 내 눈앞에 수표로 가져와. 장난하는 거 아니다."

인태는 그날 말한 돈을 결국 챙기지 못한 채 떠났다. 30여 년 만에 지안 앞에 갑자기 나타난 그가 어수룩하게 당하지만은 않았을 것이다. 똑똑하지는 않아도 바보는 아니다.

세경과 찍은 사진은 인태가 한 것이다. 교도소에 있으며 출소 후 먹고 살 생각을 하다 지안에게 돈을 뜯어내는 상상까지 다다랐을 테다. 인태 본인이 했을 수도 있고, 범죄자들이 득실대는 그곳에서 지안을 미행할 사람 구하는 것은 일도 아니었을 것. 기러기 아빠라는 것을 알고 외로운 지안이 여자와 만날지도 모른다는 생각이 실제로 맞아떨어졌을 때 쾌재를 부르며 좋아했을 것이다. 분명 인태가 돈을 요구했을 때도 그 사진을 믿고 그랬을 것이다.

그때 사진을 찍은 사람이, 아니면 인태의 계획을 알고 있는 사람이 나에게 보낸 거라면 분명 다시 연락이 오겠지.

사람 하나 병신 만들어 추락시키는 거 일도 아니라고 말한 인태의 말이 그가 죽은 지금에서야 새삼 위협적으로 느껴졌다.

지안은 직원이 모두 퇴근한 후 레스토랑에서 나왔다. 문을 닫고 계단을 내려가려던 지안의 걸음이 계단 앞에서 멈췄다. 1층 출입구 벽면에 있는 우편함 앞에 재킷을 입고 있는 남자가 우편물을 들고 서 있었다. 자동 센서등이 막 꺼져 남자의 모습은 어둠에 잠겨 제대로 보이지 않았다. 게다가 남자보다 위에 위치한 지안의 시야에는 남자의 정수리만 보였다.

우편함 앞에 우편물을 들고 서 있는 남자도 지안이 자신을 보고 있다는 것을 인지했는지 굳은 채 가만히 서 있었다. 봉투를 들고 서 있는 남자의 모습은 레스토랑 우편함에 우편물을 넣는 것인지 빼낸 후인지 구별하기 애매한 상황이었다.

이 시간이면 정상적인 우편물을 넣는 시간이 아니다. 지난번 레스토랑 테이블에 사진을 놓고 간 남자가 떠오른 지안은 지금 저 남자의 행동이 우편물을 넣는 것으로 생각했다. 세경의 사진에 이은 두 번째 우편물이다.

"거기서 뭐 하는 겁니까?"

아무런 말없이 얼어붙은 것처럼 서 있던 남자는 지안의 말이 끝나자마자 갑자기 출입문을 열고 나가더니 냅다 달리기 시작했다. 지안도 계단을 후다닥 내려와 출입문을 열고 뛰어나갔다. 앞서 달리는 남자의 뒷모습이 건물 모퉁이를 돌며 사라졌다.

분명 지난번 사진을 두고 나간 그 남자야.

남자가 사라진 건물 모퉁이를 지안도 돌았다. 남자의 발은 생각보다 빨랐다. 그는 이미 적색 신호등으로 바뀌기 직전 횡단보도를 건넌 상태였다. 지안이 도로를 건너려고 할 때는 지나가는 자동차들 때문에 건널 수가 없었다. 지안은 낭패를 당한 표정으로 멀리 사라지는 남자의 뒷모습만 멍하니 바라보았다.

*

유기성 형사를 만나 연자의 남편 사건을 확인한 라인은 연자가 과거의 사건 기억을 이용해 범행을 했을 거라는 가능성에 무게를 두었다. 당연히 연자 혼자서 했을 리는 없다. 지안이 연자가 검은색 코트에 과거 기억이 반응한다는 것을 알고 사건을 계획했을 것이다. 구급대원이 말한 인태의 눈물 자국도 그런 맥락과 닿아있다. 죽기 전 자신에게 이런 짓을 한 지안에게 분노와 배신감을 느껴 흘린 눈물이 틀림없다.

문제는 지안이 연자의 과거 기억을 이용해서 인태를 살인한 것이 가능한지를 입증하는 것이다. 단순히 연자의 기억을 통해 연자가 살인하도록 도왔는지, 아니면 지안이 살인 과정에 적극적으로 관여했는지 여부다. 단순히 연자의 기억을 이용해 연자가 인태를 살인하도록 유도만 했다면 그것을 입증하기는 어려울 것이다.

여전한 의문도 있다, 인태가 아무런 저항도 없이 칼에 찔린 이유다. 만취 상태도 아니고 부검에서 수면제 같은 것도 나오지 않는 상황이라면 어떤 경우가 있을까. 하 형사가 농담처럼 말한 전기 충격기를 정말 사용했나? 정신을 잃은 상태에서 칼로 찌른 것이라면 인태가 저항이 없는 이유도 해결된다. 지금까지 정황으로 본다면 가장 합리적인 추측이다.

라인의 차는 늦은 밤이 돼서야 지안의 레스토랑 근처에 도착했다. 지안의 레스토랑과 멀지 않은 공영주차장에 주차를 하고 레스토랑으로 향했다.

길 건너 레스토랑이 눈에 들어왔다. 영업시간이 끝났는지 불은 꺼져 있었다. 지안에게 전화를 하기 위해 재킷 주머니에서 휴대전화를 꺼냈다. 그때 건물 출입문이 열리며 한 남자가 후다닥 튀어나왔고 곧이어 지안도 출입문이 부서질 듯 열며 뛰쳐나왔다.

지안이 앞서 달리는 남자를 쫓는 모양새였다. 아주 짧은 순간이었지만 라인은 앞서 나온 남자가 정이학 기자라는 것과 그가 흰색 봉투를 손에 쥐고 있는 것을 알아차렸다.

뭐야, 저 두 사람은. 늦은 야밤에 무슨 시추에이션. 혹시 정 기자가 들고 있는 저 봉투 때문인가?

도로 건너편에 서 있던 라인도 달리기 시작했다. 건물을 돈 이학은 횡단보도 신호등이 바뀌기 직전 도로를 건넜고, 오가는 차들 때문에 길을 건너지 못한 지안은 허탈한 표정으로 이학의 뒷모습을 바라보았다.

라인은 횡단보도를 건넌 이학의 뒤를 쫓았다. 한참을 내달린 이학이 멈춘 곳은 주택가에 위치한 작은 공원. 지안이 따라오지 않는 것을 확인한 이학은 두 손으로 무릎을 잡고 상체를 숙인 채 거칠게 숨을 내쉬었다. 라인도 호흡을 가다듬으며 이학 뒤로 천천히 다가갔다.

"정 기자, 이젠 도둑질도 하냐? 그 봉투 김지안 거 맞지?"

상체를 숙이고 있던 이학은 갑자기 들린 라인의 목소리에 놀랐는지 순간 멈칫하더니 천천히 상체를 일으킨 후 몸을 돌렸다.

"형사님은 웬일이세요? 저를 따라다니는 거예요?"

"내가 정 기자를 왜 따라다녀, 뭐가 나올 게 있다고. 김지안 세프 만나러 가는 길에 우연히 두 사람 목격한 거야. 그거 내놔. 경찰서로 끌려가기 싫으면."

한참을 쫓아 잡은 먹잇감을 지나가던 날짐승에게 빼앗긴 들짐승 같은 신세가 된 이학은 허탈한 표정을 지었다.

라인이 이학 앞으로 다가가 빨리 내놓으라는 표정을 지으며 손을 내밀자 이학은 불만 가득한 얼굴로 봉투를 건넸다. 프린터로 출력한 종이가 보낸 이와 받는 이 위치에 붙어 있었다. 보낸 사람은 강인태, 받는 사람은 김지안, 우체국 소인이 찍혀있지 않을 것을 보면 누군가 몰래 우편함에 넣어둔 것이다.

"정 기자, 이게 뭐야?"

"저도 모르죠."

"정 기자는 이걸 왜 훔친 거야?"

이학은 대답 대신 "형사님, 우리 그거 몰래 한 번 보죠?"라고 물었다. 라인은 별일 아니라는 듯 태연히 말하는 이학의 얼굴에 주먹이라도 한 방 날리고 싶었다.

"됐다. 나는 정 기자랑 엮이기 싫거든. 분실한 물건은 주인에게 돌려줘야지. 그 당연한 걸 경찰이 어기면 되겠어?"

말이 통할 것 같지 않다고 생각한 이학은 헛웃음을 지은 후 입술을 실룩거리며 등을 돌렸다.

"정 기자, 또다시 이딴 짓 하면 가만 안 둔다!"

"형사님 마음대로 하세요!"

이학은 돌아보지도 않고 걸음을 옮겼다.

저런 게 기자라니, 라고 혼잣말을 한 라인은 봉투를 들고 다시 지안의 레스토랑으로 향했다.

*

레스토랑으로 다시 돌아온 지안은 근처의 편의점 파라솔에 앉아 있다. 타는 속을 식히려고 캔맥주를 벌컥벌컥 들이켰다.

그 사람은 분명 며칠 전 레스토랑 테이블에 우편물을 놓고 간 사람일 거야. 뭐가 들어 있을까. 잠깐… 그럴 일은 없겠지만 만에 하나 그 남자가 지난번 테이블에 봉투를 놓고 간 사람이 아니라면… 우편물을 넣는 게 아니라 훔치는 거라면… 그리고 지난번 사진보다 강도가 더 센 것이라면… 그게 세상에 공개된다면… 나는… 진짜 끝이다. 차라리 나에게 거래를 하자고 하는 편이 낫다.

불길한 상상은 지안을 최악의 경우로 내모는 상황으로 나래를 펼쳤다.

"셰프님, 표정이 안 좋아 보이시네요."

라인이 웃으며 지안 쪽으로 걸어오고 있었다. 저 형사는 왜 또 나를…… 지안은 이런 생각을 하며 자신 쪽으로 걸어오는 라인을 쳐다보았다. 라인은 한쪽 손에 흰 봉투를 들고 있었다. 지안의 맞은편 의자에 앉은 그는 손에 들고 있는 흰색 봉투를 흔들었다. 지안의 입에서는 자신도 모르게 안도의 한숨이 작게 흘러나왔다. 마음 같아서는 라인에게 넙죽 큰절을 하고 두 손 들어 공손히 봉투를 건네받고 싶었다. 라인은 목이 마른 지 지안 앞에 놓인 캔을 들어 들이켰다.

"셰프님, 이거 때문에 야밤에 쇼를 하신 거죠?"

라인은 지안 앞으로 우편 봉투를 밀었다. 봉투는 뜯지 않은 상태였다. 봉투의 겉에 붙어 있는 보낸 사람과 받는 사람은 지난번과 같았다.

"그 사람은 누굽니까?"

지안의 질문에 라인은 기자라고 답했다.

"그 기자가 우편물을 넣으려고 한 건가요?"

"아니요, 그 반대인데요. 왜 우편물을 넣은 거라고 생각하시죠? 대부분 이런 경우라면 훔친 거라고 생각할 텐데. 혹시 전에도 오늘 같은 일이 있었나요?"

지안은 속으로 아차 했다. 자신이 하는 말을 허투루 넘기지 않고 받아치는 라인이 보통의 형사가 아니라는 생각을 하며 잠시 풀어진 긴장의 끈을 다시 조였다.

"아뇨. 제가 본 상황이 우편물을 넣는 동작 같아서요."

라인은 지안이 한 말에 미심쩍은지 입꼬리를 살짝 올리는 표정을 지은 후 입을 열었다.

"우편물이 숨진 강인태 씨가 보낸 거네요. 누가 그걸 보냈을까요. 죽은 피해자 이름으로 보낸 우편물. 이건 아주 중요한 사건 증거가 될 거 같은데. 셰프님, 지금 여기서 뜯어보는 게 어때요?"

라인은 턱을 치켜올리며 어서 그 봉투를 뜯어보라는 표정으로 지안을 쳐다보았다. 라인의 말처럼 죽은 피해자가 보낸 물건이다. 지안이 개인 사생활을 언급하며 싫다고 배짱을 부려봐야 경찰들이 영장을 들고 와서 압수할 것이다. 그럴 바에 이 자리에서 뜯는 게 나을지도 모른다. 기자 손에 들어가지 않은 게 어디인가, 망신을 당할 만한 내용물이라고 해도 지금 형사 앞에서 당하는 게 낫다.

지안이 뜯기를 주저하자 라인이 "제가 뜯을까요?"라고 말하며 손을 내밀었다. 지안은 자신이 하겠다면서 봉투를 집어 들었다. 마른침을 삼키며 라인에게 지금의 속마음을 들키지 않으려 떨리는 손을 진정시키며 조심스럽게 봉투를 뜯었다.

안에는 흰색 종이가 들어 있는 것 같았다. 사진이 아닌가? 그럼 무슨 종이지?

불안한 지안의 심장 소리가 라인에게 들릴 정도로 쿵쾅거렸다.

지안은 봉투 안의 종이를 천천히 꺼냈다. 종이를 꺼내는 그 짧은 순간 여러 생각이 스쳤다. 이 종이 안에는 무슨 내용이 담겨 있을까, 나를 망가뜨릴 만한 건가, 사람 하나 병신 만들어 추락시키는 거 일도 아니라고 히죽거리며 말하던 인태의 얼굴도 떠올랐다.

지안의 목을 조르는 듯한 두려움과 긴장감은 종이를 펼침과 동시에 사라졌다. 봉투 안에 들어 있는 것은 아무것도 없는 백지였다. 위험을 모면했다는 안도감에 입가에 미소가 번지려고 했다. 지안은 입을 꽉 다물며 의기양양한 얼굴로 들고 있는 종이를 들어 앞뒤를 라인에게 보여줬다.

"형사님, 그냥 백지네요. 누가 장난친 거 같습니다."

아무것도 없는 백지가 나오자 라인은 어리둥절한 표정을 지었고, 지안의 얼굴에는 그제야 미소가 퍼졌다.

"정말 누군가 장난을 친 거 같군요."

뭔가 대단한 것을 기대했던 라인은 입을 오므렸다 펴는 것으로 아쉬움을 대신하며 질문을 이었다.

"셰프님, 과거 사건에 관해 물어보겠습니다. 과거 사건이 뭔지 아시죠?"

갑작스러운 라인의 질문에 지안의 얼굴에 다시 긴장감이 감돌았다. 지안은 고개를 살짝 끄덕인 후 라인의 질문을 기다렸다.

"오래전에 살인 사건이 있었더라고요. 셰프님 아버지께서…. 그 사건에 대해 알고 계신 게 있나요? 예전에 셰프님이 만난 형사에게 아무런 기억이 없다고 하셨던데. 새로 떠오른 기억 같은 거 없으세요?"

"예전 저를 찾아온 형사님을 만나셨다면 내용을 잘 아시겠네요. 그게 전부입니다."

"그래요? 셰프님이 아버지를 마지막으로 본 게 집 밖에서 아버지를 잠깐 본 기억이라고 하셨더군요. 그 기억이 있던 날 집에 오기 전 어디 계셨나요?"

"음… 워낙 오래전이라 기억이 가물가물한데, 아마 친구 집에서 숙제를 했을 겁니다. 숙제를 마치고 집에 갔을 때 아버지를 보았고요."

"과거 사건을 수사한 형사는 강인태 씨가 송연자 씨 아들이라고 했습니다. 송연자 씨가 숨진 셰프님 아버지와 결혼 전에 낳은 아들이라고 하더군요. 그 형사분이 셰프님에게도 말했다고 하던데 지난 조사에서 왜 그런 말을 하지 않은 거죠? 피해자와 가해자와의 관계는 수사에서 아주 중요한 부분입니다."

"굳이 어머니의 과거를 말해야 하나 하는 생각에서 그랬습니다. 다른 이유는 없습니다. 죄송합니다."

지안은 사과하고 싶은 마음이 없었지만 지금 분위기에서는 지안의 고개가 숙일 수밖에 없었다.

"강인태 씨가 일했던 카센터 사장 말로는 강인태 씨가 죽기 전 셰프님에게 돈을 요구했다고 하던데요."

"예, 그랬습니다."

"큰돈이었나요?"

"뭐… 적지 않은 돈이었습니다."

"강인태 씨가 왜 그런 돈을 요구했을까요?"

"뭐… 그거야 돈이 필요했으니까 그랬겠죠."

"혹시 강인태 씨가 과거에 일어난 사건을 빌미로 협박한 건 아닌가요? 입막음용으로 돈을 요구한 거 아닙니까?"

라인은 확신에 찬 말투였다. 취조를 당하는 듯한 그 말에 지안은 처음으로 라인을 무섭게 쏘아보았다. 라인 역시 매서운 눈빛으로 지안의 눈빛에 응수했다.

"그러니까 형사님 말은 과거 사건을 빌미로 제 유명세에 흠집을 내겠다며 돈을 요구하는 협박에 못 이겨 제가 인태 형을 살해했다고 생각하시는 겁니까?"

지안의 말에 라인은 옅은 미소를 지었다. 미소 짓는 라인의 표정은 어려운 문제의 정답을 맞힌 학생을 바라보는 선생님의 표정이었다.

지안은 집으로 돌아오자마자 소파에 몸을 던졌다. 많은 손님을 치른 날보다 더한 피로감으로 온몸이 무너져 내리는 것 같았다. 소파에 몸을 기댄 채 재킷 주머니에서 우편 봉투를 꺼냈다. 왜 백지가 들어 있는 걸까. 다른 의미가 있는 걸까?

지안은 자신의 단골식당에서 인태와 마지막 식사를 하던 날을 떠올렸다. 특별한 게 없던 식사였다. 그날 두 사람이 나눈 대화는 연자에 대한 것과 과거 이야기, 인태가 요구한 돈 이야기가 전부였다.

"엄마랑 같이 지내기 힘들지 않아?"

지안의 물음에 육회 한 점을 입에 넣은 인태가 고개를 절레절레 저었다.

"어휴, 별거 아닐 줄 알았는데 생각보다 힘들더라."

인태는 연자가 돌보는 게 말썽쟁이 어린아이를 돌보는 것처럼 힘들다며 연자에게 있었던 일들을 말했다. 꼬마애가 엄마 화장품을 몰래 바르는 것처럼 엄마가 얼굴에 화장품을 이상하게 발랐다는, 거실과 방에 있는 물건들을 감추고 숨기는 일, 새벽에 돌아다니다 개수대 물을 틀어놓아서 거실에 물난리가 났던 일

등이었다.

"나 지방으로 내려가면 엄마 다시 요양원으로 보내. 그게 지금으로는 최선이야. 전처럼 퇴근 후 네가 돌보는 거는 힘들 테니까. 너도 퇴근하면 좀 쉬어야지. 노인네 돌보다 멀쩡한 사람이 병나겠더라."

"형, 어릴 때 기억나?"

지안은 고깃집에서 인태가 도망갔던 그때 이야기로 화제를 돌렸다.

"형이 그때 한 말을 왜 지금도 기억하고 있는지 모르겠어."

"내가 한 말? 무슨 말을 했는데?"

"그때 형이 이런 말 했었지. 너를 괴롭히는 애들 있으면 그냥 눈 질끈 감고 들이받으라고. 내가 맞는 게 두렵다고 하니까, 형은 들이받은 후의 쾌감을 알면 맞을 때 고통, 두려움 그런 거는 아무것도 아니란 걸 알게 된다고, 욕 한번 하고 그냥 들이받으라고 했었지."

지안의 말에 인태는 너털웃음을 지었다.

"그래. 그런 말 했던 기억이 있네. 사실 그 말은 고등학교 때 친구가 한 말이었어. 그 친구가 중학교 때 전학을 왔는데 애들이 많이 괴롭혔다고 했지. 그러다 요즘 말하는 짱 같은 녀석과 한 판 붙었다고 하더라고. 엄청나게 두들겨 맞았대. 그 싸움 이후 짱과 맞짱을 뜬 애라고 소문이 나면서 아무도 그 친구를 건드리지 않았다는 거야. 그 친구는 그걸 알고 무서웠지만 짱과 맞짱을 뜬 거라고 하더라고. 그 덕분에 친구는 고등학교 졸업할 때까지 편하게 지냈지. 나도 그 친구랑 붙어 다니며 편했고. 그런데 너는 그 때 내가 한 그 말을 지금까지 기억하고 있냐? 대수롭지도 않은 말인데."

지안도 왜 유독 그 말을 기억하고 있는지 자신도 궁금하기는 했지만 이유는 알 수 없어 그냥 미소만 지었다.

"그런데 너 정말 네 아버지 온 날 기억 안 나? 나도 잊고 있던 말을 기억하는 녀석이."

"그 얘기를 왜 또 하는 거야."

"너 정말 그날 나 본 기억 없어?"

"없어."

지안은 작은 구멍으로 본 웃고 있는 아버지 앞에 인태가 서 있는 기억이 흐릿하게 떠올랐지만 없다고 말했다. 식사를 마치고 자리에서 일어나기 직전에야 인태는 돈 이야기를 꺼냈다.

"내가 말한 돈 준비하고 있는 거지?"

"걱정하지 마. 형 떠나기 전에 줄 테니까."

우편 봉투에 백지가 들어 있는 이유는 모르겠지만 그 백지 덕분에 자신에게 의심을 품고 있는 라인에게 빌미를 주지는 않았다. 하지만 지안은 라인이 자신을 의심하는 본심을 확실하게 알아차렸다.

이 형사는 본격적으로 내가 용의자라는 증거를 찾으려고 할 거야. 피곤하겠는걸.

소파 앞 탁자에 놓여 있는 휴대전화가 울렸다. 다연이었다.

"어, 홍변."

"자고 있었어?"

"아니. 이 시간에 무슨 일이야?"

"조금 전에 고향에 계신 엄마랑 통화를 했는데 형사가 그쪽에 갔나 봐. 과거 사건을 조사하려고 그런 거 같아."

지안은 방금 그 형사를 만났다고 했다.

"그래? 이라인 형사가 과거 사건에 관해 물었어?"

"어. 그런데 내가 기억하는 게 있어야 말을 하지."

"음, 그래. 내일 오전에 내가 레스토랑으로 갈게."

*

회의용 탁자에 둘러앉은 라인의 수사팀 형사들은 국과수 부검 결과에 당혹스런 표정을 하고 앉아 있다. 강인태의 국과수 부검 결과 사인은 과다출혈로 인한 쇼크사. 인태의 등에 꽂혀있던 칼의 손잡이와 절굿공이, 지안이 입고 있던 재킷의 피 얼룩에도 연자의 지문만 검출됐다. 강인태의 등을 찌른 칼의 분석 결과도 라인의 추측과 달랐다. 칼은 강인태가 서 있는 상태에서 찌른 것으로 나왔다. 그것은 강인태가 정신을 잃은 상태가 아니라는 말이다. 당연히 수면제 같은 약물도 검출되지 않았다.

부검 결과만 놓고 본다면 연자 혼자서 인태를 살해한 것이다. 수사팀은 지안이 어떤 식으로든 살해 과정과 연관이 있을 것으로 추측하고 있지만 아직까지 그것을 입증할 증거는 나타나지 않았다. 정말 송연자 혼자 한 범행이란 말인가.

하 형사는 수사 회의에서 연자 남편의 동생인 김순호의 딸을 만난 이야기를 했다. 큰아버지가 폭력적인 부분이 있어 큰엄마가 큰아버지를 피해 그곳으로 갔을 거라는 것과 실종 전 큰아버지가 사업이 어려웠다는 내용이었다.

회의를 마친 라인은 자신의 자리에서 커피를 마시며 어젯밤에 일어난 일을 다시 생각했다. 뭔가 대단한 것이 들어 있을 줄 알았던 우편 봉투, 누가 그 봉투를 보낸 걸까. 백지를 넣은 특별한 이유가 있는 걸까, 우편 봉투에 반응하는 지안의 낌새를 보아서는 전에도 비슷한 일이 있었던 것 같다. 봉투를 여는 지안의 긴장한 표정이 그것을 반증한다.

어제 지안과 헤어지고 돌아가는 길에 지안이 공범일 수 있다는 의심을 더욱 부추기는 전화가 왔다. 연자를 간병했던 요양보호사의 전화였다.

요양보호사 전화가 꺼져 있어 라인은 송연자 씨 사건 담당 형사라고 밝히며 메시지를 확인하면 연락을 달라는 문자메시지를 남겼다. 전화를 한 요양보호사는 휴대전화가 고장이 나서 새로 개통을 하느라 전화가 꺼져 있었고, 조금 전 라인의 메시지를 보고 연락을 했다며 미안해했다.

라인은 요양보호사 집 근처의 아담한 커피숍에서 연자를 간병한 요양보호사를 만났다. 60대 초중반으로 보이는 머리가 희끗희끗한 여자는 연자 소식에 안타까운 표정을 지으며 입을 열었다.

"어휴, 어쩌다가 그리되었대요. 전에 그 사람이 그런 말을 한 적이 있는데 정말 그렇게 되었네."

요양보호사의 말에 라인의 얼굴에 호기심이 일었다.

"전에 무슨 말을 했는데요?"

"그때는 제가 퇴근을 한 후에 그… 강인태라는 사람이 송연자 씨를 돌봤거든요. 한 일주일 정도 그렇게 했을 거예요. 제가 그만두기 며칠 전 그 사람이 그런 말을 하더라고요. 오는 길에 산봄 코트를 입고 거울을 보는데 노인분이 칼을 들고 서 있더라고. 다행히 거울에 비친 노인네를 보았으니 망정이지 안 그랬다면 큰일 났을 거라고요."

요양보호사가 전한 인태가 했다는 말은 라인이 추측하는 사건의 상황과 매우 비슷했다.

"그 말을 김지안 씨에게도 하셨나요?"

"당연히 했죠."

"송연자 씨를 돌볼 때 이상한 건 없었나요?"

"음… 특별한 거 없었어요. 워낙 순한 분이라서. 집으로 오게 된 게 요양원에서 문제가 있어서 그랬다고 했는데 집에서는 별다른 일이 없었어요."

"두 사람 사이는 어때 보였습니까?"

라인은 연자와 인태가 모자 사이라는 내용은 말하지 않았다.

"저도 두 사람 관계가 궁금했어요. 그래서 무슨 사이냐고 남자분께 슬쩍 물어봤죠. 가까운 친척이라고 하더라고요. 조만간 지방으로 가는데 그 전에 잠시 돌보는 거라고. 그 이상은 말하고 싶어 하는 거 같지 않아서 더 물어보지는 않았어요."

그럼, 요양보호사에게 강인태가 한 말을 전해 들은 지안이 사건을 계획…….

"선배님, 무슨 생각하세요?"

"어, 어제 말이야."

라인은 어젯밤에 요양보호사를 만난 일을 설명했다. 라인의 말을 묵묵히 듣던 하 형사는 한숨을 내쉬며 입을 열었다.

"팀장님께서 김지안이 공범인 증거가 더 이상 없으면 송연자 씨 사건 마무리 지으라고 하는데 어떻게 하죠?"

국과수 부검 결과부터 지금까지의 증거들은 모두 송연자를 범인으로 가리키고 있다. 이대로 마무리되면 연자 혼자 기소된다. 정말 김지안은 아무런 역할이 없던 걸까. 치매 걸린 노인 혼자서 과거 기억에 취해 살인을 했다는 말인가.

사건 날 영상 속 엘리베이터에서 내린 여자의 전단지를 아파트 주변과 버스 정류장에 붙였지만 아직까지 연락은 없었다. 이 지역에서 멀리 떨어진 곳에 산다면 자신의 전단지가 이 동네에 붙어 있는 것을 모를 것이다. 얼굴마저 제대로 나오지 않아 그녀를 아는 사람이 그 아파트 근처에 산다고 해도 알려줄 수도 없을 테고. 물론 그 여자가 나타난다고 해도 대단한 증언을 기대하기는 힘들다. 505호에 들른 후 엘리베이터를 탄 게 전부일 테니까.

점심시간 무렵 아라에게 전화가 왔다.

"두 줄, 나 경찰서 근처에 왔거든. 점심 안 먹어? 내가 살게."

아라가 부른 곳은 경찰서 근처에 있는 닭갈비 가게였다. 라인이 문을 열고 들어가자 창가 자리에 앉아 있는 아라가 닭갈비를 뒤적거리고 있었다.

"두 줄은 근무 중이라 술 하면 안 되겠지?"

"알면서 왜 물어."

라인의 말이 끝나기가 무섭게 아라는 소주와 사이다를 주문했다.

"코알라, 너 낮술까지 해?"

"간단하게 마시는 건데 뭘. 김지안 셰프 노모 사건은 어떻게 되어 가고 있어?"

"송연자 단독 범행으로 결론 내야 할 거 같아. 김지안의 공범 여부를 입증할 마땅한 증거가 없어. 넌 소설 잘 되어가고 있어?"

"이야기 구상 중이야. 너는 여전히 김지안 셰프가 공범이라 생각하는 거야?"

"아무리 생각해도 치매 걸린 노인 혼자서 살해했다는 게 부자연스러워. 어제 송연자 씨가 예전에 살았던 동네를 갔었거든."

라인은 과거에 발생한 연자 남편의 사건을 간단하게 설명했다. 이야기를 듣는 아라의 표정이 자못 진지했다. 소설의 좋은 소재를 발견한 듯 관심이 충만한 얼굴이었다.

"그러니까, 두 줄 너는 치매 노인이 과거 기억 속의 사건을 현실에서 재연했다고 생각하는 거야? 그걸 알고 있는 김지안이 어떤 역할을 했다는 거고? 음, 흥미롭기는 하다. 과거의 사건 기억을 갖고 있는 치매 노인이 저지른 살인 사건이라."

"분명 김지안이 그런 상황을 만들었을 가능성은 농후해. 하지만 그걸 입증할 증거가 없으니 난감하지. 치매 걸린 노인네 머릿속을 들여다볼 수도 없고."

"지난번 김 셰프 노모가 후배 형사에게 주었다는 단추 있잖아. 그걸 왜 그 후배 형사에게 줬을까?"

아라는 라인이 잊고 있던 단추 이야기를 꺼냈다.

"코알라 네가 하 형사 본 날 말한 것처럼 하 형사가 김지안과 닮아서 그랬다는 거야? 자기 아들인 줄 알고?"

그 말도 허점이 있다. 지안은 과거에 일어난 사건 현장에 없었다. 만약… 지안의 그 말이 거짓이라면…… 그가 현장에 있었다면, 그 기억을 송연자가 떠올린 거라면.

"두 줄, 내가 구상하고 있는 소설 속에서 일어나는 일인데 한번 들어볼래?"

식사를 마치고 경찰서로 돌아온 라인은 조금 전 아라가 한 말을 곰곰이 생각하다 휴대전화를 들었다.

*

지안은 다연과 레스토랑 근처의 커피숍에서 약속을 잡았다. 레스토랑에서 사건과 관련된 사람들을 만나는 게 불편해서다. 지안이 커피숍에 도착한 후 10여 분 정도 지나자 다연이 도착했다.

"김 셰프 빨리 왔네. 커피 내가 사려고 했는데. 어제 이라인 형사가 과거 사건 말고 다른 거는 안 물었어?"

지안은 누군가 보낸 의문의 우편물에 대한 이야기는 꺼내지 않았다.

"수사팀은 김 셰프 네 말처럼 너를 공범으로 생각하고 수사 중일 거야. 지금 그 증거를 확보하려고 혈안이겠지. 수사팀이 과거 사건에 대한 내용을 파악했다면 그 사건과 유사한 현재의 사건에 치매 걸린 어머니의 기억을 이용해서 김 셰프가 사건을 벌인 게 아닐까 하는 추측은 당연한 순서겠지."

말을 마친 다연은 지안을 물끄러미 바라보았다. 다연의 눈빛은 질문을 하고 있었다. 무슨 말을 하고 싶은지 지안은 짐작했다.

"홍변, 네가 생각하는 그런 거 없으니까 마음 놓으셔."

지안의 단호한 말에 다연은 알았다며 고개를 끄덕였다.

"홍변, 엄마 면회 가볼까. 구치소에서 어떻게 지내고 계시는지 보고 싶네."

"그럴까? 지금 가보자."

면회실에 휠체어를 탄 연자가 나타났다. 지안과 다연이 누군지 알아보지도 못하는 연자를 보자 지안은 울컥해 입을 쉽게 열지 못했다.

"엄마, 괜찮아요?"

"괜찮아. 그런데 누군데 나한테 엄마라고 하는 거지?"

"엄마 아들이잖아요."

"아들? 아, 아들이 있지. 한 녀석은 군대 갔는데. 면회 가야 하는데. 그리고 한 녀석은… 김밥 해줘야 하는데."

"또 김밥이에요. 이제 김밥 그만 싸도 돼요. 여기서 지낼 만하
세요?"

"집에 가야 되는데. 집에 가서 밥해야 하는데."

면회를 마치고 나온 지안은 다연의 차에 올랐다. 면회하는 동
안 연자는 지안과 다연의 질문과 다른 답변만 했다. 가슴이 답답
했다. 마음 같아서는 연자의 손을 잡고 당장에라도 데리고 나오
고 싶었다.

"마음 불편하지?"

다연이 건넨 위로의 말에 지안이 답하기도 전 다연의 휴대전화
가 울렸다.

"예, 형사님."

형사라는 말에 지안의 고개가 다연에게 돌아갔다. 다연은 예,
예, 라는 말을 하다 다시 전화 드리겠다고 말한 후 전화를 끊었다.

"이라인 형사?"

지안의 물음에 고개를 끄덕인 다연은 잠시 심각한 표정을 지은
후 입을 열었다.

제2장

기억의 충돌

한 사건에 서로 다른
두 기억이 충돌할 때
결국은 기억의 본질을 따라간다.
본질은 경험이고 왜곡된 기억도
그 본질에서 시작된다.

엉거주춤한 자세로 거실에 서 있는 연자는 어두침침한 집 안에 누군가 숨어 있는 불안감을 느끼며 찬찬히 집 안을 둘러보았다.

뭔가 이상해. 누군가 있는 거 같은데.

거실 가운데 엉거주춤 서서 집 안을 둘러보던 연자의 시선이 침침한 방에서 멈췄다. 괴물이 숨어 있는 깊은 동굴을 들여다보는 것처럼 연자는 방 안을 뚫어지게 노려보았다. 방 안을 채우고 있는 어둠의 농도와 망막이 하나가 되자 깊은 동굴에서 기어 나온 괴물이 슬금슬금 연자의 망막으로 스며들어왔다. 검은색 코트를 입은 괴물이 등을 보이고 서 있었다.

시각의 자극에 연자가 반응했다. 시각의 자극은 공간과 시간을 뒤틀며 연자를 재빠르게 과거로 돌아가게 했다. 연자의 기억과 깊은 내면에 숨어 있던 것들이 몸부림치며 꾸역꾸역 기어 나오고 있었다. 연자의 몸이 부들부들 떨리기 시작했다.

결국 나타났군. 나랑 아들을 죽이려고.

오래전 그날 느꼈던 감정이 살아나며 그날 집 안에 있던 자신과 만난 연자는 몸을 천천히 움직이기 시작했다. 금방이라도 쓰러질 듯한, 굼뜬 연자의 발걸음은 바닥에 그려진 발자국을 밟는 것처럼 한 걸음 한 걸음 힘겹게 주방으로 향했다.

- 그래, 네 가족이 위험해. 당연히 너는 저 사람을 없애야 해.

그래, 그래야지. 그런데 내가 저 사람 죽인 거 같은데. 그래, 내가 그랬어.

- 아니야, 인태가 했어. 너 인태에게 미안하다고 했잖아.

인태 잘못이 아니야. 내 잘못이야.

- 넌, 네가 할 일만 하면 돼.

주방에 선 연자의 시선이 식탁 위로 떨어졌다. 식탁 위 도마에는 칼이, 도마 옆의 작은 절구통 안에는 나무로 만든 절굿공이가 있다. 연자의 손이 칼로 향했다.

- 칼은 필요 없어.

칼로 죽여야 하는데. 내가 그렇게 했는데.

- 아냐, 칼은 필요 없어. 절굿공이를 잡아.

연자는 작은 절구통 안에 있는 절굿공이를 잡았다. 가녀린 손에 힘이 가득 찼다. 연자는 생각했다. 나는 악마를 죽이는 거야. 내 아들을 위해서. 두려워하지 마.

연자는 남자가 있는 방으로 터벅터벅 걸어가 방문 앞에 섰다. 검은색 코트를 입은 남자의 넓은 등이 보였다. 시커먼 코트가 자신을 덮치며 숨을 쪼일 것 같은 기분이 들어서일까, 연자의 호흡이 거칠어지기 시작했다.

- 지금이야, 어서.

남자에게 다가간 연자는 들고 있는 절굿공이를 들어 남자의 머리를 후려쳤다. 남자는 그 자리에 쓰러졌다. 쓰러진 남자 옆에 무릎을 꿇고 앉은 연자는 절굿공이를 든 손을 허공에 들었다.

죽어! 죽어! 다시는 나타나지 말라고! 연자는 마음속으로 이렇게 외치며 온 힘을 다해 남자의 머리를 향해 절굿공이를 수차례 내리쳤다.

"나랑 아들을 죽이려고 왔어? 이 짐승만도 못한 사람아!"

숨이 찼다. 동작을 멈춘 연자는 가쁜 숨을 몰아쉬었다. 숨을 고르자 가슴 안에 있던 뜨거운 뭔가가 솟아올라 왔다. 오랜 시간을 참아왔던, 꾹꾹 눌러있던 설움이 폭발하는 것처럼 울음이 터졌다. 봇물 터진 울음은 멈추지 않고 입 밖으로 토하듯 계속 흘러나왔다.

"이제 그만 하세요!"

남자 목소리가 연자의 등 뒤에서 들렸다. 연자는 그 소리가 아주 멀리, 마치 다른 세상에서 들려오는 것처럼 느껴졌다. 하지만 그 말은 아주 또렷하게, 강압적으로 연자에게 명령하는 것 같았다. 그래서일까, 멈출 것 같지 않았던 연자의 울음이 멈췄다.

- 이제 다 끝났어.

쓰러진 남자 옆에 앉아 있던 연자가 힘겹게 일어난 후 거실로 나왔다. 어두운 거실에 인태가 서 있다. 연자는 인태에게 다가갔다.

"인태야, 운전할 줄 알지? 시신을 차에 태워서 저수지에 버려."

그 말을 건넨 연자는 소파로 걸어간 후 철퍼덕 주저앉았다.

*

연자의 재연 상황을 지켜보던 지안은 결국 참지 못하고 그만하라고 소리를 질렀다. 라인은 고개를 돌려 거실 창문 쪽에 다연과 나란히 서 있는 지안을 보았다. 얼굴에 불편한 기색이 역력했다.

라인이 닭갈빗집에서 아라를 만났을 때 그녀는 라인에게 이런 제안을 했다.

"두 줄. 내가 구상한 소설 속에서 일어나는 일인데…… 이거 한 번 해보는 건 어때? 사건 재연을 해보는 거."

"사건 재연을? 송연자가 직접? 정상인도 아니고 치매 노인에게 그게 될까?"

"일단 해보는 거지. 안되면 할 수 없는 거고. 사건이 일어난 상황과 최대한 비슷하게 만들면 가능하지 않을까? 정말 그런 상황에서 노인이 반응하는지 확인도 해보고."

비슷한 상황이라… 라인은 연자의 재연이 가능할까 확신이 없었다. 설령 가능하다고 해도 심신상실자인 치매 환자의 재연인 만큼 법 증거가 될 수 없다. 가장 큰 문제는 송연자 가족인 지안이 그것을 허락할지 여부였다.

홍다연 변호사에게 연자의 사건 재연을 제안하자 예상과 달리 지안은 라인이 제안한 연자의 재연을 허락했다. 아마도 자신을 의심하는 형사들의 시선을 연자의 재연을 통해 거두고 싶어 그랬는지도 모른다. 자신은 사건과 아무런 관련이 없다는 자신감의 발로일 것이다.

수사팀은 연자의 재연을 위한 준비를 했다. 인태와 체격 조건이 비슷한 동료 형사에게 검은색 코트를 입혔고, 주방 식탁 위에는 장난감 칼과 플라스틱으로 된 작은 방망이를 준비했다.

설마 가능할까 했는데 검은색 코트를 입은 동료 형사가 사건이 일어난 방 앞에서 등을 보이고 서자 거실 소파에 앉아 있던 연자가 그것을 보고 반응했다. 현장에 있던 모든 사람들은 숨을 죽이고 연자의 행동에 집중했다. 별것 아닌 연자의 행동들이 가슴 졸이는 스릴러 영화의 한 장면처럼 긴장감을 주며 침을 삼키는 것조차 잊게 했다.

소파에서 일어난 연자는 거실에 서서 코트를 입은 동료 형사가 서 있는 방을 유심히 바라보다 주방으로 천천히 걸어갔다. 칼과 방망이가 놓여 있는 식탁 앞에 선 연자는 고민하는 듯 잠시 서 있다 작은 플라스틱 방망이를 집었다. 라인은 칼이 아닌 점을 주목했다.

연자의 행동 하나하나에는 모두 의미가 있어 보였다. 비칠거리며 걷는 발걸음에도, 시선의 움직임에도, 칼이 아닌 절굿공이를 잡는 그 동작에도. 하지만 정확한 그 의미를 알 사람은 그곳에 없었다. 연자의 세상에서 일어나는 일은 누구도 알 수가 없다. 그곳은 4차원의 세계처럼, 우주 먼 미지의 세상처럼 현실과는 다른 곳이다.

방망이를 손에 쥐고 방으로 들어간 연자는 코트를 입은 형사의 머리를 향해 방망이를 휘둘렀다. 동료 형사가 방바닥에 쓰러지는 연기를 하자 연자는 그 옆에 주저앉아 수차례 방망이를 휘둘렀다. 방망이질을 멈춘 연자는 거칠게 흐느꼈다. 어떤 감정일지 정확하게 알 수는 없지만 가슴속에 쌓여있던 뭔가가 화산처럼 폭발하는 듯한 울음이었다. 힘이라고는 찾아볼 수 없는, 말라 비틀어진 시래기 같은 노인의 울음이라고 믿기지 않을 정도로 그녀의 흐느낌에는 가슴을 쥐어뜯는 문장들이 녹아있는 것 같았다. 그런 울림 때문에 현장에 있던 형사들도 숙연해졌다.

형사들도 그런데 아들인 지안은 오죽했겠는가. 지안은 그곳에 있는 사람들과는 다른 울림을 느꼈을 것이다. 같은 유전자로 연자와 끈끈하게 연결된 지안은 그녀의 흐느낌과 동화되어 마치 그가 연자가 된 것 같은 감정을 느끼지 않았을까. 아니면 지금 연자가 기억하는 그 상황과 연결된 것은 아닐까.

아무튼, 자신의 어머니 울음소리가 참기 힘들었는지 지안은 그만하라고 소리쳤다. 그러자 거짓말처럼 연자가 울음을 멈췄다. 느적느적 거실로 나온 연자는 라인 옆에 서서 재연 상황을 카메라에 녹화를 하고 있는 짧은 머리 스타일의 동료 형사에게 다가 갔다. 연자는 그 형사의 팔을 잡고 인태의 이름을 불렀다.

"인태야, 운전할 줄 알지? 시신을 차에 태워서 저수지에 버려."

그 말을 마지막으로 연자는 지친 듯 소파에 털썩 앉았다. 소파에 기대앉은 그녀의 표정이 오묘했다. 만족스러움과 뭔가를 털어낸 듯 개운해 하는 두 표정이 고개를 살짝 움직일 때마다 같이 움직이는 것 같았다.

기억의 시간에서 멀어져가는 것처럼 연자의 그런 표정이 옅어지며 조금씩 원래의 무표정으로 돌아오고 있었다. 라인은 옆에 서 있는 하 형사에게 고개를 돌렸다. 넋을 놓고 상황을 보고 있던 하 형사는 라인의 시선에 깜박 잊었다는 듯 아차, 하는 혼잣말을 한 후 소파에 기대앉은 연자에게 다가가 그녀 앞에 무릎을 꿇고 앉았다.

"괜찮으세요?"

자신의 어머니 대하듯 무릎을 꿇은 하 형사는 연자를 지그시 바라보며 친근하게 말했다. 하 형사의 행동은 라인이 재연하기 전에 하 형사에게 지시한 것이다. 지난번 병원에서 연자가 하 형사에게 한 행동이 아들이라 생각해서 한 것 같다고 말하자 하 형사도 그런 것 같다면서 지안의 역할을 분한 것이다.

현장에 있는 사람들은 다시 연자를 주목했다. 하 형사를 물끄러미 바라보던 연자가 버럭 하 형사를 끌어안았다. 아직까지 연자는 과거의 시간에 머물러 있는 듯 보였다.

"넌… 넌, 아무것도 못 본 거야. 알았어? 아빠는 인천 집으로 가셨어."

연자는 귓속말을 하는 것처럼 하 형사의 귀에 대고 작게 말했다. 현장에는 정적이 흘렀다. 다시 정적을 깰 연자의 말을 기다리는 모두의 바람대로 고요한 정적을 연자가 깼다. 하 형사를 안고 있던 팔을 푼 연자는 다시 하 형사를 물끄러미 바라보며 입을 열었다.

"배고파. 밥 줘."

투정하듯 입술을 쌜쭉 내밀고 밥 달라는 연자의 말이 끝나자마자 현장에 있는 사람들이 다시 분주하게 움직이기 시작했다.

연자가 재연한 상황은 과거 사건이자 현재의 사건이다. 그렇다면 칼을 사용하지 않은 부분은 과거에 다른 사람이 칼을 사용했다는 의미일까, 아니면 치매 상태라 혼동한 것일까. 재연을 통한 연자의 행동으로 과거 사건 현장에 인태가 있었음은 증명되었다.

지안과 다연은 실제 사건을 본 것 같은 충격을 받았는지 두 사람의 얼굴은 딱딱하게 굳어있었다. 라인은 지안 옆으로 다가갔다.

"김지안 씨, 어떻게 보셨나요?"

"뭘요?"

지안은 소파에 앉은 연자를 측은하게 바라보며 무심하게 대답했다.

"어머니께서 사건 재연에 칼을 사용하지 않았습니다."

연자를 바라보던 지안의 시선이 라인에게 이동했다. 라인이 한 말의 진의를 아는 지안은 불쾌감을 넘어 상대를 혐오한다는 감정을 노골적으로 드러내며 라인을 쳐다보았다.

"그래서… 제가 인태 형을 칼로 찔렀다는 겁니까? 형사님은 치매 노인이 한 재연을 그대로 믿는 겁니까?"

"저도 셰프님 어머니의 행동이 사건이 일어난 날의 행동이라 확신하지는 않습니다. 그걸 확신할 수 있는 사람은 세상 어디에도 없죠. 그런데 어머니가 칼을 사용하지 않은 게 이상하기는 하네요. 일단 경찰서로 같이 가시죠."

실제 사건과의 연관성을 차치하고 연자는 재연에서 칼을 사용하지 않았다. 이것은 어떻게 해석해야 할까. 재연된 상황이 실제 일어난 사건과 같다는 가정으로 접근한다면, 칼은 연자가 아닌 다른 사람이 사용했다는 의미다. 그 사람은 과거 사건에는 인태고 현재 사건은 지안일 것이다.

지안과 함께 주차장으로 내려온 라인이 차에 오르기 전 하 형사가 전화를 했다.

"왜 안 내려오고 전화야?"

"선배님, 아파트에 다시 들어가려고요. 김지안 셰프 가방이 마음에 걸려서요. 오늘도 그렇고 평상시에는 크로스백을 메는 거 같은데 사건 당일에는 백팩을 메고 있었잖아요. 그게 마음에 걸리네요. 먼저 출발하세요."

하 형사의 전화를 받은 라인은 그제야 뒷자리에 오르는 지안의 가방을 보았다. 그는 가죽 재질의 검은색 크로스백을 한쪽 어깨에 메고 있었다. 지난번 이학이 우편물을 들고 도망치던 날도 지안은 저 크로스백을 메고 있었다.

취조실에 라인과 지안이 마주 앉았다. 지난번 편의점 파라솔에서 마주 앉아 우편물을 돌려줄 때처럼 지안은 긴장하는 표정이었다. 라인은 헛기침을 짧게 한 후 입을 열었다.

"조금 전에 말씀드렸듯이 송연자 씨 재연이 얼마 전 발생한 사건의 재연이라고 확신할 수는 없습니다. 오히려 과거에 발생한 사건의 재연에 더 가깝다고 할 수 있겠죠."

라인의 말에 무심히 탁자를 바라보던 지안의 시선이 올라와 라인의 얼굴을 쳐다보았다. 지안은 그게 그거 아니냐는 표정이었다.

"방금 제 어머니의 재연이 증거가 되나요? 심신미약인가요, 심신상실인가요? 제가 법을 잘 모르지만 상식적으로 치매 환자의 재연이 증거가 되지 않을 것 같은데요?"

"예, 맞습니다. 저희도 큰 기대를 하지 않았습니다. 단지 송연자 씨의 기억을 확인하고 싶었습니다. 치매 환자들이 과거 특정한 기억만은 잊지 않고 있다는 점을, 송연자 씨가 정말 검은색 코트에 반응할 줄은 몰랐습니다."

"형사님이 하고 싶은 말이 무엇입니까? 어머니가 과거 기억으로 살인을 했는데 칼을 사용하지 않았으니 내가 칼로 강인태를 찔렀다는 건가요? 그것을 확인하고 싶은 겁니까? 칼 손잡이에서 어머니 지문이 나왔다면서요."

지안의 말을 묵묵히 듣고 있던 라인이 입을 열었다.

"좋습니다. 제 생각을 말씀드리죠. 사건 당일, 김지안 씨는 강인태 씨와 술을 마신 후 집으로 들어왔습니다. 송연자 씨가 검은색 코트를 입은 강인태 씨를 칼로 찌르려고 했다는 것을 예전 요양보호사에게 들었을 겁니다. 맞죠?"

지안의 표정이 굳어졌다.

"집에 들어온 후 김지안 씨는 강인태 씨에게 코트를 입혔습니다. 뭐, 형을 위해 샀다고 하면서 입어 보라고 했겠죠. 과거 아버지가 입었던 것과 같은 검은색 코트를, 주방에는 잘 보이는 곳에 미리 칼을 준비했을 거고요. 강인태 씨가 코트를 입은 모습을 본 송연자 씨는 과거 기억이 떠올라 칼을 들고 달려들었을 겁니다. 이게 지금까지 나온 증거를 토대로 추측한 겁니다."

지안은 아무런 말없이 물끄러미 라인을 쳐다보았다.

"그런데 조금 전 송연자 씨 재연을 보니까 그렇지 않을 수도 있다는 생각이 드네요. 물론 송연자 씨가 찔렀을 확률이 가장 높습니다. 국과수 감식 결과도 그러니까요. 그렇지 않은 경우라면 장갑을 낀 김지안 씨가 코트를 입은 강인태 씨를 찌른 후 송연자 씨에게 칼을 쥐었을 경우죠."

지안은 라인의 추리가 말도 안 된다고 생각했는지 피식 웃었다. 그때 탁자 위에 놓여 있는 라인의 휴대전화가 드르륵하며 흔들렸다.

"선배님, 가방 찾았습니다."

하 형사는 대단한 증거라도 찾은 듯 흥분한 목소리였다.

"안방 한쪽 구석에 있더라고요. 가방 안에 검은색 코트가 들어 있습니다. 바로 가겠습니다."

라인은 코트에 단추가 떨어졌는지 확인했느냐는 질문을 하려는데 하 형사가 전화를 먼저 끊었다.

"형사님은 제가 어머니를 도와 인태 형을 살인한 공범이냐, 그게 궁금하신 거죠?"

"그럴 가능성이 충분하니까요. 강인태 씨와 금전적인 갈등도 있었고."

"형사님, 저 대단한 부자는 아니지만 수십, 수백억도 아닌 기껏 몇억으로 사람을 죽일 만큼 궁핍하지 않습니다."

"수십 수백억이면 가능하신가요?"

라인의 말에 지안의 표정이 험상궂게 변했다.

"농담입니다. 김지안 씨, 그런데 적은 돈으로 엄청난 돈을 벌 수 있는 기회가 사라질 수 있다면요?"

지안은 라인이 한 말의 의미가 뭔지 알아차렸다. 자신이 2호점을 준비하고 있다는 말이라는 것을, 아마 레스토랑에 형사들이 왔을 때 재윤이 말한 것을 전해 들었으리라.

"김지안 씨는 어머니 송연자 씨의 과거 기억을 이용해 강인태 씨를 살해한 게 아닙니까?"

"너무 억지 아닙니까? 치매 걸린 어머니 기억을 이용해서 살인을 한다고요? 그게 가능한지도 모르겠고 설령 가능하다고 해도 제가 치매 걸린 어머니를 이용해 그런 짓을 할 만큼 후레자식은 아닙니다."

자신을 파렴치한으로 몰아가는 라인의 말에 지안이 발끈했다. 목에 힘을 주며 말하는 지안을 보고 있던 라인은 주머니에서 작은 물건을 꺼내 탁자 위에 올려놓은 후 지안 쪽으로 밀었다.

"이 단추 혹시 아세요?"

지안은 탁자 위에 놓여 있는 단추를 물끄러미 바라보았다.

"이 단추는 뭔가요?"

"지난번 병원에서 송연자 씨를 조사했을 때 송연자 씨가 하 형사에게 건넨 단추입니다. '쉿'이라고 하면서."

라인은 검지손가락을 자신의 입술에 대는 동작을 했다.

"추측건대 사건이 일어난 날 송연자 씨가 방 안에서 주운 거 같습니다. 강인태 씨가 입고 있던 코트에서는 떨어진 단추가 없었습니다. 그 단추와 모양도 다르고요. 그럼 당연히 다른 코트에서 떨어진 것이겠죠."

지안은 라인이 하는 말의 의미를 눈치채지 못한 표정이었다.

"김지안 씨, 사건 날은 검은색 백팩을 메고 계셨더군요. 평상시에, 오늘도 그렇고 크로스백을 메고 다니시던데 왜 그날은 백팩을 메고 있었죠?"

"가… 방이야 그날 기분에 따라 메는 거죠. 그게 무슨 문제가 됩니까?"

라인은 빙긋 웃으며 입을 열었다.

"사건이 일어난 날 김지안 씨가 메고 있던 가방 안에는 검은색 코트가 들어 있을 겁니다. 송연자 씨가 검은 코트를 보면 과거 기억이 떠오르는 것을 알고 미리 준비한 거겠죠. 방에 있는 강인태 씨에게 선물한 코트를 입어보라고 한 후 본인도 코트를 입었을 겁니다. 거실에 서서 송연자 씨가 반응하는 것을 확인하고 본인은 강인태 씨가 있던 방으로 들어갔겠죠. 송연자 씨가 강인태 씨를 칼로 찌르게 유도하려고. 이 단추는 아마도 방에서 강인태와 김지안 씨 두 사람이 실랑이를 하는 사이 떨어졌을 거고요."

"아닙니다! 그 가방에 있던 코트는 옷장 정리를 하다 같은 스타일 코트가 한 벌 더 있어서 인태 형에게 주는 게 좋을 거 같아 그날 가방에 넣은 겁니다. 얼마 후 지방으로 떠난다고 해서 가기 전에 주려고 한 것뿐입니다. 편의점에서 돌아온 후 사건이 일어나서 경황이 없어 안방에 두고 나온 겁니다."

지안은 억울하다는 표정으로 박박 악을 쓰며 말했다.

"정말 그렇습니까?"

지안을 보는 라인의 표정은 얼음장처럼 차가웠다. 지안의 말을 믿을 수 없다는 냉랭한 기운이 표정에 그대로 드러났다.

"김지안 씨가 집에서 나와 숙취해소 음료를 사려고 편의점으로 간 것도 알리바이를 만들기 위한 거 아닌가요? 집에 들어가자마자 바로 나왔다는 것을 의도적으로 보여주려고요. 자신은 사건과 아무런 관련이 없다는 것을."

지안은 라인을 쳐다보고 있던 시선이 불편한지 책상으로 시선을 내렸다. 라인은 지안의 굳은 표정 안에서 움트는 미묘한 감정을 읽었다. 얼굴에 조금씩 드러나는 불안하고 초조한 감정들. 범죄를 저지른 초범들에게서 흔히 볼 수 있는 표정이다. 라인이 단추와 백팩에 들어 있는 코트를 말하자 시작된 변화다. 그때 노크 소리와 함께 문이 열리고 하 형사가 들어왔다.

"이 가방입니다."

하 형사는 탁자 위에 지안의 검은색 백팩을 내려놓았다. 가방이 등장하자 지안은 동요하는 기색이 역력했다. 라인은 그것을 읽었다. 가방 안에 들어 있던 코트, 연자가 하 형사에게 건넨 단추가 가방 안에 있는 코트에서 떨어진 단추라면 지안이 공범일 확률은 높아진다. 이것으로 추궁을 하면 매끈한 얼굴로 가린 지안의 검은 낯빛을 드러낼 수 있다.

하 형사가 가방을 열고 검은색 코트를 꺼내 탁자 위에 펼치자마자 라인은 코트에 달려 있는 단추를 확인했다. 지안의 코트에 떨어진 단추는 없었고 라인이 내놓은 단추와 지안의 코트에 달려 있는 단추와 모양도 달랐다. 지안을 추궁할 강력한 단서가 순식간에 물거품이 되어버렸다.

그럼 송연자는 이 단추를 어디서 주운 걸까. 이런 생각을 하는 라인의 당황한 모습을 보던 지안이 어이없다는 웃음을 지었다.

조금 전까지 지안의 얼굴에 가득 피어올랐던 불안감은 웃음과 함께 사라졌고, 그 자리에는 비아냥거림이 묻어 있는 여유가 흘렀다.

지안은 조금 전 라인이 백팩에 있는 검은색 코트와 단추에 대해 이야기를 할 때 짐짓 긴장됐다. 만에 하나 자신의 코트에 단추가 떨어졌고, 그 단추가 연자가 하 형사에게 건넨 단추와 같았다면 자신이 인태에게 선물로 주려고 한 말은 거짓말이 된다. 아무리 우겨봐야 형사들은 자신들이 원하는 답을 얻기 위해 갖은 회유와 협박을 할 것이다.

단추가 같다면 분명 지안은 인태를 살해한 공범에 더 가까이 다가갔을 것이다. 다행히, 아니 당연히 라인이 꺼낸 단추는 지안의 백팩 안에 있던 코트에 달린 단추와 달랐다.

내 코트의 단추도 아니고 인태 형 코트의 단추도 아니면 엄마는 그 단추를 어디서 주운 걸까.

"이 가방에 들어 있는 코트는 뭡니까?"

굉장한 증거를 확보했다는 생각으로 의기양양하게 조사실로 들어올 때와 달리 질문을 하는 하 형사의 얼굴에는 실망한 기색이 짙었다.

"인태 형이 지방으로 떠난다고 해서 선물하려고 옷을 가지고 간 건데 이런 의심을 받게 될 줄은 몰랐네요."

지안의 말이 끝나자마자 노크 소리가 들렸다. 문을 연 형사가 라인을 향해 밖으로 나오라는 손짓을 했다. 라인과 하 형사는 조사실에서 나갔다.

"목격자가 나타났습니다."

라인을 따라 나온 하 형사가 조사실의 문을 닫자마자 노크한 형사가 조용히 말했다.

"목격자? 누구?"

목격자가 나타났다는 말에 라인의 목소리 톤이 높아졌다. 옆에 있던 하 형사도 놀란 표정이었다.

"엘리베이터 카메라에 찍힌 그 여자요. 방금 전화 왔는데 사건 현장을 목격했다고 합니다. 지금 경찰서로 오는 중입니다."

"그 여자가 정말 사건 현장을 목격했다고?"

전혀 기대하지 않았던 전단지 속 여자가 목격자라니. 그녀는 어떤 진술을 할까. 라인은 이런 생각을 하며 사무실로 향했다.

사무실로 돌아온 라인은 의자에 앉아 목격자를 기다렸다.

엘리베이터 영상에 찍힌 여자가 진짜 목격자라니. 그런데 사건 현장을 어떻게 목격을 한 걸까. 이제 와서 연락을 한 것을 보면 살인 사건이라는 걸 모르고 있었다는 것인데…… 그렇다면 지안의 혐의를 입증할 진술을 할 가능성은 거의 없겠는데.

문이 열리며 감시카메라 영상 속 여자와 비슷한 느낌의 여자가 사무실 안으로 들어왔다. 사무실 안을 두리번거리는 여자는 영상 속 자신이 맞다는 것을 보여주고 싶은 듯 그날 썼던 검은색 야구 모자를 쓰고 나타났다. 나이는 영상을 보며 예상한 대로 20대 초반, 160㎝가 조금 넘는 키에 청바지와 흰 티셔츠 차림이었다.

라인이 자리에서 일어나 자신의 책상 앞 의자를 가리키며 앉으라고 말했다. 여자는 가벼운 목례를 하고 라인의 맞은편 의자에 앉았다. 경찰서가 처음인 듯 화장기가 없는 여자는 긴장한 얼굴이었다. 신분 확인 절차를 마치자마자 라인이 물었다.

"사건 현장을 목격하셨다고요?"

"예. 그날 그 집에서 살인 사건이 일어났을 줄은 정말 몰랐어요. 뉴스를 잘 안 보거든요. 우연히 김지안 셰프 어머니 사건 기사를 인터넷으로 보았는데 사건 현장이 친구가 살던 그 아파트인 거 같더라고요. 그러다 엘리베이터 속 제 모습이 들어간 전단지가 SNS에 올라온 걸 오늘에서야 보고 연락을 한 거예요."

긴장한 표정과 달리 여자는 또박또박 말했다. 라인이 여자가 목격한 그날 상황을 묻자 여자는 유학을 떠난다는 505호 친구를 만나러 갔다는 것으로 이야기를 시작했다.

뒤늦게 찾아와서 친구를 만나지 못한 여자는 복도를 지나다 502호 문이 열려있는 것을 보았다. 슬리퍼 하나가 문 사이에 끼어 있었던 것. 그냥 지나갈까 하다 문이 열려있는 걸 알려주려고 열린 문틈 사이로 '문이 열려있습니다'라고 말한 후 가려고 하는데 쿵쿵하는 소리가 들려 여자는 문을 열고 집 안으로 들어갔다. 아무도 없는 거실은 형광등이 켜져 있었다. 문이 열려있어요, 라고 말하는데 다시 쿵쿵하는 소리가 들렸다. 거실로 한두 걸음 들어간 여자는 소리가 들린 곳으로 고개를 돌렸다. 불이 꺼진 방안에는 등을 보인 노인이 뭔가를 들고 바닥을 향해 내리치고 있었다. 여자는 자신의 말에 노인이 대꾸가 없어서 그냥 나왔다.

"저는 그 동작이 호두 같은 견과류를 부수는 것으로 생각했어요. 사람일 거라고는 전혀…… 그때 그걸 알았다면 바로 경찰에 신고했을 거예요."

"그게 대충 몇 시인지 기억하세요?"

"음, 505호 간 시간이 대략 10시 30분 즈음일 테니까 그 언저리 겠죠."

그 시간은 지안이 집에서 나온 이후다. 강인태 사건은 송연자 단독 범행이라는 것이 점점 확실해졌다. 말을 마친 여자는 담담하게 다른 질문은 없느냐는 표정으로 라인을 쳐다보았다.

"형사님, 제가 본 게 정말 살인 사건 장면인 건가요?"

여자는 호기심 어린 눈빛으로 물었다. 라인은 대답 대신 살짝 미소를 지었다.

"그럼, 이제 가도 되나요?"

"예. 이렇게 경찰서를 찾아주셔서 감사합니다. 조사 때문에 다시 연락을 드릴 수도 있습니다."

여자는 알았다고 말하며 자리에서 일어났다.

목격자의 진술로 지안이 공범일 거라는 라인의 추리는 거의 다 허물어졌다. 라인의 추리가 사실이라고 하더라도 연자의 과거 기억을 이용한 지안의 범죄 혐의를 입증하기는 처음부터 불가능한 일이었을지도 모른다.

목격자가 사무실에서 나간 얼마 후 라인의 추리는 완전히 오류라고 정리하는 증거가 나왔다. 바로 국과수에 의뢰한 혈액 응고 분석의 결과다.

지안의 재킷에 묻은 혈흔은 사건 시간 이후에 묻은 것이라는 결과였다. 지안은 용의자의 울타리를 완전히 벗어났다.

*

이학은 차 안에서 휴대전화로 뉴스 기사를 보고 있다. 경찰이 김지안 셰프의 모친 사건을 모친의 단독 범행으로 마무리한 후 검찰로 송치되었다는 기사다. 휴대전화를 들여다보는 이학은 씁쓸한 웃음을 지었다. 기사를 믿지 않는 웃음이었다.

'범인이 김지안의 노모라…… 결국 그렇게 끝났군.'

이학은 경찰 조사 결과와 다르게 지안을 의심하고 있다. 사건이 일어난 날 상황이 그랬다. 사건이 발생한 그날, 이학은 연자의 아파트 주차장에 있었다. 지안 때문에 아파트에 간 것은 아니었다. 인태 때문이었다. 이학은 오래전 그와 얽힌 사건이 있다.

이학이 대학교 2학년 때였다. 그 당시 어머니는 만성 신부전증으로 고생을 하고 있었다. 결국 수술을 해야 하는 상황이 되었고, 적합성 검사에서 어머니와 조직이 일치하는 형이 신장 한쪽을 이식하기로 했다. 이 사실을 알게 된 어머니는 극구 아들의 신장 이식을 거부했지만 형의 설득으로 겨우 어머니의 마음을 돌렸다.

형은 수술 전 마지막으로 친구와 술을 마셨다. 애석하게도 그날 일이 터졌다. 술을 마시고 친구와 헤어진 후 건물 후면에서 가벼운 말다툼이 벌어졌고 몸싸움을 하다 상대방이 밀쳐 뒤로 넘어지며 머리를 다쳤다. 그것이 형의 마지막이었다. 정말 어처구니없는 죽음이었다. 아들이 세상을 뜨자 몸도 좋지 않던 어머니는 아들을 잃은 상실감까지 더해 건강은 급속하게 악화되어 그해 겨울 사망했다. 그때 이학의 형과 몸싸움을 한 남자가 강인태였다.

그 사건으로 가족 두 명이 한순간에 이학의 곁을 떠났다. 가족이 사라진 집에 주인처럼 자리 잡고 있는 무거운 적막은 이학의 가슴을 짓눌렀고, 세상에 대한 부정적이고 비틀어진 생각은 이학을 눈을 흐리게 했다. 신까지 부정하며 일요일마다 거르지 않고 십수 년을 다닌 교회도 냉정하게 끊어버렸다. 누구보다 성실하게 살았던 엄마와 형의 죽음은 이학에게 단순히 가족의 소멸이 아닌 세상과의 단절이었다.

사건 발생 후 인태의 변호인 측에서 합의가 들어왔다. 친척들은 약속이라도 한 것처럼 입을 모아 합의금을 받으라고 했지만 이학은 그럴 마음이 눈곱만큼도 없었다. 자신의 가족을 송두리째 앗아간 그런 집안의 돈을 십 원 한 장 받고 싶지 않았다. 친척 어른들은 어린 치기라고, 시간이 지나면 남는 것은 돈밖에 없다며 이학에게 충고했지만 이학은 그런 말을 할 때마다 자리를 박차고 일어났다.

대학 생활도 엉망진창이었다. 형이 남긴 보험금으로 등록금과 생활비를 어느 정도 충당할 수 있었지만, 룸살롱까지 출입하며 허구한 날 술로 지내는 탓에 그것도 얼마 지나지 않아 바닥이 드러났다. 이학은 삶이 얼마 남지 않은 사람처럼 방탕한 생활로 인생을 허비하고 있었다. 그렇게 일 년 가까이 보냈다.

돈이 바닥날 즈음 이학은 학교를 그만두려고 했다. 어떻게든 되겠지 하는 자포자기의 마음으로 사는 이학에게 미래는 중요한 것이 아니었다. 이학에게 도움의 손을 내미는 사람도, 꾸중을 하는 사람도 없었다. 이학의 옆에서 위로하던 친구들도 감당하기 버거울 정도로 비뚤어져 가는 이학과 거리를 두기 시작했다.

그즈음 지도교수가 이학을 불렀다. 이학은 지도교수에게 자퇴를 하고 싶다고 말했다. 최근 이학의 생활을 알고 있던 지도교수는 자퇴를 하고 싶다는 말이 끝나기가 무섭게 따끔한 질책을 했다.

"어머니와 형이 지금 너를 보신다면 무슨 말씀을 하실 거 같아! 그래, 그따위로 계속 살 거면 학교 그만두고 막살아!"

가족이 사라진 후 처음 듣는 꾸지람이었다. 순간 정신이 번쩍 들었다.

"정이학, 지금 너를 이해 못 하는 건 아니야. 세상이 싫고 역겹다고 생각하고 있지? 네 주변의 모든 것을 냉소적으로 받아들이고. 눈을 크게 뜨고 넓게 봐. 너보다 힘든 시간을 꿋꿋하게 버티며 사는 사람들도 있어. 나중에 돌이켜보면 지금 그렇게 허비한 삶이 얼마나 허무한지 알게 될 거야. 돌아가신 어머니와 형의 삶이 허무하다면 네 삶을 그렇게 허비하면 안 되는 거 아닌가. 어렵더라도 좀 더 힘을 내라고."

이학이 등록금이 없어 다음 학기 등록 못 한다는 말을 하려는데 지도교수가 의외의 말을 꺼냈다.

"졸업할 때까지 학비 걱정은 안 해도 돼."

지도교수는 기부자가 기부한 특별장학금에 이학이 선정되었다는 말을 전하며 공부를 열심히 하라고 했다. 예상하지 못한 행운이었다. 누군가 아직 자신을 세상에서 버리지 않았다는 생각에 가슴이 뜨거워졌다. 그 장학금 덕분에 학교생활은 별다른 어려움 없이 지낼 수 있었다. 세상을 비관적으로, 염세적으로 뒤틀어보던 생각에서도 조금씩 벗어났다. 졸업을 앞둔 즈음 지도교수가 다시 이학을 불렀다.

"신문사에 취직했다고, 축하하네."

"교수님 덕분입니다."

"내가 뭐 한 게 있다고. 좋은 언론인이 되기를 바라네. 내가 오늘 자네 부른 이유는 이제 말할 때가 된 것 같아서야."

말할 때? 이학은 지도교수가 무슨 말을 하려는지 집중하고 바라보았다.

"다른 게 아니라, 자네가 받은 장학금은 어떤 복지가가 전한 거야. 자네를 특정해서 장학금을 주라고 했지."

"그분이 누군데요?"

"자신이 누군지 알리지 말라고 해서 말할 수는 없고, 자기 아들 때문에 자네에게 장학금을 준다고만 했어."

지도교수의 그 말에 이학은 장학금을 준 사람이 누군지 단번에 알았다. 자신의 가족을 망가뜨린 인태의 가족이라는 것을. 잠시 잊고 있던 그 이름이 다시 튀어 올라왔다.

인태가 교도소에서 나오는 날, 이학은 교도소 앞에서 그를 기다렸다. 그곳에는 이학 외에 인태를 기다리는 남자가 한 명 더 있었다. 인태보다 조금 어려 보이는 남자였다. 두 사람은 보자마자 뜨거운 포옹을 했다. 인태를 기다리던 남자의 눈에는 눈물이 그렁그렁했다. 이학은 차에 오른 두 사람을 조심스레 밟았다. 차가 도착한 곳은 시내에 위치한 카센터였다.

며칠 후 이학은 퇴근 후 다시 그곳에 갔다. 인태는 카센터 건물 뒤쪽에 있는 작은 방에서 생활하고 있었다. 이학은 인태가 머무는 방을 노크했다. 문이 열리며 인태가 얼굴을 내밀었다.

"누구세요? 오늘 일은 끝났는데요."

이학은 인태 뒤로 보이는 방안을 빠르게 훑었다. 어른 두세 명이 누우면 빈자리가 없을 정도로 작은 방이었다. 방 가운데 놓여 있는 밥상에는 소주와 부실해 보이는 안주 몇 개가 놓여 있었다. 이학은 문 앞에 서 있는 인태를 밀치며 방 안으로 들어갔다.

"메뉴는 마음에 드네. 살인자가 너무 호화로운 안주를 놓고 술을 마시고 있었다면 뒤집어엎으려고 했는데."

"누구세요?"

인태는 눈을 껌벅거리며 방으로 들어온 이학을 쳐다보았다.

"나요? 나는 당신이 죽인 남자의 동생이오."

이학의 말에 놀란 인태는 바로 고개를 숙였다.

"그 일은 정말 죄송합니다."

"죄송? 씨팔, 졸라 간단하네. 하여간 높은 자리에 있는 새끼들이나 버러지 같은 인간들이나 죄지은 새끼들은 다 똑같아. 반성을 안 하거나 그나마 하는 반성도 성의가 없거나."

이학은 방바닥에 앉았다.

"강인태 씨, 겁먹을 거 없어요. 죽은 내 가족을 위해 복수하러 온 거 아니니까."

"돌아가신 분에게 동생이 있다는 건 알고 있었습니다. 찾아뵙고 사죄를 했어야 했는데."

인태는 밥상을 사이에 두고 이학의 맞은편에 앉았다.

"소주잔 없어요?"

이학의 말에 군소리 없이 다시 자리에서 일어난 인태는 찬장에서 소주잔을 꺼내 상 위에 내려놓았다. 자신의 잔에 술을 따른 이학은 단번에 입안으로 털어 넣었다.

"당신 때문에 우리 집이 한 방에 박살이 났어요. 알아요? 지금도 잘살고 있을 두 명이 당신 때문에 저세상으로 갔단 말이라고."

이학은 이를 악문 채 인태를 노려보았다. 인태는 시선을 내리깔았다. 이학이 주먹을 날려도 아무런 저항할 의지가 없는 모양새였다.

이학은 인태가 뭐라 변명이라도 하면 반쯤 죽여 버리려고 했는데 그의 무기력한 모습에 잠시 끓었던 분노가 누그러졌다. 그래도 형을 죽인 범인이 눈앞에 있는데 그냥 돌아갈 수는 없었다. 방바닥에 붙어있던 궁둥이를 들어 인태의 멱살을 잡고 주먹을 들었다. 마음대로 하라는 듯 눈을 감고 아무런 저항이 없는 인태의 반응에 이러는 게 무슨 의미가 있나 싶어 잡고 있던 인태의 멱살을 풀었다.

"어휴, 씨팔. 다짐을 단단히 하고 왔는데 뭐 이리 싱거워."

"죄송합니다. 정말 죄송합니다."

인태는 고개를 숙이며 기계적으로 연신 사과의 말을 건넸다. 그날은 그렇게 인태와 헤어졌다. 인태와 마주하면 예전 이를 갈며 들끓던 분노가 다시 생길 줄 알았는데 볼품없는 중년이 된 인태의 모습 때문인지, 흐르는 시간 동안 그에 대한 분노가 풍화되어 날아갔는지 그런 마음이 시들해졌다.

사실 인태도 재수가 없는 사람이다. 살인 의도가 없이 몸싸움 중에 일어난 사건이다. 죽은 형도, 그 자리에 있던 인태도 모두 재수가 없었던 것이다.

일주일 뒤 이학은 카센터에 다시 갔지만 인태는 그곳에 없었다. 카센터 사장은 지방으로 갔다고만 할 뿐 그가 간 곳이 어딘지는 자신도 모른다고 했다.

그로부터 수년이 지난 후 인태를 다시 만났다. 우연히 그 카센터를 지나가는데 인태가 작업복을 입고 일하고 있는 게 아닌가. 이학은 바로 카센터로 들어갔다. 카센터를 찾아온 이학에게 인태는 손님 대하듯 공손하게 인사를 했다.

"강인태 씨. 일 끝났으면 저하고 술이나 한잔합시다."

두 사람은 근처 고깃집에 마주 앉았다.

"그동안 어디서 지내셨나요?"

인사를 대신한 이학의 질문에 인태는 지방에 있는 지인의 농장에서 일했다고 했다.

"몇 년 전에 있었던 일 죄송했습니다. 무턱대고 그러는 게 아니었는데."

뒤늦은 이학의 사과에 놀란 인태는 아닙니다, 충분히 그럴 만하죠, 라고 대답했다.

"그냥 한번 확인하고 싶었습니다. 제 형과 어머니를 앗아간 사람이 어떻게 사는지."

두 사람은 잠시 말없이 술만 들이켰다. 우울하고 조용한 술자리였다. 어색한 분위기를 인태가 먼저 깼다.

"사실… 제가 먼저 기자님을 찾아뵀어야 했습니다. 저는 법적인 처벌을 받았을 뿐 피해자 가족에게 진심 어린 사과를 하지 않았으니까요."

인태의 말에 이학은 지난번 자신의 행동이 더욱 초라하게 느껴졌다. 이학은 취재를 하며 수많은 사람들을 보고 만난다. 지위 고하를 막론하고, 아니 높은 자리에 있거나 가진 게 많은 사람일수록 예의와 상식을 밥 말아 처먹은 개차반들이 많았다. 거들먹거리며 자신의 잘못에 무슨 문제가 있느냐는 적반하장 격으로 나올 때면 취재고 뭐고 다 집어치우고 뜨거운 몽둥이질을 하고 싶었다. 자신의 과오를 철저하게 무시하고 감추는 게 진정한 승자의 모습이라고 생각하는 인간들만 보던 이학에게 진심으로 자신의 잘못을 반성하는 인태의 모습은 새롭기까지 했다.

"오늘이 형이 죽은 날이에요."

"알고 있습니다."

인태는 고개를 숙이며 다시 "죄송합니다"라고 말했다.

"강인태 씨. 제가 형이라고 불러도 될까요? 그리고 말 편하게 놓으세요."

이학의 말에 인태는 놀라는 표정이었다. 말을 놓으라는 이학의 말에 인태는 그럴 수 없다면서 깍듯이 존댓말을 했다. 빈 술병이 하나 더 늘어나고 얼굴이 조금씩 붉어질수록 가해자와 피해자 가족이라는 관계는 옅어졌고 오랜만에 만난 선후배 관계처럼 변했다. 웃음소리만 없을 뿐 두 사람은 이런저런 대화를 계속 주고받았다.

"명함 있으면 한 장 주세요."

자리에서 일어나기 전 이학이 자신의 명함을 건네며 말했다.

"저는 그런 거 없습니다."

"그럼 휴대폰 번호라도 알려주세요."

"그것도 없습니다. 마땅히 연락할 사람이 없거든요."

"가족 없으세요?"

가족이라는 말에 인태는 씁쓸한 미소를 지으며 없다고 했다. 이학의 눈에 비친 인태는 철저하게 세상과 단절된 채 살기로 작정한 사람 같았다. 예전 자신이 그랬던 것처럼. 그래서일까, 이학은 인태에게 동질감이 느껴졌다.

이학이 퇴근 후 불쑥 카센터에 찾아가도 인태는 언제나 카센터에 있었다. 작은 방에 앉아 책을 보거나 술을 마시거나 잠을 자거나 셋 중 하나였다.

그러던 어느 날, 그날도 이학이 카센터를 지나가는데 그곳에서 나온 인태가 택시를 타고 어디론가 가는 장면을 목격했다. 처음 보는 그의 외출에 호기심이 생긴 이학은 뒤를 밟았다. 그가 택시에서 내린 곳은 퓨전 레스토랑이 있는 건물이었다. 그는 한 남자와 함께 근처의 술집으로 들어갔다.

'저 사람은 김지안 셰프인데, 저 사람을 어떻게 아는 거지?'

며칠 뒤 이학은 인태가 일하는 카센터로 갔지만 인태는 자리에 없었다. 다시 다음 날 인태가 퇴근하기 전에 카센터로 갔다. 옷을 갈아입은 그는 택시를 타고 다시 어디론가 향했다. 그가 간 곳은 오래된 아파트였다. 늦은 시간까지 나오지 않는 것으로 보아 그곳에서 잠을 자고 아침에 카센터로 출근하는 것 같았다.

"형님, 김지안 셰프와 어떤 사이세요?"

인태가 카센터에서 퇴근하기 전 들른 이학이 인태에게 물었다. 인태는 이학이 자신을 미행하는 것을 알게 되었음에도 불쾌한 내색을 하지 않았다.

"전부터 잘 알던 동생입니다."

"퇴근 후에 들르는 아파트에는 누가 살죠?"

이학의 연이은 질문에 인태는 멋쩍은 미소를 지으며 아무런 말을 하지 않았다. 뭔가를 철저하게 감추고 있는 인상이었다.

"정 기자님, 이제 여기 카센터 안 오셔도 됩니다."

"다른 데로 옮기세요?"

"아뇨, 조만간 여기 그만두거든요."

"그럼, 이제 무슨 일 하세요?"

"정 기자님, 제가 퇴근 후에 가는 아파트에 제 어머니가 살고 있습니다. 치매 걸리셨는데 당분간 어머니를 돌봐드리려고요."

그날 만남이 인태와 마지막 만남이었다. 그날 자리를 뜨는 이학에게 인태는 이런 부탁을 했다.

"정 기자님, 지안이 잘 부탁드립니다. 큰 죄가 아니면 잘못을 해도 기사로 쓰는 거 한두 번 정도는 봐주세요."

그날은 그냥 지나쳤는데 인태가 한 말을 곱씹을수록 느낌이 안 좋았다. 마치 마지막 인사를 대신한 것 같은 기분이 들었다. 인태를 만나고 싶었지만 카센터 출근도 안 하고 연락처도 모르고 그가 머물고 있는 아파트 호수도 모르는 상황에 인태를 만나려면 무작정 아파트에서 기다려야 했다. 며칠 동안 저녁에 아파트 주차장에서 기다리다 드디어 인태를 보았다.

그날은 늦은 저녁에 인태와 지안이 같이 아파트 단지로 들어왔다. 두 사람이 아파트로 들어간 후 얼마 지나지 않아 지안이 다시 나왔다. 엘리베이터에서 내려 아파트 밖으로 나오는 그의 얼굴에는 미소가 가득했다. 잠시 후 다시 지안이 아파트로 돌아왔고 얼마 지나지 않아 구급차와 경찰차가 아파트 주차장에 도착했다. 몇 분 뒤 들것에 남자가 실려 나왔다. 인태였다.

대체 무슨 일이야. 인태 형이 왜…….

그제야 조금 전 미소가 가득했던 지안의 얼굴이 떠올랐다. 어딘가 기분 나쁜 미소, 이학이 취재를 하면서 자주 보았던 선의 탈을 쓴 악인들이 짓던 미소와 닮은 미소였다.

사건이 발생한 후 지안을 취재하기 위해 그가 일하는 레스토랑에 갔다. 이학은 식사를 하며 레스토랑 안의 상황을 살폈다. 주방에 지안의 모습은 보이지 않았다.

"김지안 셰프 출근 안 했나요?"

이학이 지나가는 직원에게 묻자 직원은 긴장한 표정을 감추며 무슨 일로 그러냐고 물었다. 아마 직원들에게 손님 중에 지안을 찾으면 무슨 일로 그러느냐, 지금 자리에 없다, 라고 말하라는 지시가 있었을 것이다. 기자라고 밝히면 더 거리를 두었을지 모른다.

식사를 마친 이학이 자리에서 일어났을 때, 이학의 자리 건너에 있는 테이블을 치우던 직원이 혼잣말을 했다.

"어? 이게 왜 여기 있지?"

이학은 우편 봉투를 들고 혼잣말하는 직원 옆에 서서 들고 있는 봉투를 힐끗 보았다. 직원이 들고 있는 우편 봉투 겉면에 프린터로 출력한 종이가 보낸 사람과 받는 사람 자리에 붙어있었다. 봉투를 본 이학은 놀랄 수밖에 없었다. 바로 보낸 사람은 강인태, 받는 사람은 김지안이었다. 직원은 그 봉투를 들고 주방으로 들어갔다.

죽은 인태 이름의 등장, 예사롭지 않은 예감이 드는 것은 당연했다. 건너편에서 식사를 한 사람을 떠올려봤지만 남녀 한 쌍이라는 것 외에 얼굴이나 옷차림 등이 전혀 생각나지 않았다. 곧바로 계산을 하고 밖으로 나왔지만 건너 테이블에 앉아 있던 사람과 비슷한 남녀 커플은 보이지 않았다.

인태의 죽음 이후 인태 이름으로 지안에게 온 우편물. 인태와 무관한 사람이 했을 리 없다. 이학은 인태를 만나러 자주 들렀던 카센터 앞에 다시 섰다. 이학이 알고 있는 인태의 유일한 지인은 카센터 사장뿐이다. 그를 만나면 뭔가를 알 수 있지 않을까.

라인의 수사팀은 송연자의 단독 범행으로 사건을 마무리해 검찰로 송치했다. 라인은 하 형사가 찾은 지안의 백팩 안에 들어 있는 코트가 중요한 단서가 될 줄 알았다. 김지안의 공범 여부를 입증할 직접증거가 없는 상황에 정황증거를 많이 확보하는 것이 중요했다. 그중 하나가 단추였고 그 단추가 달려있던 코트였다.

김지안의 자백을 끌어낼 수 있는 결정적인 증거인 지안의 백팩 안에 있는 코트, 연자가 갖고 있던 단추가 그 코트의 단추라면 그것으로 지안을 추궁해 자백을 끌어낼 수 있을 것으로 생각했는데, 백팩 안에 있는 지안의 코트에 달린 단추는 아니었다. 게다가 목격자의 등장과 혈액 응고 분석 결과로 지안의 공범일 거라는 의심은 완전하게 물 건너갔다. 헛물만 켠 셈이다.

하지만 가방이 등장했을 때 지안의 표정은 분명 당황한 기색이 역력했다. 김지안은 왜 가방을 보고 그런 걸까. 그도 연자가 건넨 단추가 가방 안에 있던 자신의 코트에 있는 단추라고 생각해서 그런 게 아닐까. 그렇다면 사건 날 코트가 가방 안에만 있었다는 의미는 아니다. 과거 기억이 떠오른 송연자를 인태가 있는 방으로 유인하기 위해 분명 지안이 입었을 것이다.

라인은 과거 사건은 차치하고 현재 사건에서 송연자 혼자 강인태를 살해했을 리는 없다고 여전히 생각하고 있다. 하지만 사건은 마무리되었고 연자와 지안의 머릿속을 들여다보지 않는 한 라인의 생각을 증명할 방법은 없다.

라인이 퇴근하려고 막 경찰서에서 나오는데 라인의 집 근처 맥
줏집에서 만나자는 아라의 전화가 왔다.

맥줏집에 도착하니 먼저 도착한 아라가 맥주잔을 입에 대고 있
었다. 라인이 지친 모습으로 자리에 풀썩 앉자 아라는 선배라도
되는 듯 라인에게 수고했다며 맥주를 따랐다.

"넌 여전히 김지안 셰프를 의심하는 거지?"

아라의 질문에 라인은 대답 대신 힘 빠진 미소를 지었다. 계획
대로 되지 않은 실패한 자의 미소다.

"코알라, 소설은 잘되어가?"

"이야기 구성은 거의 끝났어."

"어떤 내용이야? 김지안 셰프 모친 사건과 비슷해?"

"전체 골격은 비슷해. 등장인물도 같고. 걱정하지 마, 김지안
셰프 모친 사건에 등장하는 인물은 다른 직업으로 설정했으니
까. 소설의 재미를 위해서 내 상상력이 몇 개 들어갔어. 들어볼
래? 먼저 단추. 소설에도 단추가 등장해. 중요한 역할을 하지."

"단추가?"

"내가 지난번에 과외 했던 집 이야기했지? 그 집에 있던 치매
걸린 할머니가 나를 죽은 자신의 딸로 생각했다고 한 거. 그때 이
야기하다 못한 거 마저 할게.

그날 과외를 마치고 거실 소파에 앉아 있는 할머니에게 인사를
하고 돌아서려는데 할머니가 죽은 자신의 딸 이름을 부르며 내
게 걸어오더니 갑자기 내 손을 잡고 펑펑 우는 거야. 너무 서글프
게 울어서 당황스러웠지. 그 집 학생 엄마가 와서는 내 검은색 야

구 모자를 보면서 언니가 죽던 날 검은색 야구 모자를 쓰고 있었다는 거야. 그래서 검은색 야구 모자를 보면 저렇게 서럽게 운다고 하더라고. 야구 모자를 보고 딸의 죽음을 떠올린 거지. 치매로도 지워지지 않는 지독한 얼룩."

"그럼 그 단추가 야구 모자처럼 김지안 노모에게 과거의 사건 기억을 떠올리게 했다는 거야?"

"내 소설에는 송연자 역할의 치매 노인이 두 개의 기억이 존재하는 것으로 설정했어. 하나는 과거에 일어난 실제 사건 기억과 다른 하나는 과거 사건의 왜곡된 기억."

"왜곡된 기억?"

"소설에서 과거 사건은 강인태와 송연자 두 사람이 공범으로 한 것으로 설정했어. 송연자는 혹시라도 과거에 일어난 사건이 발각되면 아들인 강인태에게 피해가 가지 않게 하려고 자기 혼자 범행을 한 거라고 자기암시를 수없이 했지. 본인 자신도 실제 자기가 한 것으로 착각할 정도로. 그 왜곡된 기억은 시간이 흐르며 숙성이 되어 진짜 기억으로 송연자의 머릿속에 달라붙어 버린 거야. 게다가 치매가 온 이후 왜곡된 기억만 진짜 기억처럼 남은 거고. 그러다 현재에 일어난 사건에서 그 왜곡된 기억이 작동한 거야. 검은색 코트를 보고 그랬겠지. 내 소설에서는 실제 사건과 재연이 다른 것으로 했어."

"소설에서는 다른 이유를 어떻게 설명하는데?"

"현재 발생한 사건에서는 자신이 범행을 했다는 왜곡된 기억 때문에 송연자가 칼로 찔렀고 강인태가 건넨 단추를 손에 쥐게 되면서 실제 기억이 떠오른 것으로. 왜곡된 기억이 먼저 떠오른 후 단추를 쥔 이후 실제 기억이 떠오른 거지. 왜곡된 기억과 실제 기억은 서로 연결되어 있을 거야. 왜곡된 기억의 기원은 실제 기억이니까. 단추가 그 실제 기억을 깨운 거지. 내가 과외를 했던 집 할머니가 야구 모자를 보고 딸을 떠올린 것처럼."

말을 잊은 라인은 맥주잔을 들어 목을 축이며 생각했다. 단추가 실제 기억을 떠올렸다…….

"단추는 과거 사건에도 등장했을 거야. 내 소설에서는 강인태와 송연자 남편이 몸싸움을 하다 현장에 떨어진 것으로 설정했어. 그 단추를 강인태가 보관하고 있다가 사건 당일 송연자에게 건넨 거지.

왜 그랬을까? 먼저 강인태가 단추를 버리지 않고 보관한 이유는 혹시라도 저수지에서 시신이 있는 차가 발견되면 자신이 어머니를 대신해 범인이 되려고 했던 거야. 피해자 코트에 달려 있는 단추와 같은 단추를 보관하고 있던 이유는 그것 말고는 없으니까. 그리고 송연자가 단추를 만지면 왜곡된 기억에 눌려있던 실제 사건 기억이 떠오른다는 걸 알고 있었기 때문에 사건이 일어났을 때 송연자에게 건넨 거지. 그래서 김지안 셰프의 노모가 사건 재연을 할 때 칼로 찌르는 행동을 하지 않은 게 아닐까? 즉, 실제 과거 사건에서는 강인태가 칼로 찔렀고, 왜곡된 기억에서는 송연자 자신이 한 것이고.

재연에서는 왜곡된 기억이 아닌 실제 기억이 작동하며 두 기억이 충돌하면서 어떤 게 진짜 기억일까 송연자는 혼란스러웠을 거야. 결국 재연 때는 실제 기억이 완전히 살아나서 그런 행동을 한 게 아닐까?"

"코알라 네가 전에 과외를 했던 집 노인이 야구 모자에 반응했던 것처럼 송연자가 단추 때문에 실제 기억이 생겼다는 거잖아. 그런데 송연자가 하 형사에게 단추를 건넨 그날, 병원에서 자기가 죽었다고 말했어. 그건 왜곡된 기억이잖아."

"재연 때는 검은색 코트라는 큰 자극 때문에 실제 기억이 잠시 등장했을 거야. 송연자의 무의식은 아들을 보호하려는 보호본능이 작동해서 평상시에는 왜곡된 기억만 남아있는 거지. 그래서 병원에서 자신이 죽었다는 왜곡된 기억을 말한 게 아닐까. 내 상상이 좀 과한가?"

아라의 말에 라인의 얼굴이 굳어졌다. 아라의 소설 속 내용이 작가의 상상력으로 만든 이야기였지만 제법 설득력이 있었다.

정말로 그 단추가 송연자에게 그런 역할을 했을까. 송연자가 사건 재연 때 왜곡된 기억이 먼저 떠오른 후 잔향처럼 숨어 있던 실제 기억이 같이 등장했다는 건가. 재연 상황에서 송연자가 칼을 사용하지 않은 이유도 그런 거라고 한다면 고개가 끄덕여질 만했다.

심각한 표정의 라인을 본 아라는 싱긋 웃으며 "그냥 소설의 재미를 위한 장치야. 정말 실제 그랬겠어?"라고 말했다.

"그리고 또 하나."

중요한 것을 말하려는 듯 아라는 라인을 바라보며 검지손가락을 세웠다.

"강인태에 관한 내용이야. 내 소설에서는 강인태가 자살한 것으로 설정했어."

예상 밖의 말에 놀란 라인은 입에 댄 술잔을 다시 내려놓았다.

"자살?"

"물론 소설에서도 수사 결과는 타살로 마무리되지만 시도는 강인태가 한 것으로 했어."

"그럼, 코알라 네 소설에서는 사건을 처음부터 강인태가 계획했다는 거야?"

"어. 강인태는 노모의 왜곡된 기억을 이용한 계획을 세웠고 그 계획에 김지안 셰프가 걸려든 거지. 김지안이 강인태를 죽이려고 한 의도가 돈 때문이라는 것은 일단 차치하고, 그럼 강인태 왜 자살을 했을까? 그 이유는 삶이 얼마 남지 않아서야. 소설에서는 말기 암 환자로 설정했어. 좀 진부한 설정인가?"

"삶이 얼마 남지 않은 상황이라면 굳이 자살을 할 이유가 없잖아. 그것도 자신의 모친 기억을 이용해서 자살을 한다고?"

"나도 그 부분에서 고민이 많았어. 자살을 결심한 어떤 목적이 있을 텐데 그 부분을 어떻게 풀어야 하나. 실제로 강인태가 죽기 전 김지안에게 돈을 요구했다고 했잖아.

소설에서는 그 이유를 강인태가 사랑하는 사람 때문이라고 설정했어. 목표한 노모의 유산을 얻기 위해서 과거 사건 기억을 갖고 있는 노모를 이용한 것으로. 강인태는 김지안이 자신의 계획을 방해할지 모른다는 생각에 김지안을 사건의 공범으로 만들려는 방법을 준비한 거지. 강인태 자신이 원하는 것을 위해 김지안을 거부할 수 없는 덫에 걸려들게 해 꼼짝 못 하게 하려고. 강인태가 어떤 방법으로 김지안을 덫에 걸리게 했는지는 고민 중이야."

"강인태가 사랑하는 사람을 위해서 그랬다……."

라인은 작게 중얼거리며 맥주를 한 모금 마셨다. 아라는 다시 말을 이었다.

"아직 구체적으로 정하지는 않았는데 내 소설에서는 아무도 모르는 가족이 있거나, 사랑하는 사람이 있는 것으로 하려고. 그 존재를 위해서 스스로 죽음을 선택한 것으로. 단순히 김지안에게 복수를 하려는 의도가 아니라면 아무리 생각을 해도 그것 말고는 스스로 그렇게 할 이유는 없으니까. 이런 생각을 한 이유는 지난번 구급대원이 말한 눈물 자국에서 힌트를 얻어 상상한 거야."

"눈물 자국?"

"나는 그 눈물 자국을 분노나 슬픔의 눈물이 아닌 기쁨의 눈물로 생각했거든. 자신이 계획한 것이 성공했다는 기쁨의 눈물로."

죽음의 순간에 흘린 기쁨의 눈물이라. 아라의 말을 듣고 있으니 뭐가 소설의 내용이고 현실의 내용인지 헷갈렸다. 아라는 맥주로 입을 축인 후 다시 말을 이었다.

"사랑하는 존재를 위해서 그런 거라면 실제 사건에서 있었던 의문들이 상당히 해소가 돼."

아라가 구상한 소설의 내용이 실제라고 한다면 아라의 말처럼 라인이 의아하게 생각한 부분이 대부분 해소가 된다. 연자가 재연한 상황이 실제 일어난 사건과 다른 이유도, 인태가 저항을 한 흔적이 없는 이유도, 겨울 코트를 입고 있던 이유도. 모두 강인태가 계획한 거라면… 사건의 진행 과정이 군더더기 없이 매끄럽다.

나는 왜 그런 생각을 한 번도 하지 않았을까. 라인은 사건이 발생한 후 지금까지 단 한 번도 인태가 계획했을 거라는 생각을 한 적이 없다. 피해자라고만 생각했다. 아라가 구상한 소설 내용은 라인이 생각한 것과 완전히 반대였다. 강인태를 피해자가 아닌 설계자로, 그가 흘린 눈물이 증오와 슬픔이 아닌 기쁨의 눈물로.

"이번 소설을 구상하면서 다시 한 번 치매에 대해 생각해봤어. 치매에 걸리면 어떤 기분일까. 이야기를 구상하면서 아무리 노력을 해도 치매 노인의 마음속으로 들어가지 못하겠더라고. 마치 검은 장막이 막고 있는 것처럼. 본격적으로 소설을 쓰게 되면 내가 치매 노인 캐릭터와 온전하게 교감을 할 수 있을지 걱정돼.

치매 걸린 당사자도 자신이 어떤 상황인지 인지하지도 못하겠지? 우리도 늙어서 그렇게 된다면, 그래서 지금 기억하고 있는 이런 모든 기억들이 사라지게 된다면. 만약 사라지지 않고 남아 있는 기억이 있다면… 두 줄, 너는 그 기억이 뭐였으면 좋을 것 같아?"

"글쎄, 그런 생각을 해본 적이 없어서. 코알라 너는 무슨 기억이 남았으면 좋겠어?"

"안 좋은 기억만 아니면 좋겠어. 행복했던 기억 중에서 하나만 남아도 좋을 것 같다. 소설을 구상하면서 생각해봤어. 지금까지 살면서 행복한 기억이 뭐가 있나. 딱히 떠오르는 게 없더라. 두 줄 너는 어때? 오랫동안 기억하고 싶은 행복한 기억이 있어?"

라인도 지금까지 살면서 잊을 수 없는 행복한 기억이 뭐가 있을까 생각해보았다. 역시 떡하니 뭔가가 바로 떠오르지 않았다. 경찰 시험에 합격했을 때 정도밖에.

"두 줄 너도 없어? 호호호. 우리 어떻게 살았기에 이 모양이냐. 그래도 다행이지. 우리는 아직 인생의 시간이 많이 남았잖아. 앞으로 좋은 기억 많이 만들자."

아라는 건배를 하자며 잔을 들었다. 라인도 잔을 들어 아라의 잔에 부딪혔다. 라인은 맥주를 마시며 생각했다. 앞으로 행복한 일들이 얼마나 많이 나를 기다리고 있을까. 아니, 내가 만들어야겠지. 아라의 소설 속 강인태처럼 죽음의 순간 기쁨의 눈물을 흘릴 정도로 행복한 기억을.

라인은 아라를 만난 다음 날, 건강보험공단을 통해 인태의 병원 진료기록을 확인했다. 설마 했는데 아라의 소설처럼 암을 검진한 진료기록이 있었다.

정말 아라가 구상한 소설처럼 강인태가 사건을 계획했다는 말인가. 왜 그런 선택을 했을까. 그의 주변에는 아무런 가족이 없다. 복수도 아니다. 아라의 소설처럼 아무도 모르는 사랑하는 존재가 있다는 말인가. 정말 눈을 감기 전에 흘린 눈물이 기쁨의 눈물일까.

사건을 처음 접했을 때 들었던 우발적인 범행과 계획적인 범행, 두 경우가 공존하는 느낌도 강인태 때문이었나? 우발적인 것은 송연자가, 계획적인 것은 강인태가, 유기성 형사가 한 말처럼 나는 처음부터 한 수를 잘못 둔 것일지도 모른다.

*

"잘 먹었어. 당신이 만든 유부초밥은 언제 먹어도 맛있어."

정수의 칭찬에 도시락 용기를 정리하는 아내의 얼굴에 함박웃음이 피었다. 오랜만에 아내가 도시락을 싸 들고 카센터에 왔다. 간이 센 식당 음식들에 질릴 때 즈음 아내가 만든 심심한 음식을 먹으면 입안이 정화가 된 기분이 든다.

"아빠, 저녁에 인라인스케이트 타러 가요."

요즘 인라인스케이트 타는 재미에 푹 빠진 초등학생 딸이 스케이트 타는 동작을 하며 사무실을 뛰어다녔다.

"그래, 저녁에 공원에 가서 아빠랑 같이 타자."

"당신 괜찮아?"

인태 일로 힘들어하는 것을 알고 있는 아내가 정수의 얼굴을 걱정스러운 눈빛으로 쳐다보았다. 정수는 점심 식사를 하면서 전과 달리 아무 말 없이 식사만 했다. 요즘 집에서도 그렇다. 인태가 죽은 후 정수에게 생긴 후유증이다. 인태와 정수가 친형제처럼 가까운 사이라는 것을 잘 알고 있는 아내 역시 힘들어하는 남편을 위해 자신이 아무것도 해줄 수 없어 마음이 아플 것이다.

"괜찮아. 조금씩 잊히겠지."

딸과 아내가 탄 경차가 떠나는 것을 확인한 후 정수는 다시 사무실로 돌아왔다.

지금 정수의 행복은 인태가 없었다면 누리지 못할 행복이다. 정수에게 인태는 가족이었고 그 마음은 앞으로도 변치 않을 것이다.

정수가 인태를 처음 만난 것은 초등학교 3학년 무렵이다. 당
시 인태는 아버지가 운영하는 주유소에서 아르바이트를 하고 있
었다.

정수의 아버지는 고등학생이 스스로 돈을 벌며 학교에 다니는
성실한 녀석이라며 인태를 친아들처럼 대했다. 형제가 없던 정
수도 인태를 친형처럼 따랐고 인태 역시 정수를 친동생처럼 대
했다.

"형은 집 없어요? 엄마 아빠는? 혹시 가출한 거예요?"

어린 정수는 인태가 왜 주유소에서 먹고 자는지 궁금했다. 정
수가 물어볼 때마다 인태는 웃으며 그런 거 알아서 뭐 하냐며 말
하지 않았다. 말할 수 없는 비밀이 있겠거니 생각하고 이후 묻지
않았다. 그 대답은 시간이 한참 흐른 후 인태가 죽기 전에서야 들
었다.

인태는 군 입대 전까지 정수 아버지 주유소에서 일했다. 전역
후에는 건설 현장을 다니며 일했다. 지방 현장을 돌아다니는 바
쁜 생활에도 명절에는 정수의 아버지를 찾아와 인사를 했고 정
수와도 연락을 계속 주고받았다. 가족과 다름없는 사이였다.

인태는 교도소에서 복역하면서 자동차 정비 기능사 자격증을
땄다. 그것을 알고 있는 정수는 지안에게 같이 일하자고 제안했
지만 인태는 교도소에 알게 된 사람이 지방에서 하우스 농장을
한다면서 그곳에서 일할 거라고 했다. 인태가 지방으로 내려가

기 전 정수는 자신 명의로 개통한 휴대전화를 건넸다.

"진 사장, 나 이런 거 필요 없어. 연락할 사람도 없는데."

"형, 저하고 연락은 해야죠. 편하게 사용하세요."

"진 사장, 하나 부탁 좀 할게. 시내에 퓨전 레스토랑이 있어. 그곳에 김지안이라는 요리사가 있는데 그 사람 뒷조사 좀 해줘."

"뒷조사요? 무슨 뒷조사를."

"여자관계라든가, 이상한 약을 한다든가 등등, 의심되는 상황은 사진으로 찍어두고."

"그 사람이 형과 무슨 관계인데요?"

"잘 아는 동생이야. 나중에 필요할 일이 있을 거 같아서."

정수는 인태가 부탁한 지안의 뒷조사를 했다. 그때 젊은 여자와 만나는 것을 알게 되었고 사진을 몇 장 찍었다. 지방에 있던 인태가 올라와 카센터에 들렀을 때 그 사진을 건넸다. 사진을 보는 인태는 자신이 원하는 것을 손에 쥔 사람처럼 흡족한 표정이었다.

지방에서 몇 년간 일하던 인태가 다시 돌아왔다. 마음이 변했다면서 정수의 카센터에서 일하고 싶다고 했다. 그렇게 다시 정수는 인태와 같이 지내게 되었다.

"진 사장. 이거 받아. 그동안 잘 썼어."

인태는 정수에게 휴대전화를 건네며 응접 소파에 앉았다.

"진 사장, 이리와 앉아봐."

"형, 무슨 일 있어요? 왜 휴대폰을……."

정수는 인태 맞은편에 앉았다.

"진 사장, 이제 카센터 그만두려고."

"예? 왜 갑자기."

"그럴 일이 있어. 진 사장, 어렸을 때부터 나 어떻게 살아왔는지 궁금해했지?"

그날 인태는 자신의 과거와 현재 그리고 미래를 모두를 털어놓았다.

"진 사장, 그동안 고마웠다."

"고맙기는요. 제가 죄송하죠. 이 정도밖에 해드릴 게 없어서 죄송해요."

정수는 울먹이며 말했다. 인태는 마지막으로 백화점 쇼핑백을 정수에게 건넸다.

"가방 안 메모지에 휴대폰 번호가 하나 있어. 이 물건 그 친구한테 전해줘."

"누군데요."

"나에게 소중한 사람이야."

이날 인태의 말을 들은 정수는 그동안 궁금했던 것들이 모두 해소되었다. 인태가 왜 지방에서 다시 올라왔는지, 머물던 숙소에 왜 치매와 관련된 책들이 있었는지, 돌려준 휴대전화의 검색 사이트에 블랙아웃, 기억상실증, 부분 기억상실증 같은 단어들을 왜 있었는지를.

제3장

기억의 종결

기억은 기억 너머에 숨어 있는
죄의식과 만나며 종결된다.
누군가에게 기억의 종결은
끝이 아닌 시작이기도 하다.

휠체어에 앉은 연자는 병원 건물과 연결된 야외 테라스에서 주위에 만발한 개나리와 진달래를 바라보고 있다. 쏟아져 내리는 봄 햇빛이 눈부신지 연자는 가늘게 눈을 떴다.

다시 돌아온 봄. 따스한 햇살도, 뺨을 간질거리는 기분 좋은 바람도 연자에게는 아무런 의미가 없다. 바뀐 계절이 들춰내는 변화가 치매 노인에게는 봄 햇빛에 홀홀히 자취를 감춰버린 겨울 눈처럼 곧 사라질 존재일 뿐이고, 눈이 부셔 가늘게 뜬 실눈처럼 본능을 자극하는 그 이상도 이하도 아니다.

연자 뒤에 옅은 회색 봄 코트를 입고 서 있는 남자가 연자의 귀에 대고 속삭였다.

"예전 집 주위에 꽃 피었던 거 기억나세요?"

'예전 집 근처? 집이 어디에 있었지?'

연자의 머릿속에는 이제 뒤적거릴 기억의 페이지가 없다. 소멸이라는 마지막 단계에 다다른 인간의 기억에 남은 것은 재뿐이다. 무한한 공간인 뇌가 희뿌연 재만 담고 있는 아궁이가 되어 버렸다. 부지깽이로 제아무리 헤쳐 봐야 붉은빛이 다시 살아날 일은 없다.

그래도 하나는 남아있다. 타고 남은 종잇조각의 한구석에 그을린 채 간신히 남아있는 흔적. 하지만 그것도 곧 사라지리라. 연자는 작은 목소리로 남아있는 그 흔적을 웅얼거렸다.

"뭐라고요?"

인아의 웅얼거림을 들은 옆에 서 있는 남자가 다시 물었다. 연자의 입 밖으로 나오는 목소리는 제대로 된 문장으로 나오지 않고 어, 어 하는 감탄사로 허공에 흩어졌다. 연자의 입에서 흘러나오는 어… 어… 하는 소리는 그녀의 말을 함축된 문장이었다. 하나는 초등학생이고 다른 하나는 군대에 곧 가는데. 이름이… 뭐더라, 라는 표현이다.

"엄마, 날이 아직 차네요. 그만 들어갈까요?"

남자는 휠체어를 밀어 출입문으로 이어지는 경사로에 올랐다. 휠체어가 출입문 앞에 섰다. 그늘진 출입문 유리에 두 사람의 모습이 비쳤다. 출입문 유리에 비친 두 사람의 모습은 흑백 사진처럼 거무스름했다. 가뜩이나 시력마저 좋지 않은 연자에게는 더욱 그렇게 보였다.

문을 열고 들어가려는데 남자의 휴대전화가 울렸다. 남자는 전화를 받았다.

"예, 사장님. 광고요? 어떤 브랜드인데요?"

남자는 통화를 하며 환한 미소를 지었다. 연자는 출입문에 비친, 자신 뒤에 서 있는 남자의 미소 띤 얼굴을 뚫어지게 바라보았다. 초점 없이 흐리멍덩하던 연자의 눈이 순간 동그랗게 커졌다. 대단한 발견을 한 것처럼 눈빛은 번쩍 살아났고, 흐릿한 눈동자에는 두려움이 가득 차올랐다.

출입문에 비친, 웃고 있는 남자 모습은 연자를 오래전 자신과의 만남으로 안내했다. 휠체어 뒤에 서 있는 거무스름한 코트를 입은 체격 좋은 남자가 웃으며 연자를 바라보고 있었다. 연자는 온 힘을 다해 소리쳤다. 오지 마… 오지 마…

연자의 입 밖으로 어… 어… 하는 소리가 새어 나왔다. 연자의 세계에서 그것은 살려달라고 목이 터져라, 소리치는 간절한 외침이었다.

*

지안은 어렸을 때 살았던 고향 집으로 가는 길이다. 연자는 1심 판결이 난 후 몇 달 지나 세상을 떴다. 병원의 휴게 테라스에서 지안과 함께 봄맞이를 하던 연자는 출입문 앞에서 몸을 뒤틀며 어… 어… 하는 소리를 낸 후 실신했다. 그것이 연자가 세상에 남긴 마지막 말과 몸짓이었다.

세상을 뜨기 전 지안이 본 병실에 누워있던 연자의 마지막 모습은 추레한 여러 가지가 뒤섞인 그림 같았다. 앙상하게 마른 몸은 이파리가 떨어진 늦가을의 나뭇가지 같았고, 거뭇거뭇 핀 검버섯과 자글자글한 주름을 한 무표정한 얼굴은 수확기를 놓친 수세미 같았다. 푸석푸석한 백발의 머리는 고드러진 옥수수수염처럼 보였다.

연자가 눈을 감은 날, 지안은 슬프지 않았다. 오히려 지안의 마음 구석에 자리 잡고 있던 무겁고 우울한 그림자가 떨어져 나간 것처럼 개운했다. 아마 연자도 그럴지 모른다. 기억이 사라진 현실에서 벗어난 후에야 비로소 자신의 삶을 완전히 기억하지 않았을까.

연자가 지안을 알아보지 못할 정도로 치매가 심해졌을 때 지안은 연자의 머릿속으로 들어가 보고 싶었다.

엄마의 기억 속은 어떤 모습일까. 시커먼 어둠뿐일까 아니면 진공상태나 무중력 상태처럼 아무것도 없고 얼마 남지 않은 기억들이 방향을 잃고 부유물처럼 둥둥 떠다니고 있을까. 머릿속에서 흐르던 기억이 어느 순간 막혔고 결국 메말라버린 것은 분명하다. 그렇게 말라비틀어진 삶의 기억들이 가루가 되어 사막의 모래처럼 바람이 불어도 결국 다시 사막의 모래가 되는 그런 반복을 하는 사막이 되었을까. 아니면 기억이 쪼그라들고 쪼그라들다 하나의 점이 되었을까. 우주 탄생의 시작인 빅뱅 직전처럼.

지안은 연자가 실신하기 전 어, 어 하는 소리와 몸부림이 어떤 의미였을까 궁금했다. 마지막 죽음의 과정으로 들어가는 순간 본능이 저항하는 최후의 몸부림이었을까. 지안이 상상할 수 있는 것은 거기까지다.

지금은 그렇지 않지만 어느 날 문득, 아들인 자신마저 기억하지 못하던, 밤에 돌아다니며 물을 틀어놓아 잠을 방해하던, 거실 바닥에 소변을 지리던 연자가 미치도록 보고 싶을지 모른다.

다연의 예상대로 연자는 1심에서 징역 3년에 집행유예 5년을 선고받았다. 근원적인 치료가 어려운 치매로 인한 범죄에 치료적 사법 절차 판단으로 징역형 집행유예가 선고된 것이다. 법원은 피고인 연자에게 주거 제한과 근본치료 강제를 명령하였다. 집행유예 기간 5년 동안 보호감독관 감독하에 치매 전문 병원으로 주거를 제한하는 내용이다.

지안의 유명세 덕분에 연자의 재판 과정과 결과에 대중들의 관심도 많았다. 게다가 연자가 살해한 남자가 그녀의 아들이라는 사실까지 기사화되어 세상에 알려지며 치매가 얼마나 슬픈 병인지 새삼 회자되었다.

쇼 형식의 뉴스를 다루는 방송에서도 연자의 사건을 주요 소재로 다뤘다. 치매로 인한 강력 범죄에 치료적 사법이 효과적일까 하는 내용이었다. 연자의 변호인인 다연도 방송 패널로 출연했다.

법원의 판결에 반대하는 패널은 치료적 사법이 형사처벌보다 효율적인 측면을 부정하지는 않았지만 법 원칙에 반한다며 반대했다. 다연은 근본적인 문제들을 지적했다. 치매 환자가 심한 망상과 반복적인 폭력성을 보이는 경우 가족의 안전을 위해서라도 적극적인 치료가 필요하고, 강력 사건이 발생한 경우 환자를 전담으로 하는 치매 전문 병원을 찾기가 힘들다는 점을 지적하면서 미국의 사례를 들었다. 미국은 치료법원인 정신건강법원을 대부분 주에서 운영한다면서 판사, 검사, 변호인, 치료 전문가들이 한 팀을 이루어 피고인의 치료 방법을 고민한다며 우리나라도 이런 체계를 갖추어야 한다고 했다. 또한 미국의 치료법원처럼 법원과 병원이 연계돼 있지 않은 상황에서 살인을 저지른 치매 환자가 치료 시설을 구하지 못하면 재판부의 치료사법 시도도 무산될 가능성이 크다고 호소했다.

연자 사망 후 지안은 다시 방송에 출연하고 있다. 효자로, 어려운 상황을 이겨낸 사람으로 이미지가 포장되어 대중의 호감은 전보다 더 좋아졌다. 그런 호감 덕분에 유명 브랜드 식품 광고도 촬영했다.

피해자인 인태의 불행한 사연도 알려지게 되면서 뜻하지 않게 실제로 없던 두 사람의 애틋한 형제애까지 만들어졌다. 대중은 지안이 몸서리치게 싫어했던 인태와 가족이 되어 버린 상황을 만든 것이다.

대부분의 사람들은 지안에게 응원의 박수를 보냈지만 그렇지 않은 한 사람이 있었다. 지안을 잠시 긴장하게 만든 사람으로 정이학이라는 기자였다.

그는 연자의 장례식이 끝난 며칠 후 지안이 퇴근할 무렵 레스토랑으로 찾아왔다. 그는 할 말이 있다면서 근처 커피숍에서 기다리고 있겠다고 했다. 보통 기자들이 인터뷰를 요청하는 방식이 아니었다. 지안이 거절하려는 낌새를 눈치챈 그는 아주 중요한 일이라면서 안 나오면 후회할지도 모른다며 거들먹거리는 자세로 기분 나쁜 미소를 지으며 말했다. 지안은 이학의 말을 무시하려고 했지만 뭔가를 알고 있는 것 같은 이학의 모습에 떨떠름한 기분으로 그가 기다리는 커피숍으로 향했다.

커피숍에서 지안이 이학과 마주 앉자마자 이학은 재킷 안주머니에서 사진을 한 장 꺼내 지안 앞에 밀어놓았다.

"이거 돌려드려야 할 거 같아서요."

지안은 이학이 자신 앞에 내놓은 사진을 집어 들었다. 오래된 장롱을 찍은 사진이었다. 뜬금없는 장롱 사진에 지안은 이게 뭐냐고 물었다.

"지난번 레스토랑 우편함에서 봉투를 들고 튄 사람이 접니다."

지안은 이학을 얼굴을 뚫어지게 바라보았다. 도둑질한 놈이 아무렇지 않게 말하는 모습이 꼴사나웠다. 그런 지안의 시선을 눈치챘는지 이학은 머쓱한 웃음을 지은 후 입을 열었다.

"죄송합니다. 개인적으로 인태 형을 잘 알고 있어서요. 인태 형이 무엇을 남겼는지 궁금해서 그랬습니다."

"인태 형을 어떻게 아시나요?"

"음… 그 사연을 설명하자면 좀 깁니다. 굳이 지금 셰프님에게 말할 필요도 없을 것 같고요."

"그럼 그날 백지가 들어 있던 봉투는 기자님이 바꿔치기한 건가요?"

"예. 나름 철저한 준비를 한 거죠. 후후후."

이학은 인태 사건 후 레스토랑에 갔을 때 우연히 직원이 들고 있던 첫 번째 우편물을 보았다고 했다.

"기자가 아니더라도 관심을 가질 수밖에 없는 상황이잖아요. 죽은 사람이 보낸 우편물. 자극적이고 뭔가 대단한 게 있을 것 같은 그런 소재를……"

"그래서 우편함에서 우편물을 훔친 겁니까? 제가 그날 기자님을 보지 못했다면 그 우편물이 있었는지 영영 알지 못했겠군요."

지안은 이학의 말을 자르고 목소리를 높였다. 이학은 지안의 날 선 반응에 개의치 않고 말을 이었다.

"혹시라도 두 번째 우편물이 있지 않을까 하는 생각에 그날 가본 건데 정말 우편물이 있을 줄은 몰랐습니다. 만약을 대비해 백지가 들어 있는 우편 봉투를 재킷 안주머니에 넣고 있었죠. 그런데 그날 이라인 형사를 만난 줄은 몰랐습니다. 뭐, 미리 가짜 봉투를 준비한 덕분에 진짜 우편물을 확보는 했는데 기대와 달리 대단한 게 아니더라고요. 장롱 사진이 들어 있을 줄 상상도 못 했죠. 사진은 인태 형님이 남긴 게 맞죠? 그런데 그 장롱 사진의 의미는 뭔가요?"

지안도 모르기는 마찬가지라 뭐라 대답할 수가 없었다. 그저 탁자 위에 놓여 있는 장롱 사진만 멍한 표정으로 바라볼 뿐이었다.

"표정을 보니 셰프님도 모르시나 보네요. 그건 그렇고, 셰프님은 정말 모친 사건과 무관하시나요?"

레스토랑에서 지었던, 뭔가 알고 있는 듯한 미소를 다시 지은 이학이 지안을 바라보며 물었다. 그 미소는 지안의 가슴을 더듬고 들어와 할퀴는 기분을 들게 했다. 지안은 그게 무슨 말이냐고 날카롭게 되물었다. 최대한 기분이 나쁘다는 표정과 그런 느낌을 똘똘 뭉쳐 내뱉었지만 이학은 무덤덤한 표정으로 입을 열었다.

"사건이 일어난 날 제가 그 아파트 주차장에 있었거든요. 엘리베이터에서 내려와 문을 열고 나오는 셰프님의 표정을 보았죠. 만족스러운 미소가 얼굴에 가득하더군요. 제가 잘못 본 것은 아니죠? 이상하게도 조금 있다가 구급차와 경찰이 도착했어요. 결국 인태 형은 죽고."

이학의 말에 지안의 얼굴이 굳어졌다. 주차장에서 자신을 보고 있던 인물이 있을 줄은 꿈에도 몰랐다. 상상도 못 한 일이라 받아 칠 말이 곧바로 떠오르지 않았다.

"…기자님은 항상 무표정한 얼굴로 지내나요? 문득 집이나 직장에서 웃겼던 일이 떠올라 미소 지은 적 없으세요? 그날 제가 무슨 생각에 웃었는지 기억이 나지 않지만 사건과 결부시키는 건 좀 억지스럽네요. 그리고 사건은 제가 다시 집에 들어갔을 때 일어났습니다. 이미 경찰에서 다 조사한 내용이고요. 괜한 억측은 하지 마세요. 만약 이 내용을 기사로 쓴다면 가만히 있지 않을 겁니다."

지안은 이학을 노려보며 협박조로 말을 마쳤다.

"그런 걱정은 안 하셔도 됩니다. 그 사건 더 파고들지는 않을 테니까요. 인태 형이 죽기 전에 제게 그런 부탁을 했습니다. 김지안 셰프가 자신이 잘 아는 동생인데 잘못을 해도 기사로 쓰는 거 한두 번 정도는 참아달라고. 형님 마지막 부탁인데 거스를 수는 없죠."

자리에서 일어나기 전 이학은 아차, 하며 잊고 있던 질문을 던졌다.

"깜빡했네요. 레스토랑 테이블에 있던 첫 번째 우편물은 뭐였나요?"

지안은 매서운 표정으로 이학을 바라보았다. 이학도 지안의 대답을 기대 안 했는지 미소를 지은 후 가벼운 목례를 하고 커피숍에서 나갔다. 이학이 나간 뒤 지안은 탁자 위에 놓여 있는 장롱 사진을 다시 물끄러미 보았다.

강인태는 왜 저 장롱 사진을 남긴 걸까.

운전을 하는 지안은 눈이 부셔 선글라스를 썼다. 차 밖으로는
기분 좋은 초여름 햇빛이 쏟아져 내리고 있고, 차 안에는 지안이
좋아하는 록 음악이 꽝꽝 울리며 흐르고 있다. 운전대를 잡고 있
는 지안은 고개를 위아래로 흔들며 아는 가사가 나오는 부분을
흥얼거리며 따라 불렀다. 현란하게 연주하는 기타 소리와 드럼
소리를 비집고 휴대전화 벨소리가 울렸다. 다연의 전화였다. 음
악 볼륨을 줄이고 스피커폰을 켰다.

"어, 홍변. 무슨 일이야?"

"레스토랑이야?"

"아니, 오늘 쉬는 날이야. 볼 일이 있어서 예전 고향에 가는 중."

"아, 그래. 너에게 전할 물건이 있어서 전화했어. 잘됐다. 나도
엄마 본 지 오래됐는데 겸사겸사 가봐야겠네. 예전 집에 갈 거
지? 거기로 갈게. 이따 봐."

전할 물건이 있다고? 다연이 내게 줄 게 뭐가 있지?

드디어 지안의 눈에 어렸을 때 살았던 동네 주위의 높지 않은
산이 멀리 보이기 시작했다. 산을 보자 어릴 때 기억이 뭉게구름
처럼 피어났다. 친구들과 뛰어놀던 초등학교 운동장, 학교 앞에
있던 오락실과 문방구, 연자가 운영하던 분식집과 마지막으로
연자와 같이 살았던 집까지.

장례식을 마친 후 지안은 연자의 재산을 확인했다. 사실 확인
할 것도 없다. 부동산은 연자가 살았던 아파트 한 채가 전부고,

예금은 칠천만 원 남짓 들어 있는 통장 하나다. 그때 번쩍하며 떠오른 게 까맣게 잊고 있던 어릴 적 지안이 살았던 집이었다. 연자는 자신이 늙으면 고향으로 돌아가 그 집에서 살 거라는 말을 자주 했다.

지안의 차가 동네의 중심부로 들어갔다. 눈에 들어온 동네의 모습은 자신의 기억에 희미하게 남아있는 모습과 확연히 달랐다. 높이 솟은 아파트가 들어섰고, 전에 없었던 술집과 노래방 같은 유흥시설이 길가에 수두룩했다. 예전 기억과 현재의 모습이 괴리가 심해 고향이라는 생각보다는 전에 잠시 들렀던 동네 같은 느낌이었다. 지안은 한 부동산 사무실 앞에 주차를 한 후 사무실로 들어갔다.

"어? 김지안 셰프님 아니세요?"

지안이 문을 열고 들어가자마자 50대 초반으로 보이는 동그란 얼굴을 한 여자가 한눈에 지안을 알아보고는 환하게 웃으며 악수를 청했다.

"아, 맞다. 셰프님이 이곳 출신이라고 했던 거 같은데. 맞죠?"

"예, 초등학교를 이곳에서 다녔습니다."

사장은 응접세트 소파에 앉으라고 하면서 인스턴트커피가 담긴 종이컵을 탁자 앞에 내려놓았다. 지안의 맞은편에 앉은 사장은 뉴스를 통해 연자의 소식을 들었다면서 안타까운 표정을 지었다.

"이곳에 사는 노인분들 가운데 아직도 어머니를 기억하는 분들이 많거든요."

사장은 지안이 별로 궁금하지 않은 연자와 이 동네에 얽힌 추억들을 주저리주저리 푼 다음 그제야 무슨 일로 오셨냐고 물었다. 지안은 어릴 때 살았던 집의 위치를 말하며 현재 시세를 물었다.

"아, 그 집. 거기 많이 올랐어요. 그쪽으로 도로가 난다고 해서. 그 집 대지 정도면 현재 최소 5억은 되지 않을까 싶네요."

지안은 아, 그래요, 라고 말하며 입가에 번지려고 하는 탐욕의 미소가 본인 스스로도 무안했는지 커피가 담겨 있는 종이컵을 들어 가렸다.

큰 계약을 마친 것처럼 흡족한 마음으로 부동산 사무실에서 나온 후 예전 살았던 집으로 향했다. 시내에서 조금 떨어진 곳에 위치한 예전 집의 모습이 멀리 보이기 시작하자 그곳에 살았던 어린 시절의 자신이 대문을 열고 달려 나올 것만 같았다.

집 앞에 주차를 한 후 대문을 열었다. 녹슨 철제 마찰음이 바닥으로 쏟아져 내렸다. 마당에 서서 집을 둘러보았다. 어렸을 때는 축구도 할 수 있을 정도로 넓게 느껴졌던 마당이 지금 보니 기껏 줄넘기나 할 정도로 작아 보였다. 채소가 무성한 텃밭을 휙 훑은 지안은 자신이 살았을 때 없던 평상 가운데에 앉았다.

현 시세가 최소 5억이라… 엄마 아파트와 이 집을 처분하면 2호점 준비 자금으로 충분하겠는데.

지안은 이런 생각을 하며 부동산 사무실에서 애써 감추었던 함박웃음을 마음 편하게 지었다. 입가에 가득했던 미소가 옅어질 즈음 휴대전화가 울렸다. 아내가 건 영상통화였다. 휴대전화 화면에 밝게 웃는 아내의 얼굴이 떴다.

"별일 없지? 어머니 장례식에 못 간 거 서운해하지 마. 애 때문에 그런 거니까. 지금 중요한 시기거든."

"그래, 알았어."

"당신이 보고 싶어 하는 아들 바꿔줄게."

아내가 사라진 휴대전화 화면에 환하게 웃는 아들의 얼굴이 나타났다. 이제 어린애 딱지는 떨어졌고 제법 의젓하고 어른스러웠다. 하루가 다르게 커가는 모습이 놀라울 정도다.

"아빠, 이번 여름방학에는 한국에 들어갈 거예요."

"그래, 오면 아빠가 맛있는 거 해줄게. 뭐 먹고 싶어?"

"파스타랑 볶음밥이랑 스테이크랑 또… 아무튼 아빠가 만든 거 아무거나."

"그래, 아빠가 다 해줄게. 힘든 건 없어?"

아들은 이곳 생활에 완벽하게 적응돼서 괜찮다고 했다. 다시 아내가 화면에 나타났다.

"여보, 조금만 더 참아. 이제 얼마 안 남았으니까."

매번 같은 말, 조금만 더 참으라는 아내의 마지막 말을 끝으로 통화를 마쳤다. 조금만 더 참으라는 아내의 목소리가 귓바퀴에 계속 오르락내리락했다.

조금만 더 참으라고? 얼마나 더. 대체 얼마나.

아들이 중학생일 때는 중학교 마칠 때까지만이라고 했다. 이제는 고등학교 마칠 때까지 만이다. 분명 아내는 아들을 대학까지 외국에서 진학시킬 것이다. 그 이후는…….

퇴근 후 빈집에 들어가는 것도, 식탁에 홀로 앉아 밥을 먹는 것도, 쉬는 날 혼자 텔레비전을 보는 것도, 명절에 시장에서 사온 음식을 궁상맞게 혼자 쭈그려 앉아 먹는 것도 싫다. 지쳤고 외롭다. 지안은 소리 지르고 싶었다. 정말 이렇게 살기 싫다고!

지안의 불만을 밀쳐내는 차 멈추는 소리가 담장 밖에서 들렸다. 대문을 열고 말끔한 아이보리색 정장을 입은 다연이 들어왔다. 다연은 지안이 앉아 있는 평상 쪽으로 걸어오며 집안을 둘러보았다.

"예전 그대로네. 가끔 이 동네 오는데 너희 집은 정말 오랜만이다."

"홍변 어머니 집과는 떨어져 있으니 이 집에 올 일이 없지."

다연은 지안의 옆에 앉았다.

"김 셰프, 너 이 동네 오랜만에 온 거지?"

"어. 여기 떠나고 처음이야. 너무 오랜만에 와서 그런지 고향이라는 느낌이 안 들어."

"그럼, 흐른 시간이 얼만데. 우리 어릴 때 비하면 많이 발전했지. 그런데 갑자기 여기는 왜 온 거야?"

지안은 어머니 재산을 확인차 들렀다고 말하지 않고 예전 생각이 나서 왔다고 둘러댔다. 눈치 빠른 다연은 거짓말이라는 걸 잘 알 테지만.

"홍변, 나에게 줄 게 있다며."

다연은 가방에서 꺼낸 봉투를 지안에게 건넸다.

"전에 김 셰프 어머니가 내 사무실에 와서 쓰신 거야. 유언장이라고 할 거까지는 아니고. 병원에서 치매 판정을 받고 내 사무실

194

에 오셨어. 당신 돌아가시면 이 편지를 너에게 전해주라고 하셨지. 그날 그 편지를 세 시간 넘게 쓰셨을 거야. 쓰고 지우고 다시 쓰고. 다 쓰시고 한참을 우시더라고. 여러 생각이 드셨을 거야. 아무런 기억을 하지 못할지도 모르는 자신의 미래, 자식에게 짐이 될지도 모른다는 생각, 이 글을 쓴 것도 잊게 될 그런 상황들을."

지안은 다연의 말을 들으며 물끄러미 봉투를 바라보았다. 편지를 쓰고 있는 연자의 모습이 그려졌다.

"김 셰프 네 어머니 마지막에는 어떤 기억이 남아있었을까?"

"글쎄, 내가 봤을 때는 아무것도 남아있는 거 같지 않았어. 모르지, 어떤 기억이 남아있었을 수도. 돌아가시기 한 달 전부터는 말도 못 하셨으니까 내가 알 방법은 없었지."

"기억이 사라지는 게 어떤 느낌일지 전혀 감이 안 와. 안 좋은 기억이야 사라지는 게 좋지만 좋은 추억마저 사라지면 슬플 거 같기는 해. 우리도 늙어서 자기 몸 못 가누게 되면 요양원으로 들어가겠지. 어렸을 때는 빨리 어른이 되고 싶었는데. 이제는 나이 먹는 게 싫은 게 아니라 무섭다는 생각마저 들어."

다연의 말에 지안은 고개를 주억거렸다.

"김 셰프는 언제 돌아갈 거야?"

"조금 있다 가야지. 홍변 너는?"

"엄마 집에 가서 저녁 먹고 가야 될 거 같아. 엄마한테 전화했더니 저녁 준비한다고 시장에 가신대. 그냥 밖에서 사 먹으면 되는데 꼭 만들어서 먹이려고 하신다."

"그게 부모 마음이지. 넌 아이가 없어서 몰라."

"너도 그래?"

"가끔 아들이 집에 오면 나도 이것저것 만들어 먹이고 싶거든."

"그렇지, 부모의 마음이란 게. 음… 예전에……"

다연은 예전에라고 말을 한 후 잠시 뜸을 들였다. 무슨 말을 하려는지 궁금한 지안은 고개를 돌려 옆에 앉은 다연의 얼굴을 쳐다보았다. 심각한 이야기를 꺼내려는 듯 표정이 어두웠다.

"전에 사건이 일어났을 거라 추측되는 날. 나, 이 집에 왔었어."

"여기에? 그랬어?"

처음 듣는 말에 놀란 지안의 눈이 휘둥그레졌다.

"그날 우리 집에서 숙제를 하다가 김 셰프 네가 먼저 갔잖아. 방바닥을 보니까 숙제하던 네 노트가 있었어. 다음 날 학교에 가서 주려고 했는데 노트를 봤더니 숙제를 하다가 말았더라고. 그래서 어쩔 수 없이 노트를 들고 집에서 나왔지. 너희 집으로 가는 길에 도로에서 택시에 막 오르는 너희 어머니를 봤어. 너를 등에 업고 계셨지. 나는 이 집에 와서 현관 앞에 노트를 두고 나가는데 저쪽에 있는 통에 뭔가가 타고 있더라고."

다연은 마당 구석을 가리켰다. 지안은 어릴 때 그 자리에 있던 작은 드럼통이 생각났다. 이런저런 쓰레기를 태우기도 했고, 겨울에는 그 통에 고구마나 감자를 구워 먹기도 했다.

"나는 발길을 돌려 그 통이 있는 곳으로 갔어. 밤에 뭔가 타고 있는 게 이상했지. 통을 보니까 옷과 걸레 같은 게 타고 있더라고. 얼룩 같은 게 보여서 만져보았는데 피 같았어. 그때는 별일 아니라고 생각하고 넘어갔는데 나중에 저수지에서 네 아버지 시신이 발견되었다는 말을 들었을 때 그날 기억이 떠오르더라고."

말을 마친 다연이 지안 쪽으로 시선을 돌렸다. 다연을 보고 있던 지안은 다연의 시선을 피해 고개를 앞으로 돌렸다.

"그랬구나. 난 정말 그날 기억이 없어. 작은 틈으로 아버지를 본 기억이 어렴풋이 있는 거밖에."

"그 사건을 알게 되니까 어쩌면 김 셰프 어머니가 나에게 잘해주신 이유가 단순히 내가 예뻐서가 아니라 다른 이유가 있을지도 모른다는 생각이 들었어. 김 셰프 어머니가 집으로 돌아온 후 현관 앞에 내가 놓아둔 노트를 보셨을 테니 내가 이곳에 와서 불에 타고 있던 옷가지를 보았다고 생각하셨겠지. 그래서 내게 잘해주셨을지도 몰라. 그날 내가 본 것을 지워달라는 부탁으로."

처음 듣는 다연의 말을 지안은 묵묵히 듣기만 했다. 다연의 말을 들으니 사건 수임을 한 후 자신을 바라보던 다연의 눈빛이 떠올랐다. 형사들이 자신을 바라보던 눈빛과 닮은 다연의 눈빛.

"김 셰프, 네 어머니가 돌아가신 상황에 이런 말들 이제는 의미가 없겠지. 우리도 이제는 잊고 살아야지. 태어나서 살고 죽는 게 인간의 삶이라면 치매 환자는 태어나고 살고 다시 태어나는 게 아닐까 생각이 들더라. 세상에 태어날 때처럼 아무것도 기억하지 못하는 자신을 다시 만나는 게 아닐까 하는."

지안은 다연의 말에 동의하는 듯 고개를 살짝 끄덕였다.

"그만 갈게, 다음에 보자. 아, 우리 사무실 회식할 때 너희 레스토랑 한번 갈게."

다연이 나간 후 지안은 잠시 평상에 굳은 채로 앉아 있었다.

골똘히 생각하는 지안의 머릿속에 조금 전 다연이 한 말이 떠올랐다.

'이제는 의미가 없지. 우리도 잊고 살아야지'

그래, 기억하지도 못하는 그날을 기억하려 애쓸 이유는 없다. 내 일이 아닌 남의 일처럼 무시하고 살면 된다. 의미 없는 일이다. 아무런 의미가 없는…….

지안은 다연이 건넨 봉투를 들고 집 안으로 들어갔다. 천장이 높았던 때에 떠나 이제는 손을 뻗으면 닿을 것 같은 나이가 되어 다시 섰다. 다시 올 거라고 생각한 적이 없는, 기억에서 사라졌던 예전 집이 이제는 사업의 밑천이 될 소중한 집이 되었다.

둘러본 집 안의 모습은 지안의 기억에 남아 있는 모습과 크게 다르지 않았다. 그래서일까, 최근 사람이 살지 않아서 집 안 가득한 썰렁한 기운도 느껴지지 않았고, 숨어 있던 추억도 살금살금 머리를 내밀었다. 그런 추억들이 지안의 시선이 닿는 곳마다 그림책을 넘기는 것처럼 빠르게 떠올랐다.

주방에서 식사를 하던, 거실에서 뒹굴며 텔레비전을 보던, 화장실에서 양치질을 하던, 학교에 가려고 문을 열고 나서는 자신과 마지막으로 작은 구멍으로 본 웃고 있던 아버지의 얼굴까지.

아릿한 추억을 안고 주방으로 들어가 식탁 의자를 꺼내 앉았다. 다연이 건넨 봉투를 뜯어 안에 들어 있는 종이를 펼쳤다. 정말 오랜만에 보는 볼펜으로 꾹꾹 눌러 쓴 연자의 글씨. 반가움과 그리움이 한꺼번에 밀려왔다.

내 아들 지안에게.

지안아, 잘 지내고 있니? 이 편지를 네가 읽고 있을 때면
나는 이 세상 사람이 아니겠지.
내가 너에게 짐이 되지 않았는지 모르겠구나.
내가 치매를 앓게 될 줄은 꿈에도 몰랐다. 지금 이 편지를
쓰고 있는 때는 내가 알츠하이머 치매 진단을 받고 나서
다. 기억이 오락가락하는 줄만 알았는데. 난 그런 거 없이
저세상으로 갈 줄 알았는데.
그나마 정신이 온전할 때 너에게 남길 글을 몇 자 적어보
려고 이렇게 펜을 들었다. 편지라는 거 오랜만에 써보는
구나. 마지막으로 쓴 편지는 인태가 교도소에 갔을 때 썼
던 거 같은데. 인태는 잘살고 있는지 모르겠네.
지안아, 네 어미로 내가 많이 부족했을 거라는 거 잘 안
다. 먹고 사느라 바빠서 널 제대로 챙겨주지 못했지. 다행
히 별 탈 없이 잘 커 줘서 나는 정말 고맙다.
전에 너에게 말했듯 엄마는 네 아빠를 만나기 전 한 번 결
혼을 했었다. 당시에 사정이 있어서 결혼식도, 혼인신고
도 못 한 채 첫 번째 남편과 살림을 시작했지.
출산을 서너 달 앞두고 남편이 사고로 죽게 되었다. 이후
아기를 낳았는데 살길이 막막했지. 어쩔 수 없이 아이가
없는 친구 집으로 입양을 보냈다. 그때는 그게 최고의 선
택이라고 생각했지. 그 집에서 잘 살았으면 좋았을 텐데,

내 친구가 병으로 일찍 죽고 나서 아버지와 사이가 좋지
않은 인태는 그 집에서 나온 후 힘들게 살았어.

인태를 다시 만난다면 둘이 사이좋게 지냈으면 하는 게
엄마의 바람이다. 내가 세상에 없을 때 너를 챙겨줄 사람
은 인태밖에 없을 거야. 그리고 인태가 아니었으면 우리
모자는 지금처럼 살지 못했을 거다.

죽을 때 내가 기억하고 있는 게 뭘까 궁금하구나. 전부 다
잊고 눈을 감을지 아니면 뭐 하나라도 기억하고 있을지.
좋은 기억이었으면 좋을 텐데.

마지막으로 네가 어렸을 때 살았던 엄마 고향에 있는 집
은 인태에게 남길 거야. 인태에게 해준 게 없는 엄마의 마
음을 이해해주길 바란다.

이제 그만 편지를 마친다. 행복하게 잘 살 거라. 꼭.

연자의 편지를 읽으며 가슴이 뭉클해지는 마음이 마지막 즈음
에서 순식간에 얼어붙었다. 이 집을 강인태에게 남긴다고?

지안은 곧바로 휴대전화로 인터넷 등기소에 접속해 고향 집의
등기를 확인했다. 등기의 마지막 소유자는 낯선 이름이었다. 오
수정. 그 직전은 강인태. 오수정으로 넘어간 시점은 인태가 죽기
일주일 전이었다.

오수정이 누구지? 이런 생각을 하며 지안은 자리에서 벌떡 일
어났다. 벽에 걸린 거울에 휴대전화를 들고 있는 자신의 모습이
비쳤다. 사기꾼에게 제대로 뒤통수를 얻어맞은 듯한 어이없는

표정이었다.

이럴 수는 없어. 오수정은 대체 누구야. 다시 찾아야 해. 홍변에게 전화를 해야겠다.

그 순간 휴대전화가 울렸다. 휴대전화에 저장되지 않은 번호였다. 받지 않으면 안 될 것 같은 느낌이 강하게 들었다.

"여보세요?"

지안은 의심쩍은 목소리로 전화를 받았다. 상대방은 아주 잠깐 뜸을 들인 후 입을 뗐다.

"안녕하세요. 혹시 저 기억하세요? 사건이 발생한 날 엘리베이터 앞에서 마주쳤던 사람인데."

엘리베이터 앞에서 마주친 사람이라면… 경찰서에 왔던 목격자다. 그 여자가 왜 내게 전화를.

*

수정은 목격자 진술을 하기 위해 경찰서로 가는 동안 떨리고 긴장돼 입이 바짝바짝 말랐다. 경찰서에 도착한 후 강력계 사무실로 들어가기 전 심호흡을 수차례 한 후 문을 열었다. 수정을 맞이한 사람은 이라인 형사였다. 우락부락한 외모의 형사일 줄 알았는데 선한 인상의 미남형 얼굴이었다. 하지만 수정을 바라보는 눈매는 날카롭고 매서웠다.

수정은 수십 번 연습한 내용을 담담하게 진술했다. 짧은 호흡으로, 목격자답게 개인적인 감정을 제거한 건조한 톤으로.

수정의 진술이 끝나자 자신이 기대한 것과 다른지 이라인 형사는 미간을 찌푸리며 한숨을 작게 내쉬었다.

수정이 이라인 형사에게 진술한 내용은 자신이 목격한 것이 아닌 미리 준비한 내용이었다. 바로 인태가 계획한 것을 진술한 것이다. 인태와 한 약속의 마지막이 수정이 목격자가 되어 경찰서에 진술하는 것이었다. 수정은 인태와 한팀이었다.

인태를 처음 만난 것은, 아니 다시 만난 것은 수정의 엄마인 지영이 재활치료를 받고 있는 병원에서다. 지영은 사고로 뇌를 다친 후 기억과 언어 능력을 상실했다. 식물인간으로 남은 생을 살게 될 줄 알았는데 기적적으로 몸을 움직이게 되었다. 재활치료를 하며 어눌하지만 말을 조금씩 하게 되었다. 말을 하기 시작한 어린아이처럼 간단한 단어만 하는 정도였지만 수정에게는 그것만으로도 신에게 감사했다.

그날도 수정은 아르바이트를 마치고 병원의 재활치료실에 갔다. 그곳 창문 앞에는 우두커니 서서 치료실 안쪽을 바라보는 남자가 한 명 있었다. 남자의 시선이 지영을 따라 움직이고 있다는 것을 눈치챈 수정은 남자의 정체가 궁금했다. 치료실을 바라보는 남자의 옆모습만으로는 누군지 알 수가 없었다.

자리를 뜨려는 남자는 몸을 돌렸고 수정과 마주쳤다. 아주 잠깐 허공에서 부딪친 두 사람의 낯선 눈빛은 금세 서로를 알아보는 눈빛으로 변했다. 수정이 사진에서 보았던 남자의 얼굴이었다. 수정이 어렸을 때 만났던 그 남자.

수정이 인태를 처음 만난 것은 열 살 무렵이었다. 놀이공원에 간다며 지영의 손을 잡고 집에서 나왔을 때 차에서 내려 반갑게 인사를 건네는 남자가 있었다.

"안녕, 네가 수정이구나. 반가워. 나는 엄마 친구야."

한쪽 무릎을 꿇고 엄마 친구라고 인사를 건네며 수정과 눈으로 맞춘 남자. 어린 수정은 엄마의 연인임을 한눈에 알아차렸다. 인태가 운전하는 차의 뒷자리에 앉은 수정의 시선은 놀이공원으로 가는 내내 운전석에 앉아 있는 인태의 뒷모습과 룸미러에 비친 인태의 얼굴에서 떠나지 않았다. 가끔 룸미러로 인태와 눈이라도 마주치면 놀란 시선을 창밖으로 돌렸지만 수정은 다시 룸미러에 비친 인태의 얼굴을 힐끔힐끔 쳐다보았다. 아마도 그때 수정은 내게도 아빠가 생기는 건가 하는 설레는 마음이었을 것이다.

놀이공원에서 사진사에게 사진을 찍었다. 가운데 수정이 서 있고 양쪽에 지영과 인태가 서서 찍은 폴라로이드 사진. 누가 보더라도 행복한 가족사진이었다. 놀이공원에서 보낸 그 하루는 수정의 기억에 꽤 오래 머물러있었다. 자주 볼 수 있을 줄 알았던 그 남자를 그날 이후 한두 번 더 본 후 다시 보지 못했다. 아빠가 생길 거라는 기대감은 시간이 지나면서 조금씩 희미해져 가다 어느 순간 사라졌다.

놀이공원에서 찍은 사진을 다시 본 것은 고등학교를 중퇴한 직후였다. 연례행사처럼 이사를 다니던 수정은 고시원으로 들어가는 이삿짐을 정리하다 손에 잡힌 낡은 앨범을 무심코 떠들어보았다. 어린 시절의 추억이 묻어 있는 사진 중에서 놀이공원에서 찍은 사진이 유독 크게 들어왔다.

이 아저씨라도 옆에 있으면 좋을 텐데. 이 아저씨는 왜 갑자기 사라진 걸까?

수정은 사진을 보며 이런 생각을 했다. 그때는 엄마가 병원에 입원했을 때라 힘들고 지친 수정은 희미하게 기억하고 있는 사진 속의 남자에게라도 기대고 싶었다.

바로 그 사진 속의 남자를 병원에서 재회했다. 잠시 수정을 바라보던 인태가 시선을 피한 채 수정 옆을 지나치며 걸어갔다. 수정은 몸을 돌리며 입을 열었다.

"아저씨, 저 기억 못 하세요?"

수정의 말에 인태는 걸음을 멈췄다. 무슨 말이라도 할 줄 알았는데 인태는 얼어붙은 것처럼 등을 보인 채 서 있기만 했다. 수정이 인태에게 다가가 그의 앞에 섰다. 인태의 눈에는 금방이라도 떨어질 듯한 눈물이 그렁그렁 맺혀있었다.

두 사람은 병원 입구 근처의 벤치에 나란히 앉았다.

"엄마 여기 계신 거 어떻게 알고 오셨어요?"

수정의 질문에 인태의 대답은 '미안하다'였다. 가장 하고 싶었던 말이었나 보다.

"미안하다. 너에게라도 연락을 했어야 했는데."

그날 인태는 지영이 저렇게 된 것이 자신의 잘못인 양 죄를 지은 사람처럼 수정과 대화를 하는 내내 고개를 숙인 채 앉아 있었다. 수정은 인태에게 악감정은 없었다. 엄마가 사고 난 이유가 인태 때문은 아니었으니까.

수정은 엄마가 저렇게 된 이유와 현재의 상황을 설명했다. 엄마가 일하던 식당의 단골손님 소개로 자동차 부품회사에 들어갔고 과로로 화장실에서 쓰러졌으나 늦게 발견되는 바람에 뇌에 손상을 입게 된 사연을. 병원 치료비용은 산재 처리로 부담은 없으나 생활비 때문에 자신은 고등학교 중퇴 후 아르바이트를 하고 있다고.

그렇게 인태와 인연이 다시 시작되었다. 연락은 인태가 했다. 수정이 휴대전화 번호를 알려달라고 했지만 인태는 휴대전화가 없다고 했다.

한번은 지영과 함께 세 명이 식사를 했다. 어릴 때 수정이 그랬던 것처럼 지영은 호기심 가득한 얼굴로 앞에 앉아 있는 인태를 뚫어지게 보았다.

"엄마, 이 아저씨 누군지 알아?"

지영은 고개를 가로저으며 "몰라, 몰라"라고 말했다. 그러면서도 시선은 인태를 떠나지 않았다. 본능이 지영의 기억 어디엔가 남아있는 인태와의 기억을 깨어나게 하려고 간질거리는 듯 식사를 하는 내내 지영은 눈을 껌벅거리며 인태에게 시선을 떼지 않았다.

"차도가 없는 건가?"

"조금씩 좋아지고는 있어요. 몇 년 전만 해도 이렇게 식사하는 건 상상도 못 했어요. 많이 나아진 거죠."

지영은 숟가락질을 처음 하는 어린아이처럼 서툴게 밥을 푼 숟가락을 입으로 가져갔다.

"엄마가 예전 일 기억하는 건 없어?"

"딸인 저도 기억 못 하는데 무슨 기억이 있겠어요."

수정은 작은 한숨을 내쉰 후 다시 입을 열었다.

"바보가 된 엄마를 보고 있으면 가끔 엄마의 머릿속으로 들어가 보고 싶다는 생각이 들어요. 무슨 기억이 남아있는지, 무슨 생각을 하는지. 할 수만 있다면 예전 좋았던 기억을 엄마 머릿속에 남기고 싶어요."

인태와 마지막 만남은 그가 죽기 며칠 전이었다. 인태는 아르바이트를 마친 수정을 커피숍으로 불렀다. 수정이 도착했을 때 인태는 술을 마셨는지 얼굴이 불그스레했다.

"술 드셨어요?"

"어, 집에서 조금 했어."

"무슨 일로 저를 부른 거예요?"

수정의 퉁명스러운 말에 인태는 아빠 같은 미소를 지었다. 수정이 좋아하는 미소다. 머쓱할 때 아빠가 딸에게 짓는 그런 미소. 짧은 미소를 지은 후 인태의 얼굴은 찬바람이 불 것처럼 굳어졌다.

"지금 내가 하는 말 잘 들어."

"왜 그렇게 분위기 잡으세요? 마치 먼 길 떠나는 사람처럼."

농담처럼 내뱉은 수정의 말에 인태는 아무런 반응도 하지 않았다.

"지금 내가 하는 말은 너와 네 엄마를 위한 일이야."

그 말에 수정은 인태가 보통의 말을 하는 게 아니라는 것을 직감했다.

"내가 전에 말했지, 김지안 셰프가 내 동생이라고. 조만간 내가 김지안이랑 저녁을 먹을 거야. 내가 미리 전화를 할 테니까 너는 김지안과 내가 약속한 장소 근처에서 기다리고 있어. 나와 김지안이 음식점에서 나오면 너는 내가 조금 있다 알려줄 아파트로 가. 도어록 비번도 알려줄게. 시간을 잘 맞춰야 해. 나와 김지안이 아파트에 도착하기 몇 분 전에 너는 엘리베이터를 타야 해. 그러니까 너는 아파트 단지 입구 앞에서 기다리고 있다가 나와 김지안이 멀리서 보일 때 아파트 단지로 들어가서 엘리베이터를 타. 그 아파트는 엘리베이터에만 감시카메라가 있어. 얼굴은 보이지 않게 야구 모자 같은 거 쓰고.

502호로 들어가면 거실에 노인이 있을 거야. 치매에 걸린 노인이니까 네가 신경 쓸 거는 없어. 너는 거실 소파에서 보이는 작은 방으로 들어가. 그 방에는 옷이 걸려 있는 2단짜리 행거가 있어. 그 행거 뒤로 숨어. 1단에 옷을 많이 걸어둬서 불을 켜고 자세히 보지 않는 이상 네가 숨어 있는 거 다른 사람은 모를 거야."

잠시 말을 멈춘 인태는 심각한 표정으로 그곳에서 무슨 일이 일어난다고 다시 말했다.

"무슨 일이 일어나는데요? 누가 죽기라도 하나요?"

인태의 굳은 표정은 닥치고 자신의 말에 집중하라는 말을 하고 있었다.

"그보다 더한 일이 일어나도 절대 놀라지 마. 너는 그 방에서 일어나는 상황을 휴대폰 동영상으로 촬영해. 카메라 불빛이 켜지지 않게 조심하고. 특히 김지안을 중점적으로 찍어."

수정은 왜 인태가 저런 말을 하는지 의아했다. 의문은 나중에 묻기로 하고 인태가 하는 말을 계속 들었다.

"내가 김지안에게 숙취해소 음료를 사오라고 할 거야. 그런 말이 없더라도 김지안은 밖으로 나가겠지만. 아무튼 김지안이 밖으로 나가면 그때 그 집에서 나와. 나올 때 문이 열려있게 슬리퍼나 신발을 문틈에 끼워두고. 이후부터가 더 중요해. 평상심을 유지해야 해. 아무 일 없었다는 표정으로 505호로 가. 거기 살던 여자애가 너랑 비슷한 또래야. 공부하러 외국으로 갔지. 그 집에 새로 이사 온 남자는 전에 살던 사람 친척이야. 그 집에 가서 그 여자애 찾는다고 말해. 이름은 고세영이야. 세영이 친구라고 하면서 유학 가기 전에 인사하러 왔다고 해. 그러고 나서 엘리베이터를 타고 내려와 경비실에 들러. 세영이 친구라고 말하면서 505호 언제 이사 갔느냐고 슬쩍 물어봐. 어색한 행동은 절대 하면 안 돼."

"그게 끝이에요?"

"하나가 더 남았어. 경찰 수사가 진행될 거야. 너는 김지안을 잘 관찰해. 수사가 진행되다 경찰이 김지안을 조사하려고 경찰서로 데리고 가는 때가 올지도 몰라. 너는 그때 목격자라고 가서 진술해."

"김지안 셰프가 범인이라고 진술하라는 건가요?"

"아니, 김지안이 범인이 아니라는 것으로 진술해야 해. 진술할 때도 거짓말 티 나지 않게 차분하게 하고. 너는 노인이 방에 앉아 손에 든 물건으로 바닥을 내리치는 것을 목격했다고 말해. 견과류 같은 거 부수는 것 같았다고."

장대한 인태의 말을 다 들은 수정은 안 좋은 일이 일어나는 것은 분명한데 그것이 정확하게 무엇인지 전혀 감을 잡을 수가 없었다.

"아저씨, 왜 그런 말을 하는 거예요?"

"나중에 알게 될 거야."

"촬영한 영상은 어떻게 해요?"

"그 집에 사는 노인이 죽게 되면 그 영상을 김지안에게 보내. 그게 네가 할 일의 전부야."

"왜 내가 그런 일을 해야 해요?"

"조금 전에 말했잖아. 너와 네 엄마를 위한 일이라고."

"제가 그 집에서 촬영하는 동안 아저씨는 뭐 하는데요?"

이때만 해도 수정은 인태가 피해자가 될 거라는 것은 상상조차 하지 않았다. 인태는 수정의 질문과 상관없는 대답을 했다.

"카센터를 운영하는 진정수 사장이라고 있어. 나중에 그 사람이 너에게 전화를 할 거야. 그때 진 사장을 만나. 이게 오늘 할 말 전부야. 아, 그리고……"

이어서 인태가 한 말은 검정고시를 해서 대학에 가라는 말이었다. 수정은 공부에 취미가 없다며 조만간 미용학원에 다닐 거라고 대답한 게 그날의 마지막 대화였다.

사건이 일어난 날 저녁에 인태가 공중전화로 전화를 했다. 곧

지안을 만난다면서 음식점의 위치를 알려줬다.

수정은 인태와 지안이 들어간 음식점이 보이는 길 건너 편의점 앞에서 커피를 마시며 기다렸다. 음식점에서 두 사람이 나왔다. 길 건너에 있는 수정을 본 인태는 고갯짓을 했다. 수정은 곧바로 아파트로 뛰어갔다.

아파트 입구 앞에 서서 인태와 지안이 오는 모습을 확인한 후 아파트 단지로 들어가 엘리베이터를 탔다. 엘리베이터에 오른 후 502호로 들어가기 전까지 며칠 전 인태가 말한 것을 다시 곱 씹었다.

502호 앞에 서서 인태가 알려준 도어록 비밀번호를 눌렀다. 마치 도둑질하려고 들어가는 것처럼 긴장됐다. 집 안으로 들어가니 거실 소파에 앉아 있는 노인이 텔레비전을 보고 있었다. 인태의 말대로 치매에 걸린 노인은 수정이 집 안으로 들어오는 것도 인지하지 못한 채 강아지 인형을 끌어안고 텔레비전을 보며 앉아 있었다.

수정은 불이 꺼진 작은 방으로 들어갔다. 거실에 켜진 불빛 때문에 방안은 그리 어둡지 않았다. 인태가 말한 것처럼 행거 아랫 단은 티셔츠와 바지와 점퍼 등이 촘촘하게 걸려 있어 몸을 숨기면 방 밖에서 쉽게 알아차리지 못할 듯 보였다.

수정은 행거 안쪽으로 들어가 몸을 숨겼다. 무슨 일이 벌어질지 몰랐지만 불길한 사건이 일어날 것은 틀림없는 사실. 가슴은 두근거리고 입은 바짝 말랐다. 텔레비전에서 나오는 드라마 속의 배우들 대화 소리만 들리는 집안은 적막한 것 못지않게 무섭고 적적했다.

이 방에서 무슨 일이 일어날까, 경찰 수사를 할 거라고 한다면 안 좋은 사건은 분명한데. 정말 사람이 죽는 건 아니겠지?

현관의 도어록 누르는 소리가 들린 후 문이 열렸다. 신발을 벗는 부스럭거리는 소리가 들렸다.

"엄마, 식사는 잘하셨죠?"

지안의 목소리가 들렸다. 노인은 대꾸가 없었다. 인태가 수정이 숨어 있는 방 안으로 들어왔다. 행거에 걸려 있는 옷 사이로 인태와 눈이 마주쳤다. 인태는 양손의 엄지와 검지로 사각형 모양을 만들었다. 휴대전화로 촬영하라는 의미였다. 수정은 들고 있는 휴대전화로 동영상 촬영을 시작했다. 옷 사이 카메라 렌즈를 통해 보이는 것은 방의 벽과 열려있는 문이었다.

"형, 며칠 전 내가 준 코트 한번 입어봐."

지안의 목소리가 거실에서 들렸다.

"그럴까?"

인태는 행거 구석에 걸려 있던 검은색 코트를 꺼내 입고 행거 옆에 있는 전신 거울 앞에 섰다. 곧이어 방문 앞에 지안이 나타났다. 그도 검은색 코트를 입고 있었다.

뭐 하는 거지? 왜 두 사람이 같은 코트를 입고 있는 거야?

지안은 거울을 보고 있는 인태 뒤로 다가왔다.

"잘 맞네. 난 옷이 좀 클 줄 알았는데."

"그래. 잘 맞네."

거울을 보던 인태가 갑자기 몸을 돌려 지안을 껴안았다. 포옹을 한 두 사람이 움직이며 인태가 문 쪽으로 등을 돌렸다.

"형, 왜 이래."

지안은 포옹을 한 인태를 밀어내려 했다.

아- 아- 악-.

거실 밖에서 노인의 외침이 들렸다. 급한 일이 있는 것처럼 쿵쿵거리며 다급하게 방으로 들어온 노인은 들고 있던 칼을 인태의 등에 꽂았다. 순간 수정은 비명을 지르며 들고 있던 휴대전화를 놓칠 뻔했다. 한 손으로는 입을 막고 떨리는 다른 한 손으로 휴대전화를 간신히 들었다. 인태는 천천히 방바닥에 쓰러졌다. 수정이 들고 있는 휴대전화는 문 앞에 서 있는 지안을 향해 있었다. 쓰러진 인태를 내려다보는 그의 한쪽 입 끝이 올라갔다. 그 미소는 지안의 모습과 함께 사라졌다.

방에서 나간 노인은 곧바로 다시 들어왔다. 노인의 손에는 절굿공이가 들려있었다. 치매가 맞나 의심이 들 정도로 노인의 행동은 막힘없이 일사천리였다. 노인은 절굿공이로 바닥에 쓰러진 인태 옆에 쭈그리고 앉아 그의 머리 부분을 내리치기 시작했다.

거실로 나간 지안이 현관문을 열고 밖으로 나가는 소리가 들렸다. 절굿공이를 휘두르던 노인은 힘이 다했는지 동작을 멈췄다. 잠시 숨을 고르는 듯 앉아 있던 노인은 힘겹게 자리에서 일어나 다시 거실로 나갔다.

수정이 촬영한 동영상은 거기까지다. 동영상 촬영을 마친 수정이 행거 뒤에서 살며시 기어 나왔다.

"아, 아저씨. 어떡해요?"

수정은 울먹이는 작은 목소리로 바닥에 등을 보인 채로 누워있는 인태에게 물었다.

"어, 어서… 나가. 내가… 한 말… 기억하지. 505호로……. 정말 미안… 하다… 너에게. 내가… 할 수 있는 게… 이것밖에…… 그리고… 나갈 때 거실에 있는 노인에게 괜찮다고 말해줘."

마지막 순간 인태는 수정을 보며 미소를 지었다. 수정이 좋아하는 그 미소를.

방에서 나와 거실에 선 수정은 소파에 앉아 있는 노인을 보았다. 텔레비전을 보는 노인은 아무런 일도 없었다는 듯 태연한 얼굴로 텔레비전을 보고 있었다. 인태가 부탁한 말을 하려고 하는데 노인이 먼저 나지막한 목소리로 입을 열었다. 시선은 텔레비전에 고정한 채였다.

"인태야, 미안하다."

수정은 인태가 부탁한 대로 괜찮아요, 라고 말한 후 몸을 돌려 현관으로 가는데 등 뒤에서 다시 노인의 말이 들렸다.

"누가 뭐래도 너는 내 아들이야."

'아들? 아저씨가 저 할머니 아들인 거야? 아저씨는 대체 왜?'

수정은 텔레비전에 넋을 빼앗긴 채 앉아 있는 노인을 힐끗 본후 슬리퍼를 현관문틈에 끼우고 집에서 나왔다.

505호로 이어진 복도에 선 수정은 한 걸음을 옮기자마자 다리 힘이 풀려 그 자리에 주저앉았다. 가슴에서 올라오는 뜨거운 기운이 입 밖으로 쏟아져 나오려 했다. 두 손으로 입을 틀어막았다. 손으로 입을 막았지만 눈물이 흘러나오는 것은 어찌할 수가 없었다.

아저씨는 왜 이런 일을 한 거지? 왜? 나와 엄마를 위해서라고? 이게 그것과 무슨 상관인데.

수정은 소매 끝으로 눈물을 찍어내듯 훔치고 깊은 숨을 여러 번 내쉰 후 다시 일어나 천천히 복도를 걸었다. 505호 문 앞에 서서 심호흡을 했다. 토할 것처럼 목을 타고 넘어오는 울컥하는 기운을 힘겹게 삼키며 떨리는 손으로 초인종을 눌렀다.

＊

"내 번호는 어떻게 알았죠?"

지안은 목격자 여자의 전화에 놀란 티를 내지 않으려고 차분하게 물었다.

"강인태 씨는 제게 특별한 분이거든요."

강인태가 특별한 분이라고? 혹시… 부동산 등기에 있던 오수정이라는 이름이…….

"그쪽이 오수정인가요?"

"부동산 등기 확인하셨나 보네요."

"내게 전화를 한 이유가 뭐죠?"

"할머니께 감사의 인사를 전하고 싶은데 돌아가셔서 어쩔 수 없이 셰프님에게 전화를 하게 되었네요."

그렇지는 않았지만 지안은 여자의 말투에서 자신을 조롱하는 듯한 느낌이 들었다. 네가 지금 생각했던 그것, 네 마음대로 되지 않을 거라는 그런 조롱이었다.

"강인태에게 받은 그 집, 그거 쉽게 손에 쥐지 못할걸. 그 집을 받기로 하고 강인태와 짜고 목격자가 된 건가? 강인태가 나와 거래를 하라고 그런 거야? 고맙기는 한데 내가 무슨 수를 써서라도 다시 찾을 거야. 오 년, 아니 십 년 이십 년이 걸리더라도 다시 찾을 거니까."

"그래요? 잠시만 기다리세요."

여자는 전화를 끊었다. 잠시 후 휴대전화에 동영상 하나가 도착했다. 동영상을 시작하자 인태가 머물렀던 방에서 거실 쪽을 바라보는 영상이 흐르기 시작했다. 지안의 입은 반쯤 벌어졌고 눈꺼풀의 깜박거림도 멈췄다.

동영상에 검은색 코트를 입고 방문 앞에 서 있는 자신이 등장했다. 동영상을 촬영한 위치는 벽 쪽이었다. 바로 행거 뒤. 여자가 행거 뒤에 숨어서 그 상황을 촬영했을 줄은 꿈에도 몰랐다. 발가벗겨진 채 카메라 앞에 선 기분이었다. 이 동영상으로 그날 일어난 모든 일은 인태가 처음부터 계획한 것임이 증명되었다.

지안은 이 영상을 왜 찍었는지, 지금 왜 자신에게 이 영상을 보냈는지도 알았다. 수정과 이 집을 건드리지 말라는 인태의 메시지라는 것을.

행거 1단에 많은 옷이 걸려 있던 이유가 이 때문이었군. 그렇지, 강인태 그 인간이 아무런 이유 없이 엄마를 돌볼 이유가 없어. 옷을 행거에 가득 걸어둔 것도, 요양보호사에게 검은색 코트를 보고 연자가 이상한 행동을 했다고 말한 것도, 목격자를 준비한 것도 다 이날을 위해서였어. 내가 자신을 죽일 거라는 걸 알고, 고향 집을 포기하지 않을 거라는 걸 알고. 나는 그것도 모르고.

지안은 인태에게 돈을 건넬 생각이 없었다. 그런 식의 거래를 한번 트면 헤어 나올 수 없는 호구의 늪에 빠지게 된다. 끊임없이 돈을 뜯어내려고 손과 입을 벌리고 좀비처럼 달려들 것은 뻔하다. 그런 부류의 인간들 속성을 잘 안다. 죽지 않는 이상 더 큰 건더기를 먹으려고 동냥아치 짓은 계속 이어진다. 인태도 마찬가지다. 삼억에서 끝나지 않을 것이다. 그 이상을 계속 요구할 것이다.

지안이 연자의 기억을 이용해 인태를 죽이려는 계획을 세운 것은 요양보호사의 말을 들은 후였다. 인태가 검은색 코트를 입고 있을 때 연자가 칼을 들고 달려들었던 이야기를 요양보호사에게 들은 후 연자에게 과거 기억이 생겼다는 것을 알았다. 그것을 확인하기 위해 인태가 집에 없는 낮에 집안을 어둡게 하고 테스트를 해봤다. 연자는 정말로 지안이 식탁 위에 준비한 장난감 칼을 집어 들고 달려들었다.

연자의 과거 기억을 통해 인태를 제거하면 어떨까 하는 터무니없는 상상이 연자의 행동을 직접 보고 난 후 실현 가능한 것을 알게 되자 이미 완전범죄를 저지른 것 같은 쾌감마저 느껴졌다.

생각을 하면 할수록 그럴듯했다. 모든 것은 연자가 한 것이니 경찰 수사에 심리적 위축이 될 일도 없다. 자신이 사건이 발생한 시각에 현장에 없다는 알리바이만 확실하다면 완전범죄가 될 수 있을 것 같았다.

문제는 형사들이 자신을 의심하는 부분이었다. 경험 많은 형사들이 치매 노인 혼자 범행을 했다고 생각하지 않을 것은 당연한 것. 그래서 연자의 범행이 시작한 직후 자신이 입었던 코트를 백팩에 다시 넣은 후 가방을 안방 한쪽 구석에 놓고 범행 시간에 자신이 집에 없음을 증명하기 위해 집에서 나와 편의점으로 향했다. 다시 아파트에 돌아온 후 재킷 옆구리 한쪽에 연자의 손에 묻은 피를 묻혔다. 엘리베이터 영상에 잡히지 않은 혈흔이니 사건 후에 묻은 것이라는 것을 확인시켜주기 위해서였다.

지안의 예상대로 형사들은 지안을 의심했다. 지안은 수사가 진행되면 자신의 의심은 말끔히 해소될 거라는 자신감이 있었다. 연자의 기억을 이용한 완전범죄. 연자와 자신의 머릿속을 들여다보지 않는 이상 지안이 공범이 될 가능성은 제로에 가까웠다.

사건을 수사하는 이라인 형사의 눈빛은 매의 눈빛처럼 날카로웠다. 날카로운 그의 눈빛은 처음 조사할 때부터 지안을 의심하고 있다는 것을 감추지 않았다.

인태 이름으로 보낸 의문의 우편물을 뜯을 때도, 아파트에서 사건 재연을 할 때도, 경찰서에서 가방을 들이밀며 코트에서 떨어진 단추를 내밀 때도, 자신의 마음을 읽으려고 하는 듯 매섭게 노려보았다. 라인의 눈빛을 계속 마주하고 있으면 그가 자신의 안구 속으로 들어와 마음속을 휘젓고 다니다 구석에 꼭꼭 숨어 있는 악의를 들킬 것 같아 조마조마했다. 특히 예상하지 못한 단추를 내밀었을 때는 자신의 코트에서 떨어진 단추가 아닐까 하는 생각에 심장이 덜컥 떨어지는 기분이었다.

하지만 결국 지안이 계획한 대로 사건은 마무리되었다. 연자가 범인이라고 경찰이 마무리했을 때 비로소 완전한 해방감을 느꼈다. 지안은 자신이 원하는 것을 완벽하게 이루었다고 생각했다. 그런데 그게 아니었다는 것을 오늘 비로소 알게 되었다. 요양보호사의 말을 듣고 과거 기억을 갖고 있는 연자를 이용해 인태를 살해하려는 자신의 욕망이 이제야 끔찍하게 느껴졌다.

그런데 강인태는 왜 스스로 죽음의 길로 들어간 걸까. 내가 이 집을 빼앗으려는 욕망을 꺾기 위해서라면 세경의 사진 하나만으로도 충분하다. 그렇다면 완벽하게 나를 묶어두려고 그런 것밖에 없는데. 강인태… 어리바리한 줄 알았는데 철두철미하게 준비했네. 죽어서까지도 나를 흔드는군.

지안에게 인태의 등장은 평온한 일상을 흔드는 바람 같은 존재였다. 처음 만난 어렸을 때도, 시간이 흘러 레스토랑을 찾아왔을 때도 바람의 강도가 달랐을 뿐 그의 등장은 지안을 흔들었다.

어렸을 때 고깃집에 지안 혼자 남겨두고 인태가 자리를 뜬 상황은 신선한 경험이었다. 낯선 세계로 안내하는 마법사처럼 기분 좋게 해주는 봄바람 같은 잔잔한 바람이었다. 그래서였을까 그때는 인태가 좋았다.

세월이 흐른 뒤 레스토랑에서 인태를 다시 만났을 때는 폭풍우를 쏟아부을 것 같은 태풍처럼 불길함이 느껴졌다. 자신의 전부를 쓸어버릴 것 같은, 몸으로 버티기 버거운 태풍 같았다. 태풍은 사라졌지만 태풍이 남긴 잔바람은 다시 지안을 흔들고 있다.

지안은 주머니에서 키홀더를 꺼냈다. 연자가 남긴 유품이라면 유품인 탓에 지안은 이라인 형사가 건넨 단추를 키홀더에 달고 다녔다. 단추를 키홀더에서 빼내 손바닥에 올려놓았다.

이 단추도 강인태가 어머니에게 건넸을 거야. 단추는 형사를 통해 나에게 오게 하려고 한 건가. 이 단추가 무슨 의미가 있기에…… 혹시 단추가 엄마의 기억에 영향을 미쳤나. 그래서 재연할 때 엄마에게 과거 사건과 다른 기억이 등장한 것인가.

재연하던 날 보여준 연자의 행동, 칼을 쥐지 않은 행동은 분명 인태가 당한 사건 날 행동과 달랐다. 그 행동은 과거 사건의 행동일 것이다.

지안은 단추를 손에 쥐었다. 이 단추는 어느 코트에서 떨어진 걸까. 내 코트도 강인태의 코트도 아니라면… 그럼 과거 아버지가 입고 있던 코트?

지안의 머릿속에 두 가지 상황이 꼬리를 물고 연달아 떠올랐다. 먼저 목격자가 보낸 영상 속의 자신이다. 3자의 시선으로 본 자신은, 웃음을 지으며 죽음을 방조하고 방관하는 혐오스러운 악마의 모습이었다. 그 역겨운 영상이 지안의 머릿속에서 다른 기억을 불러내려고 기억의 파도가 일렁거렸다. 슬금슬금 밀려오는 기억의 파도가 지안을 덮쳤다.

지안을 덮친 파도는 과거 자신이었다. 과거 자신이 작은 구멍으로 본 기억, 바로 아버지의 웃는 모습을 보던 기억이었다. 기억 속 아버지와 영상 속 자신, 웃고 있는 두 사람의 얼굴이 하나로 겹쳐지며 지안의 발은 자신의 방으로 움직였다.

인태가 남긴 두 번째 사진 속 주인공, 그것은 바로 지안의 방에 있는 장롱이었다. 지안은 오래전 모습 그대로인 자신의 방 앞에 섰다. 누군가 지안의 시선을 끌어당기는 것처럼 지안의 눈은 장롱 손잡이로 움직였다. 손잡이 옆에는 삼각형 모양의 작은 구멍이 있었다.

연자가 말했던 집 밖의 부엌 창문 구멍으로 아버지를 본 것이 아니었다. 당연히 뇌진탕도 의자에서 미끄러져 생긴 것이 아니다. 지안은 연자에 의해 생긴 왜곡된 기억을 그대로 받아들인 것이다. 알고 싶지 않았던 그날 지안의 기억은 그렇게 연자에 의해 사라졌다. 지안은 굳이 그날의 기억을 찾을 이유가 없었다. 아버지를 생각하면 무서운 공포가 떠올랐을 테니 그냥 그렇게 연자의 말을 진실로 생각하며 살아온 것이다.

연자에 의해 비틀어져 왜곡된 기억의 파편들이 하나둘씩 제 자리를 찾아가다 완전한 모습을 드러냈다.

다연의 집에서 숙제를 하다 집에 왔을 때 식탁 위에 있던 진수성찬의 음식들, 집 앞에 차가 멈추는 소리, 지안의 이름을 부르며 집으로 들어오는 아버지, 아버지가 무서워 장롱에 숨어서 아버지가 인태를 폭행하던 모습을 보다 아버지에게 달려든 자신. 아버지에게 폭행을 당해 정신을 잃으며 어둠 너머로 사라지는 아버지의 얼굴. 그리고 손에 쥐고 있던 단추…… 단추는 아버지의 폭력에 저항하며 자신도 모르게 아버지 코트에 달려있던 단추를 잡고 있다 떨어진 것이었다. 떠오른 과거 기억은 지안이 궁금해하던 의문 하나를 해결해줬다.

어릴 때 고깃집에서 인태가 한 말을 지금까지 기억하고 있던 이유. 괴롭히는 애들 있으면 들이받으라고. 들이받은 후 느끼는 쾌감을 알면 맞는 두려움, 고통이 아무것도 아니라고 한 그 말.

장롱에 숨어서 작은 구멍으로 아버지가 인태를 폭행하는 모습을 본 지안이 장롱문을 열고 뛰쳐나가기 전 인태가 한 그 말을 생각한 것이다. 아버지가 무서워 장롱 속에서 벌벌 떨고 있을 때 인태가 한 말을 떠올리며 그를 구하겠다는 마음으로 뛰어나간 것이다. 목격하지는 않았지만 그날 일어난 사건의 결말도 자연스럽게 연상되었다.

그날 아버지를 죽인 범인은 엄마와 강인태였어. 강인태는 내가 자신을 죽이려고 한 것을 알면서 왜 목격자까지 준비했던 걸까.

인태가 지안을 범인으로 만들지 않은 이유는 사건이 발생한 그날 코트를 입은 인태가 지안을 포옹을 하면서 했던 그의 말에 답이 있었다. 인태가 지안에게 원했던 것을 그는 죽기 전에 지안을 포옹한 채 귓속말로 작게 말했다.

'김지안, 우리는 가족이지?'

＊

"엄마, 여기가 어딘지 알아?"

휠체어에 탄 지영은 납골당 안을 둘러보며 천진난만한 표정으로 몰라, 하고 대답했다. 인태의 유골함 앞에 선 수정은 인태가 선물한 가방에서 작은 액자를 꺼냈다. 놀이공원에서 세 사람이 함께 찍은 사진이다.

'아저씨, 가족사진이라고 할 게 이것밖에 없네요'

지영은 수정이 들고 있는 액자를 달라는 듯 손을 내밀었다. 사진을 건네받은 지영은 사진을 유심히 바라보았다. 뭔가 기억이 나는지 고개를 좌우로 갸웃거렸다.

"엄마, 뭐 기억나는 거 있어? 이 아저씨 알아?"

"아… 몰라. 기분이 좋아. 기분이."

지영은 사진을 보며 환하게 웃었다. 인태와 만나던 시절의 감정이 되살아난 것일까, 아니면 사진 속 인물들이 자신의 가족이라는 것을 인지하는 것일까.

수정은 액자를 유골함 옆에 세워 놓았다. 준비한 꽃과 메모를 적은 엽서도 넣었다. 썰렁했던 안치 공간이 제법 화려하게 보였다.

인태의 말대로 카센터를 운영하는 진정수에게 전화가 온 것은 수정이 목격자 진술을 한 며칠 후였다.

"오수정 씨? 저는 진정수라고 합니다. 인태 형과 잘 아는 사이죠."

전화를 받은 수정은 정수가 알려준 주소로 찾아갔다. 수정이 궁금했던 내용은 정수를 통해 해소되었다. 특히 가장 궁금했던, 왜 스스로 죽음의 상황으로 들어갔는지를. 인태가 말했던 수정과 엄마를 위한 것이라고 말한 이유를 정수를 만난 후 알게 되었다.

그날 정수는 인태가 남긴 거라며 수정에게 쇼핑백을 건넸다. 그 안에는 유명 브랜드 가방과 부동산 등기, 적지 않은 금액의 수표와 포장된 작은 상자가 들어 있었다. 상자 안에는 지영의 탄생석인 푸른 빛깔의 투명한 사파이어가 달린 목걸이가 들어 있었다.

정수가 한 말들 대부분이 수정에게는 충격이었다. 인태에게 그런 일들이 있을 줄은 상상하지 못했다. 그중에서 수정이 가장 충격받은 것은 인태가 수정의 말을 듣고 계획을 준비했다는 말이었다.

*

정수는 인태의 유해가 안치된 납골당 주차장의 차 안에 앉아 있다. 방금 수정과 지영은 납골당으로 들어갔다.

모든 일은 인태가 원하는 대로 마무리되었다.

인태가 카센터를 그만두겠다고 한 날.

"형, 왜 갑자기. 다른 일 하시게요?"

"아니, 그럴 일이 있어. 진 사장은 어렸을 때부터 나 어떻게 살아왔는지 궁금해했지?"

그날 인태는 카센터 일을 그만두고 연자의 집으로 들어간다고 말했다. 그러면서 자신의 과거와 현재 그리고 인태가 준비한 미래를 모두 말했다. 과거와 현재는 안쓰러웠고 미래는 충격이었다. 정수는 인태 스스로 결정한 자기 삶의 마지막 선택을 말릴 수도 응원할 수도 없었다.

그날 인태는 자리를 뜨기 전 한 기자를 언급했다. 카센터에 불

쑥 찾아와서 다짜고짜 인태를 찾았던 기자라 정수도 얼굴을 알
고 있는 기자였다.

"정이학 기자 알지? 나를 만나러 카센터에 몇 번 왔던 그 기자.
그 기자가 진 사장을 찾아올지 몰라. 그렇다면 나에 대해 이것저
것 묻겠지. 진 사장이 내 이야기 하고 싶은 거 있으면 알아서 말
해. 단, 내가 말기 암 환자라는 것과 수정이에 대한 것은 말하지
말아줘."

인태의 말대로 경찰 수사가 끝난 후 이학이 카센터로 왔다. 그
역시 수정처럼 인태에 대해 궁금한 게 많았다. 정수는 이학이 김
지안 셰프 때문에 인태에게 관심이 있을 것으로 생각했다. 하지
만 그의 첫 질문부터 정수의 예상을 빗나갔다. 기자답게 질문이
날카로웠다.

"김지안 셰프에게 우편물 보낸 분이 사장님이시죠? 인태 형 주
변에 그런 일 할 사람은 사장님밖에 없어 보이는데."

정수는 침묵으로 대답을 대신했다. 이학은 긍정으로 받아들였
을 것이다.

"그 아파트에 살고 있는 노인은 인태 형과는 어떤 사이입니까?
정말 어머니입니까?"

"기자님은 왜 인태 형에게 관심이 많으신 거죠?"

정수는 대답 대신 질문으로 응수했다. 정수 맞은편에 앉아 있
던 이학은 잠시 심각한 표정으로 뜸을 들인 후 입을 열었다.

"저와 인태 형님하고는 특별한 사이입니다. 인태 형이 교도소
에 가게 된 그 사건, 그때 죽은 남자가 제 형이거든요."

이학의 말에 정수는 온몸이 굳어지는 기분이었다. 그 이유는 인태가 교도소에 가게 된 사건의 가해자가 사실은 인태가 아닌 정수이기 때문이다.

사건이 발생한 날은 인태가 오랜만에 지방에서 올라온 날이었다. 오랜만에 만나 반가웠던 정수와 달리 인태의 표정은 그렇지 않았다. 술을 마시는 내내 인태의 표정은 어두웠다. 무슨 일 있느냐는 정수의 질문에도 인태는 별일 없다며 애써 어색한 미소를 지었다.

그날 두 사람은 평소보다 많은 술을 마셨다. 인태가 계산을 한다고 하기에 먼저 나온 정수는 건물 뒤에서 담배를 피우고 있었다. 그곳으로 술에 취한 남자가 비틀거리며 들어왔다. 그 남자는 한쪽 구석에서 소변을 보았다. 담배를 피우던 정수는 그 모습에 인상을 찌푸리며 혼잣말로 투덜거렸다. 왜 여기서 소변을 보느냐는 그런 말이 욕설과 함께 튀어나왔을 것이다. 볼일을 마친 남자는 정수에게 방금 뭐라고 했느냐고 따지듯 물었다.

두 사람이 맨정신이었다면 눈살만 찌푸리고 본척만척하고 끝날 일이었겠지만, 술에 취한 두 남자는 자신에게 날아오는 삐딱한 말투가 귀에 거슬렸던 모양이다.

대수롭지 않은 일로 두 사람은 옥신각신 말다툼을 시작했다. 말다툼이 거칠어지며 욕설이 등장했고, 이어서 서로의 멱살을 붙잡고 엉겨 붙으며 수컷들의 진화되지 않은 흔히 볼 수 있는 싸움의 단계로 들어갔다. 그저 기분 나쁜 말에 욱해서, 그저 술기운을 빌려 호기로운 허세를 부리며 푸닥거리를 놓는 정도의 몸싸움이었다. 만약 그 자리에 다른 누군가가 있어 싸움을 말렸다면 진한 욕설을 서로 몇 차례 주고받고 끝났을 것이다.

서로의 멱살을 쥐고 흔들던 중 정수가 남자를 세게 밀쳤다. 그 바람에 뒷걸음질하던 남자는 발을 헛디디며 뒤로 넘어졌다. 정수는 툭툭 옷을 털고 일어난 남자의 공격을 대비하고 있었는데 쓰러진 남자는 아주 잠깐 오한이 난 듯 온몸을 부들부들 떨더니 바람 빠진 풍선처럼 퍼져버렸다. 갑자기 축 처진 남자를 보자 찬바람을 쐰 것처럼 술기운은 홀딱 날아가고 그 자리에 불길함이 엄습했다.

정수는 남자에게 다가가 이봐요, 하며 흔들었지만 남자는 움직임이 없었다. 남자가 뒤로 넘어질 때 하필 바닥에 있던 작은 벽돌 모서리에 머리가 부딪친 것이었다.

상황 파악이 안 돼 어쩔 줄 몰라 하는 정수를 발견한 인태가 다가왔고 정수는 자신이 사람을 죽인 거 같다며 벌벌 떨면서 울먹였다.

"…형, 저 사람… 죽은 거 같아요. 시비가 붙어 잠깐 몸싸움을 했거든요. 그런데 저렇게… 어떻게 해요. 몇 달 뒤 결혼해야 하는데."

쓰러져 있는 남자의 맥박을 확인한 인태는 주위를 살폈다. 지금처럼 감시카메라가 많지 않았던 때라 사건이 발생한 건물 뒤쪽을 바라보는 카메라는 없었다.

"야, 진 사장. 내가 하는 말 잘 들어. 오늘 여기서 일어난 일은 내가 한 거야. 알았어?"

인태의 말에 정수는 얼이 빠진 표정으로 인태를 쳐다보았다. 인태는 정수의 따귀를 세게 때렸다.

"진정수, 정신 차리라고! 내가 경찰을 부를 거야. 내가 한 거라고 말할 테니까 혹시라도 경찰이 네게 물어도 넌 아무것도 보지 못했다고 해. 알았어?"

그렇게 그날 인태는 정수의 죄를 대신했다.

정수의 말을 들은 이학은 놀라 입이 벌어졌다.

"죄송합니다. 제가 기자님 형님을 죽게 한 사람입니다. 인태 형이 저를 대신해 벌을 받은 겁니다. 정말 죄송합니다."

정수는 고개를 깊게 숙이며 사죄를 했다. 이학의 얼굴은 예상하지 못한 충격에 굳어졌다. 진실을 알게 된 충격보다 인태의 행동에 더한 충격을 받았을지 모른다. 그리고 인태를 증오해온 그동안의 시간이 허무했을지도 모른다.

이학은 응접탁자에 놓여 있는 식은 커피를 단번에 들이켰다. 긴 한숨을 내쉰 후 잠시 말이 없던 이학이 입을 열었다.

"지금이라도 진실을 말씀해 주셔서 감사합니다. 사장님도 이제 그 일은 잊고 사세요. 제 마음속에 있던 증오는 이미 인태 형으로 인해 사라졌으니까요."

이학에게 사죄를 한 후 정수의 마음은 고해성사를 한 것처럼 가벼웠다. 오랜 시간 자신을 짓눌러 온 죄책감이 사라지고 구원을 받은 기분이었다.

짧지 않은 시간 동안 정수도 괴로웠다. 시간이 흐르며 사건 자체의 기억은 옅어졌지만 죄책감은 가슴 깊은 곳에 켜켜이 쌓여갔다. 누적된 불만은 언젠가는 표출되기 마련이다. 죄책감도 다르지 않다. 더북이 쌓인 죄책감은 시도 때도 없이 정수를 괴롭혔다. 길을 가다 자신과 다퉜던 그 남자와 비슷한 남자를 보았을 때도, 친구들과 술을 마실 때도 문득문득 솟구쳐 올라온 죄책감이 정수의 머릿속을 휘젓고 다녔다. 더욱 힘든 것은 자신의 가족을 볼 때였다. 자신만이 이런 행복을 누리는 것이 인태와 죽은 고인에게 미안했다.

"사장님은 김지안 셰프 어머니 사건의 진실을 알고 계신가요? 정말 치매 걸린 노모가 그런 겁니까?"

이학은 사건의 진실을 정수에게서 확인하고 싶었는지 연자 사건을 물었다. 정수는 침묵으로 대답을 대신했다. 그 대답은 할 수가 없었다. 그 답을 하려면 인태가 암에 걸린 사실을 말해야 하기 때문이다. 인태와 한 약속을 어길 수는 없었다.

"죄송합니다, 기자님. 저도 알고 있는 게 없습니다."

이학은 정수에게서 더 이상 들을 말이 없다고 생각했는지 자리에서 일어났다.

"사장님, 나중에 차 고치러 오면 잘해주세요."

이학을 만나고 며칠 뒤 정수는 수정을 만났다. 정수의 전화를 받고 카센터로 온 수정은 정수를 삼촌이라 불렀다. 아버지도 외아들이고 자신도 외아들인 정수가 한 번도 들어본 적이 없는 호

칭이었다. 수정이 정수를 삼촌이라고 부른 이유는 아마도 인태를 가족으로 생각하고 있기 때문이리라.

정수 맞은편에 앉은 수정은 당신이 아는 것을 빨리 말하라는 표정으로 정수를 쳐다보았다.

"인태 아저씨가 왜 그랬는지 궁금해요. 삼촌은 알고 있죠?"

인태가 죽기 전 마지막으로 만난 자리에서 인태는 자신이 정수를 대신해 교도소에 간 이유를 말했다.

"진 사장, 너는 궁금했겠지. 내가 왜 너를 대신해서 교도소에 갔는지를. 사실 진 사장을 위한 것만은 아니었어. 나를 위한 것이기도 했지.

그날, 진 사장을 만나기 전 한 여자를 만났어. 내가 건설 현장에 있을 때 근처 식당에서 일하던 여자였어. 미혼모였지. 그 여자가 과거에 한 남자를 만났는데 그 남자가 유부남인 걸 숨겼나 봐. 여자가 덜컥 임신을 하니까 그제야 자기는 유부남이다, 애는 지워라, 라고 말했대. 여자는 그럴 수 없다고 했고. 남자는 애 지울 돈을 던져주면서 끝내자고 했나 봐. 여자는 아이를 낳았어.

그 여자와 내가 사랑에 빠진 거야. 나에게 친절하게 잘해줬지. 너무 고맙더라고. 나에게 그렇게 대해준 여자는 어릴 때 돌아가신 엄마 말고는 없었거든. 그 여자와 딸과 같이 살 어엿한 전셋집이라도 구하려고 돈을 빌리러 엄마가 운영하는 음식점에 갔어. 내가 갖고 있는 돈으로는 괜찮은 집을 구하기에 턱도 없었어. 허구한 날 술 퍼마시고 노름질을 하느라 돈이 내 옆에 머물 수가 없었지.

돈 빌리러 간 그날은 군 입대 후 엄마를 처음 보는 거였어. 많이 늙으셨더라. 내가 돈 좀 빌려달라고 하니까 엄마는 돈 대신 자신의 식당에서 일하라고 하시더라고. 과거 그런 일이 없었다면 아무 거리낌이 없이 엄마 식당에서 일했을 거야. 내가 원하던 일이기도 했으니까. 하지만 그럴 수가 없었어. 엄마를 보면 잊고 싶은 과거 일이 다시 떠올랐으니까.

엄마에게 따지듯 말했지. 당신 모자에게 아무 탈 없이 살게 해준 게 누구냐, 과거 그 사건 때문에 나는 지금까지 죄책감에 빠져 살고 있다고 말하고 나왔어.

나는 다시 지방 현장으로 내려갔지. 그 여자에게는 몇 년간 고생하자는 말을 하고서. 내게도 삶의 목표가 생긴 거야. 사랑하는 사람을 위해서 살아야 하는 목표. 그런 사람이 생길 줄 알았다면 술도 줄이고 노름도 안 했겠지. 내게 그런 사람이 생길 줄 어떻게 알았겠어.

단 하루도 쉬지 않고 정말 열심히 일했어. 그렇게 3년 가까이 죽어라 일을 해서 돈을 어느 정도 모았지. 그런데 갑자기 그 여자와 연락이 안 되는 거야, 그 여자는 휴대폰 요금도 아깝다고 휴대폰을 갖고 있지 않았거든. 간간이 공중전화로 하던 연락이 끊겨서 그 여자가 일하던 식당을 찾아갔지. 그 식당은 문을 닫았더라고. 수소문을 해서 식당 사장을 만났어. 사장은 다른 가게에서 일을 하고 있더군. 그 여자 지금 어디에 있느냐고 물으니까 사장은 식당 단골손님 중에 자동차 부품회사에 다니던 사람이 있었는데 그 사람 소개로 자동차 부품회사에서 일한다고 하더라고. 자기는 거기까지밖에 모른다고. 다시 그 회사를 찾아갔어. 회사에 가서 그 여자를 찾았는데 사고로 병원에 있다는 거야. 병원에 가보니 식물인간처럼 누워있더군.

나 때문인 거 같았어. 내가 모자라고 부족해서 그 여자가 그렇게 된 거 같아서 미치겠더군. 그날 저녁에 진 사장을 만난 거야. 그리고 그날 진 사장에게 그 일이 터진 거고.

나에게 도피처가 필요했던 시기였어. 진 사장이 한 그 사건이 아니더라도 나는 아마 무슨 사고를 치고 교도소에 갔을 거야. 내가 저지른 과거의 사건과 그 여자의 사고에서 비겁하게 도망치고 싶었던 거지. 그때는 그게 최선이라 생각했어. 그러니까 진 사장은 나에게 미안해하지 않아도 돼. 내 죄책감을 덜어내려고 진 사장 대신 교도소에 간 것뿐이니까.

난 불운을 갖고 태어났나 봐. 나와 함께 하는 사람들은 모두 불행이 따라와. 어쩌면 태어나기 전부터 그런 거 같다. 내가 태어나기 전 세상을 뜬 아버지, 그 여자, 진 사장 너. 그리고 과거에 일어난 사건도. 이제 그런 불운을 끝내야지.”

“아저씨를 힘들게 한 과거 사건이 뭔데요?”

수정은 정수가 전하는 인태의 굴곡진 삶의 발자국을 따라가다 인태에게 감정이 몰입했는지 질문하는 그녀의 눈에는 눈물이 갈쌍갈쌍 고였다. 사무실로 들어올 때 얼굴에 가득했던 인태에 대한 호기심은 옅어지고 그 자리에는 측은함이 자리 잡고 있었다.

인태를 입양한 어머니는 죽기 전 인태를 낳은 어머니와 입양한 사실을 말했다. 처음으로 자신이 입양된 것을 알게 된 인태는 혼란스러웠다. 또 다른 엄마, 버려진 사실, 차라리 몰랐으면 좋았을까?

자신을 키운 어머니가 세상을 뜬 후 연자가 운영하는 분식집에 찾아간 인태는 처음으로 연자를 보았다. 처음 만난 연자에게 당연히 엄마라는 느낌은 들지 않았다. 몇 차례 분식집을 찾아갔다. 피로 이어진 끈끈한 사이라서 그랬을까, 아니면 세상에 혼자라고 느끼던 당시 인태의 감정이 기울어지며 그런 것일까. 그렇게 몇 번 연자를 보자 비로소 인태는 세상을 먼저 뜬 엄마에게 느꼈던 감정이 다시 살아나는 것을 느꼈다.

그렇게 몇 차례 분식집에 간 인태는 연자에게 자신의 이름을 말했다. 반갑게 맞아줄 거라는 인태의 예상과 달리 연자는 무심하게 인태를 대했다. 몇 번을 분식집에 찾아가도 연자의 반응은 같았다. 아니, 더 거리감을 두려고 했다. 살갑게 대하는 다른 학생들과는 분명 달랐다. 인태도 연자를 이해했다. 갑자기 나타난 아들을 보면서 입양 보낸 사실에 미안했을 테니.

인태는 그런 연자의 마음을 무너뜨리고 싶었다. 사내아이들이 엄마에게 장난을 치는 것처럼 살금살금 다가가서 연자를 놀라게 하고 싶었다.

주유소에서 받은 아르바이트 월급으로 지안의 운동화를 산 날 지안과 함께 고깃집에 갔다. 음식점에 홀로 남은 지안이 연자에게 연락할 거라는 것을 예상한 인태는 연자에게 대차게 혼나고 아무 일 없었다는 듯 집에 들어가 밥 한 끼 얻어먹는 계획을 세웠다. 그렇게 하면 연자와 가까워질 수 있을 거라는 치기 어린 계획이었다.

그런 기대를 하며 고깃집에서 나와 연자의 집 앞에 도착해 두 사람을 기다렸다. 연자와 지안이 집으로 걸어오고 있었다. 연자는 지안을 집안으로 들여보낸 후 따가운 눈빛으로 인태를 노려보았다.

"애한테 그런 장난하면 재미있어?"

"저는 그냥……"

"지안이 운동화는 고맙지만 두 번 다시 나와 지안이 앞에 나타나지 마."

상황은 인태가 예상한 것과 다르게 흘러가고 있었다. 인태의 말을 듣지도 않고 연자가 다시 말을 이었다. 인태의 가슴이 서늘해지는 말이었다.

"넌 이제 내 아들이 아니야. 우리 관계는 오래전에 끝났어. 네 엄마는 돌아가신 그분이야, 서로 보지 않고 사는 게 서로를 위해 좋아."

너는 내 아들이 아니라는 연자의 그 말이 인태의 마음속 깊이 사무쳤다. 완전한 남으로 살자는 연자의 진의를 알게 된 인태는 이후 지안과 연자에게 다가가지 않았다. 앞으로 만날 일은 없을 거라고 다짐했지만 인태는 연자의 전화 한 통에 다시 마음이 흔들렸다. 인태 아버지를 통해 인태가 주유소에서 일하는 것을 알게 된 연자가 주유소로 전화를 한 것이다.

인태가 군 입대를 앞두고 있을 때였다.

"군대 가기 전에 집에 와서 밥 한 끼 먹고 가거라."

그 말 한마디에 인태는 다시 갈 일 없을 거라고 다짐했던 연자의 집으로 향했다. 인태가 집에 갔을 때 집 안에는 아무도 없었다. 식탁 위에 있는 갈비와 잡채, 생선구이 등 먹음직스러운 빛깔을 뽐내는 음식들만 인태를 기다리고 있었다.

인태는 식탁 앞에 앉아 연자와 지안이 오기를 기다렸다. 허기를 참으며, 입안에 고인 침을 삼키며 한 시간 남짓 기다렸는데 아무도 오지 않았다. 배가 고팠던 인태는 눈앞에 있는 음식을 더 이상 보고만 있을 수가 없어 음식 몇 가지를 젓가락으로 집어 입에 넣었다. 분식집의 음식이 아닌 처음 먹어보는 연자의 진짜 음식. 최고의 한 끼라고 해도 부족함이 없는 음식들이었다.

인태가 소소하게 젓가락질하고 있을 때 지안이 들어왔다. 인태를 보고 놀란 지안은 머쓱한 표정으로 인사를 했다.

"늦었네. 저녁 안 먹었지? 이리 와서 같이 먹자."

지안은 친구 집에서 먹었다며 자신의 방으로 들어갔다. 인태가 숟가락으로 밥을 뜰 때 다시 현관문이 열리는 소리가 들렸다. 들어올 사람이 연자라고 생각한 인태는 현관으로 시선을 돌리며 자리에서 일어났다. 현관 앞에는 연자가 아닌 검은색 코트를 입은, 제법 덩치가 큰 남자가 지안의 이름을 부른 후 인태를 노려보고 있었다.

"누구세요?"

인태의 말을 무시한 채 집 안으로 들어온 남자는 고개를 두리번거리더니 투박한 목소리로 인태에게 누구냐고 물었다. 순간 인태는 이 남자가 연자의 남편이라는 것을 알아챘다. 인태가 자신을 어떻게 소개해야 하나, 하는 생각에 잠시 대답을 미적거리자 남자는 피식 웃으며 입을 열었다.

"네가 혹시 내 마누라가 전에 결혼했을 때 나은 자식이냐? 너 불러들이려고 여기로 이사 왔나 보군."

남자에게서 풍기는 술 냄새가 몇 걸음 떨어진 인태의 코를 자극했다. 남자는 냉장고에서 물을 꺼내 벌컥벌컥 들이켰다.

"이년은 어딜 가서 아직도 안 오는 거야. 어느 놈팡이랑 뭔 짓 하고 있는 거 아냐? 너 혹시 알아? 네 엄마가 다른 놈이랑 거시기 하는 거."

"그런 말씀 하지 마세요. 그런 분 아닙니다."

"하하하, 이 되바라진 새끼 봐라. 성격은 엄마 닮았나 보네, 대드는 꼴이 아주 닮았어."

인태는 그 상황에서도 엄마를 닮았다는 남자의 말에 기분이 나쁘지 않았다.

"근데 너 여기서 뭐 하는 거냐? 왜 네가 이 집에서 밥을 처먹고 있어? 정말 여기서 같이 사는 거야?"

인태가 대답을 하지 않자 남자는 인태에게 다가와서 손가락으로 인태의 이마를 쿡쿡 누르며 다시 물었다.

"대답을 해 인마. 왜 네가. 이 시간에. 이 집에. 있는 거냐고!"

인태는 기분 나쁘게 자신의 이마를 계속 쿡쿡 누르는 남자의 손을 쳐냈다. 그게 기분이 나빴는지 남자의 손바닥이 인태의 뺨을 훑고 지나갔다. 손이 아닌 격투기 발차기 연습할 때 사용하는 두툼한 미트로 뺨을 후려치는 느낌이었다. 뺨이 얼얼했다.

뺨을 맞은 인태는 가만히 있을 수 없었다. 남자의 덩치가 자신보다 컸지만 술에 취한듯해 한번 해볼 만하다는 생각에 남자의 멱살을 잡으려고 달려들었다. 그런 인태의 의도는 자신의 몸이 허공에 원으로 그리며 바닥에 떨어지는 쿵 소리와 함께 부서졌다. 남자의 엎어치기 한 방에 인태가 거실 바닥에 넙적하게 뻗은 것이다. 오랜 시간 수련한 듯 몸에 밴 재빠른 몸놀림이었다.

곧바로 남자의 폭행이 이어졌다. 연자에게 가할 폭행을 인태에게 대신하는 것처럼 폭행을 하는 남자의 입에서는 중간중간 연자를 향한 욕설이 흘러나왔다. 그때 방에서 뛰어나온 지안이 그만하라고 소리치며 남자의 등에 매달렸다.

남자는 갑자기 나타나 자신에게 달려든 지안을 보고 당황하는 얼굴이었다.

"뭐야, 너 집에 있었어? 이 자식이 오랜만에 본 아비에게 하는 인사가 왜 이래. 아주 버릇이 없네."

남자는 자신의 등에 매미처럼 달라붙어 있는 지안을 떼어내 짐짝을 던지듯 바닥에 내던졌다. 바닥에 널브러져 있는 지안의 멱살을 잡은 남자는 건방지다면서 엄마에게 배웠느냐며 수차례 따귀를 날렸다.

"엄마 어디 있어? 어? 어디에 있냐고!"

이미 흥분한 상태로 술에 취해 집에 들어온 남자는 아들의 행동에 더 흥분한 듯 쥐고 있는 지안의 멱살을 거칠게 흔들었다. 그

바람에 바닥에 누워있는 지안의 뒤통수가 바닥에 여러 차례 부딪쳤고 결국 정신을 잃었다.

바로 그 순간 남자가 동작을 멈췄다. 남자의 등에 차갑고 날카로운 물건이 파고들어 온 것이다. 자신이 한 행동에 놀란 인태는 부들부들 떨리는 손을 칼에서 떼며 뒷걸음질했다. 잠시 동작을 멈춘 남자가 지안에게 떨어지며 천천히 일으켜 세운 몸을 돌렸다.

몸을 돌린 남자의 번득이는 눈빛은 인태를 갈기갈기 물어뜯어 버리겠다는 들짐승의 눈빛이었다. 인태가 한 번도 본 적 없는 살기 넘치는 눈빛. 눈빛만으로도 오금이 저리고 몸이 굳어질 정도였다. 남자의 입에서 흘러나오는 탁한 숨소리에도 독기가 녹아 있는 듯했다.

"이 새끼가… 죽고 싶어 환장했구나. 그래, 오늘이 네 엄마 초상 날인데 이왕 하는 거 한 번에 줄초상 치르자고."

칼에 찔린 남자의 분노는 자신을 폭발시킬 비등점을 향해 끓어오르고 있었다. 남자는 주방에 있는 손에 잡히는 물건을 닥치는 대로 인태에게 집어 던지며 비틀비틀 다가왔다.

공포에 절은 인태는 비실비실 뒷걸음질을 했다. 주방 구석에 몰린 인태에게 남자는 주먹을 크게 휘둘렀다. 주먹이 인태의 얼굴을 강타했고 인태는 그대로 쓰러졌다. 그때 현관문이 열렸다. 바닥에 누운 채 남자의 폭행을 당하는 인태는 집 안으로 다급하게 들어오는, 흰 양말을 신은 연자의 발을 보았다. 주방으로 빠르게 달려오는 연자의 발이 토끼가 뛰어오는 것처럼 보였다.

토끼가 주방에 도착한 후 인태는 자신을 폭행하는 남자가 동작을 멈춘 모습을 바닥에 누워 올려다보았다. 잠시 굳은 표정으로 멈춰있던 남자가 연자를 향해 고개를 돌렸다. 절굿공이를 들고 있는 연자의 손이 허공에서 크게 한 바퀴 돈 후 다시 남자의 머리에 꽂혔다.

이미 칼에 찔려 기력이 다해가던 남자는 연자의 공격에 저항 한번 하지 못한 채 무너졌다. 흥분한 연자 역시 조금 전 남자가 인태에게 한 것처럼 쓰러진 남자를 향해 계속 절굿공이를 휘둘렀다.

"그만하세요!"

구석에 기대앉아있던 인태는 이 말을 몇 번을 해야 했다. 결국 인태가 이성을 잃은 연자의 팔을 잡고 나서야 연자는 남자를 향해 가하던 폭력을 멈췄다. 바닥에 쓰러진 남자는 이미 세상과 연결된 끈이 끊어진 상태였다.

정신이 돌아온 연자가 시선을 움직인 곳은 정신을 잃고 누워있는 지안이었다. 주저앉아있던 연자는 지안에게 기어가 지안의 얼굴을 만지며 정신 차리라고 말하며 울먹였다. 자리에서 일어난 인태는 두 사람에게 다가갔다. 지안은 오른손을 꽉 쥐고 있었다. 연자가 지안의 손을 폈다. 손 안에는 검은색 단추가 있었다.

"이게 무슨 단추지?"

"아저씨 코트에 달려있던 단추 같아요."

집 안에서 무슨 일이 있었는지 파악한 연자는 기도하는 사람처럼 단추를 쥔 손을 모아 엎드렸다. 잠시 정적이 흘렀다. 인태는 우두커니 서서 연자의 모습을 물끄러미 바라보며 생각했다.

'이제 어떻게 해야 하지?'

인태는 지금 벌어진 상황의 충격에 이성이 엉클어지고 뭉개졌는지 머릿속은 하얗고 이 상황을 어떻게 마무리해야 하는지 아무런 생각이 떠오르지 않았다. 그렇게 몇 시간 같은 몇 분이 흘렀다. 웅크리고 있던 연자가 상체를 일으키며 입을 열었다.

"너 운전할 줄 알지?"

연자는 등을 보인 채 말했다.

"예, 잘하지는 못하지만 할 줄은 알아요."

"밖에 저 사람 차가 있어. 그 차를 타고 집 앞의 길을 따라 곧바로 십여 분을 가면 저수지가 나올 거야. 저 사람 차에 태우고 가서 저수지에 차를 빠뜨려. 오늘 같은 날씨라면 저수지 근처에 사람은 없을 거야. 난 지안이 데리고 병원에 갈 테니까."

말을 마친 후 자리에서 일어난 연자는 몸을 돌려 인태를 보았다. 그날 두 사람이 집에서 처음으로 마주한 순간이었다.

"그 옷 벗고 다른 옷 입어라."

인태가 입고 있는 회색 니트에는 군데군데 붉은 핏자국이 묻어 있었다. 방에 들어갔다 나온 연자는 검은색 스웨터를 인태에게 건넸다.

"집에 네가 입을 만한 남자 옷이 없네. 내 옷인데 이거라도 일단 갈아입어."

"엄마도 옷에 피가 묻었어요."

"아, 그래? 그래 알았어. 빨리 가라. 아, 그리고 이 단추도 저수지에 같이 버려."

인태는 연자에게 건네받은 단추를 바지 주머니에 넣은 후 피가 묻은 니트를 벗고 연자가 건넨 스웨터로 갈아입었다.

인태는 바닥에 쓰러진 남자를 업고 집 밖으로 나왔다. 축 처진 남자는 황소처럼 무거워 집 앞에 있는 차로 이동하는 동안 다리가 후들거렸다.

남자를 조수석에 밀어 넣었다. 키는 꽂혀있었다. 시동을 걸고 가속페달을 밟았다. 차가 움직이자 현관 앞에 서 있던 연자가 집 안으로 들어가는 모습이 사이드미러에 보였다.

저수지로 가면서 옆에 앉은 남자를 힐끗 보았다. 입을 벌린 채 앉아 있는 남자가 다시 눈을 뜨고 벌떡 일어나 자신에게 달려들 것 같은 공포에 운전대를 잡고 있는 손이 떨렸다.

내가 사람을 죽였다니. 엄마는 이 상황을 어떻게 하려는 걸까. 저수지에 이 남자를 빠뜨린 후 어떻게 하려고 하는 걸까. 머지않아 차가 발견되기라도 한다면…….

저수지에 도착한 인태는 차에서 내리기 전 주위를 둘러보았다. 사람의 모습은 보이지 않았다. 차에서 내린 후 조수석으로 가서 문을 열었다. 남자를 힘겹게 운전석으로 옮긴 후 사이드 기어를 풀고 저수지로 차를 밀었다. 첨벙하는 소리와 함께 시커먼 저수지로 차가 빨려 들어갔다.

인태의 과거 이야기가 끝나자 수정의 쌍꺼풀진 눈에서 흘러나온 눈물이 볼을 타고 미끄러졌다. 금방이라도 터질 듯한 울음을 참느라 꼭 다문 입이 실룩거렸다.

"아저씨는 왜 스스로 죽음을 선택한 거예요? 그럴 필요는 없었 잖아요."

"그건…"

정수는 인태가 한 말을 해야 하나 말아야 하나 고민을 하다 결 국 인태가 한 말을 꺼냈다. 인태의 계획이 수정이 한 말에서 힌트 를 얻었다는 그 말이었다.

"진 사장은 내가 왜 이런 계획을 하려는지 궁금하지?"

인태는 자신이 대장암 말기라고 했다. 교도소에서 나온 후 그 곳에서 알게 된 사람이 일하는 농장에서 일하다 몸이 좋지 않아 병원에서 검사를 받았는데 의사가 큰 병원에서 검사를 다시 받 아보라고 했다는 것이다. 검사 결과는 암 말기. 이미 주변 장기 로 암세포가 전이되어 손을 쓴다고 해도 회복을 장담할 수 없는 상태였다.

다시 서울로 올라온 인태는 정수의 카센터에서 일하며 삶의 마 지막을 정리했다. 가장 먼저 생각난 사람은 연자였다. 그래도 핏 줄이라고 어머니 얼굴 한번 보고 싶은 마음에 지안이 말한 요양 원으로 갔다.

마주 앉은 연자는 인태를 기억하지 못했다. 인태가 이런저런 것을 물어도 몰라, 라는 단어만 반복했다. 그날 면회 장소에는 인 태와 연자 외에 다른 가족들도 몇 팀 있었다. 단 둘뿐인 인태, 연 자와 달리 다른 가족들은 노인들의 자식과 손자들까지 함께 와 북적거렸다.

인태가 준비한 간식을 무표정한 얼굴로 먹던 연자가 면회를 하는 다른 한 가족을 뚫어지게 바라보았다. 왜 그러냐고 인태가 물어도 연자는 대답도 하지 않고 그 가족에게서 시선을 떼지 않았다. 그렇게 한 곳을 바라보던 연자가 분노에 찬 얼굴로 갑자기 자리에서 벌떡 일어나더니 소리를 버럭 질렀다.

"여기 왜 왔어! 당장 나가!"

인태의 질문에 힘 빠진 목소리로 대답하던 것과 달리 쩌렁쩌렁 소리를 지르는 연자의 목소리에는 분노가 서려 있었다. 나가라고 고래고래 소리를 지르던 연자는 울음소리 비슷한 비명을 내뱉은 후 정신을 잃고 쓰러졌다.

인태는 수정과 그녀의 엄마와 식사를 하는 자리에서 수정이 했던 한 말을 꺼냈다.

"그 여자 딸 이름이 수정인데, 그 애가 식사를 할 때 그런 말을 했어. 엄마 머릿속으로 들어가 보고 싶다고. 무슨 생각을 하는지, 머릿속에 무엇이 남아있는지 궁금하다고. 어릴 때 좋았던 기억, 자신의 기억을 남기고 싶다고. 그 말을 들으니 치매에 걸린 엄마의 기억에 뭐가 남아있을까 궁금하더라고.

순간 면회했을 때 엄마 모습이 떠올랐어. 면회 온 다른 가족을 향해 고래고래 소리 지른 상황을 돌이켜보니 과거 사건 기억 때문인 거 같았지. 그때 옆자리에서 면회하던 가족 중에서 한 남자가 검은색 코트를 입고 있었거든. 혹시 코트를 보고 그런 건지 확인하고 싶더라고, 그래서 빈티지 옷가게에서 검은색 봄 코트를 하나 사서 집으로 갔지. 요양보호사가 잠깐 가게에 다녀온다고 하기에 코트를 입고 거울 앞에 서 있었어. 주방 식탁 위에는 장난감 칼을 놔두고. 예상대로 거울에 엄마가 보이는 거야. 눈을 부라리며 장난감 칼을 들고 서 있더라고. 그때 비로소 알았지. 과거 사건이 일어난 날에 남편이 입고 있던 검은색 코트에 엄마의 기억이 반응한다는 것을.

엄마를 소파에 앉히고 물었어. 그날 기억이 나느냐고. 엄마는 자신이 남편을 죽였다고 하더라고. 자신이 칼로 찌르고 머리를 때렸다고 하면서. 엄마는 자신이 다 한 것으로 기억하고 있었어. 분명 실제와는 다른 기억이었지. 나는 강인태를 아느냐고 물었어. 엄마는 인태? 인태? 하더니 배고프다고 밥 달라고 하더라고.

그날 엄마의 과거 사건 기억이 왜곡된 것이라는 걸 알게 되었어. 오랜 시간 동안 경찰이 사건을 수사할 때를 대비해 스스로 만든 왜곡된 기억이 치매에 걸리면서 사실처럼 둔갑해 기억으로 자리를 잡은 거지.

엄마가 교도소로 면회 왔을 때 고향에 있는 엄마 집을 내게 준다고 하셨어. 출소 직전에 명의 이전을 하셨더라고. 그런데 김지안이 그것을 알게 된다면 가만히 있지 않을 거 같았어. 나마저 죽는다면…… 그래서 안전하게 그 여자와 딸에게 줄 수 있는 계획을 고민했지. 황당한 계획이 떠오르더라고. 수정이 한 말처럼 엄마의 머릿속으로 들어가 보자는, 김지안도 꼼짝 못 하게 할 방법까지 같이 할 수 있는 그런 계획이.

그래서 지안에게 엄마를 잠시 돌보겠다고 하고 그 집으로 들어간 거야. 요양보호사에게는 코트를 입은 날 엄마가 칼을 들고 난리 첬다는 이야기를 의도적으로 했고. 당연히 김지안의 귀에도 들어갈 테니까 혹시라도 어머니 유산을 탐하려는 나를 없애려고 그 녀석도 무슨 계획을 꾸미겠지 생각했어. 아니나 다를까, 김지안도 나와 같은 생각을 했더군. 요양보호사에게 그 말을 한 며칠 후 김지안이 겨울 코트를 샀다면서 코트를 하나 주더라고. 그 녀석도 엄마의 과거 기억을 이용해서 나를 제거하려는 계획을 생각한 거야. 나나 김지안이나 둘 다 불효막심한 놈들이지. 엄마의 치매를 이용해 자기 이익을 챙기려고 하니. 후후후.

아무튼 김지안이 내 계획에 들어왔으니 내 계획의 절반은 성공한 거야. 문제는 나머지 반. 나는 수정이에게 해야 할 일들을 말해줬어. 궁금해하더군, 무슨 일을 하는 건지. 실제로 그 상황을 목격하면 많이 놀랄 거야. 지금 내가 하는 이야기를 진 사장이 잘 전해줘."

"형 그렇게까지 해야 해요? 수술도 하고 항암치료 받아요."

"의미 없어. 그래 봐야 몇 달 더 사는 것밖에 더 있나. 솔직히 나도 두려웠어. 그런데 얼마 전 고등학교 때 친구가 한 말이 갑자기 떠오르더라고. 그 친구가 나중에 느낄 쾌감을 알면 지금 느끼는 두려움은 아무것도 아니라는 말을 했었거든."

자신에게 곧 닥칠 죽음을 무덤덤하게 말하는 인태의 얼굴에는 그 쾌감을 이미 느낀 것처럼 두려운 기색이 없었다.

"사건이 일어나면 경찰은 김지안을 의심할 거야. 내가 스스로 죽음의 상황에 뛰어들었을 것으로 생각하지 않겠지. 치매 걸린 노인네 혼자 나를 죽였을 거라고 생각하기는 당연히 힘들고. 게 다가 이렇게 좋은 봄날에 내가 겨울 코트를 입고 발견될 테니 더욱 김지안을 의심할 거야. 경찰은 진 사장을 찾아오겠지. 경찰이 오면 이렇게 말해. 전에 내가 김지안이라는 남자에게 받을 돈이 있다고 말한 적이 있다고. 수억 원쯤 되는 돈이라고."

"형은 김지안을 범인으로 하려는 거예요?"

"아니, 김지안에게 아무런 일이 없을 거야. 안전장치를 해놓았으니까. 수정이가 목격자 역할을 할 거거든. 물론 내가 원하는 대로 될지는 모르겠지만. 그리고 사건이 발생한 후 이걸 김지안에게 보내. 보낸 사람은 나로 하고."

인태가 꺼낸 것은 사진이었다. 지안이 여자와 모텔로 들어가는 사진은 정수가 촬영한 사진이라 잘 알고 있었지만 장롱이 찍힌 사진은 뜬금없었다.

"이 사진은 뭔가요?"

"장롱 사진은 고향 집 지안이 방에 있는 장롱이야. 엄마가 교도소로 면회 왔을 때 지안이는 아무것도 기억 못 한다고 하더라고. 작은 구멍으로 아버지를 본 기억만 있는 거 같다고. 엄마는 지안에게 집 밖의 주방이 보이는 창문 구멍으로 본 거라고 말했대. 얼마 전에 그 집에 다녀왔어. 예전 모습 그대로더군. 지안이 방에서서 장롱을 보니까 작은 구멍이 있었어. 사건이 일어난 날 김지안은 아버지가 무서워 그 장롱에 숨어 있던 거였더라고. 그 구멍으로 자기 아버지가 나를 폭행하는 것을 보고 뛰어나온 거지. 소심한 녀석이 어디서 그런 용기가 나왔는지. 장롱 사진을 본다면 아마 사라진 기억에 가까이 다가갈 수 있을지도 몰라."

"이제 와서 여자 사진은 왜 김지안에게 보내는 거죠?"

"과거 불륜 사진을 보면 식겁할 거야. 아무도 모를 거라고 생각하고 있었을 테니까. 지켜야 하는 자신의 소중한 것들을 떠올리며 자신이 몰락할 거라는 두려움이 들겠지. 그 녀석이 과거 그날 기억이 떠오르면 사랑하는 사람을 위한 내 의도를 이해할 테고 수정이에게 함부로 하지 못할 거야. 내 계획대로 그 녀석의 기억이 살아날지 모르겠지만."

정수는 아무런 말없이 앉아 있었다. 인태에게 해야 할 말이 떠오르지 않았다. 위로도 격려의 말도 할 수 없는 상황이었다.

"엄마의 머릿속으로 들어가 보고 싶다고 한 수정이 말이 가능할지 모르겠어."

인태는 주머니에서 검은색 단추를 꺼냈다.

"과거 사건이 있던 날 지안이 쥐고 있던 단추야. 저수지에 차와 함께 그 남자를 밀어 넣은 후 이 단추도 버리려고 했어. 그런데 만에 하나 차가 발견된다면 하는 생각이 들자 이 단추를 버리지 못하겠더라고. 당연히 용의선상에 엄마가 첫 번째로 올라가겠지. 엄마는 자신이 그랬다고 할 거고. 그럴 경우를 대비해서 내가 이 단추를 들고 가서 내가 범인이라고 하려고 버리지 않고 보관하고 있었어. 하늘이 도운 건지 공소시효가 지난 후에 그 차가 발견되었어."

인태는 손에 들고 있는 단추를 바라보며 계속 말을 이었다.

"엄마에게 단추를 보여준 적이 있었어. 기억 못 할 줄 알았는데 단추를 손에 쥔 엄마가 지안이 이름을 말하는 거야. 지안이는 아무엇도 몰라야 한다면서 단추를 버려야 한다고 말하더라고. 그러고는… 인태에게 미안하다고 말씀하셨지.

이 단추가 엄마에게는 죄책감의 시작일 거야. 그래서 왜곡된 기억도 만든 거고. 왜곡된 기억을 행동으로 옮긴다면 그 죄책감이 조금은 사라지지 않을까. 이 단추의 마지막 역할은 엄마와 지안을 과거 그날과 다시 연결하는 거야. 내 바람대로 될지는 나도 몰라. 그러길 바라는 것뿐이지."

"그 단추로 김지안이 그날 기억을 찾을 수 있을까요?"

"그 녀석 기억은 사라진 게 아니야. 숨어 있는 것뿐이지. 아버지에 대한 공포 또는 자신도 과거 사건의 공범일지도 모른다는 두려움 때문에 본인 스스로 기억을 구석에 처박아 버린 거야. 의도적으로 기억을 숨긴 거니까 분명 다시 찾을 거야."

정수는 인태가 연자 집으로 간다며 돌려준 휴대전화의 검색어에 블랙아웃, 기억 상실, 부분 기억 상실 같은 검색어가 있던 이유를 알았다. 정수의 심각한 표정을 본 인태는 빙그레 웃었다.

"나는 진 사장과 진 사장 아버지께 정말 고맙게 생각해. 입양한 엄마가 돌아가신 후 집에서 나왔을 때 세상에서 나를 받아준 사람은 진 사장 아버지밖에 없었어. 진 사장 아버지, 참 좋으신 분이셨어. 나에게는 아버지 같은 분이셨지. 나보고 대학에 가라고 하셨어. 첫 등록금은 당신께서 지원해주시겠다고. 가족이라는 느낌을 그때 다시 느꼈지."

인태는 씁쓸한 웃음을 지으며 다시 말을 이었다.

"가족… 보통의 사람들에게는 당연한 그저 그런 단어일지도 몰

라. 고등학교 때 집에서 나와 엄마가 운영하는 분식집에 갔을 때 내가 엄마에게 바란 건 넌 내 아들이야, 그것뿐이었는데… 같이 살기를 바란 것도 아니었어. 내게도 의지할 가족이 있다는 그것 하나만 원한 거였는데 엄마는 그렇지 않았던 거야.

교도소에 면회 왔을 때 엄마가 그런 말을 하셨어. 너를 입양 보낸 것을 후회한다면서 나를 볼 때마다 그 죄책감 때문에 힘들다고. 다 큰 내가 타인처럼 느껴졌고 당시 형편으로 나까지 책임질 용기가 없었다고. 나와 엄마는 서로를 볼 때마다 죄책감에 괴로워하는 사이가 되어 버린 거야.

그런데 웃긴 게 뭔지 알아? 아이러니하게도 살인 사건이 일어난 그날이 처음이자 마지막으로 세 사람이 가족이 된 날이었어. 나도 칼을 들게 될 줄은 몰랐어. 지안이 잘못될 것 같아서 나도 모르게 그런 거였으니까. 지안이가 자기 아버지에게 덤빈 것도 나를 위한 거였을 거야.

시간이 흐르면 잊을 줄 알았는데… 그날의 기억은 지워 지지가 않더라고. 잊으려고 하면 할수록 기억은 사건이 일어난 그 집 거실에 나를 옭아매었어. 특히 겨울이 되면 더 그랬지. 그래서 겨울이 없는 나라로 이민을 갈까 하는 우스운 생각도 한 적이 있었어. 지금도 가끔 꿈에 그 남자가 나와. 칼에 박힌 채 피를 흘리며 나타나서는 나를 보며 비웃어.

그렇게 버티며 살다 이제야 새로운 가족이 생겼는데…… 나는 그게 억울해. 이제 그들과 함께 보낼 수 없다는 게.”

정수가 말을 마치자 수정은 그제야 참았던 울음을 왈칵 터뜨렸다. 두 손으로 얼굴을 감싸고 고개를 숙인 채 오열하는 수정은 짧지 않은 시간 동안 눈물을 쏟아냈다.

인태의 모든 것을 알게 된 그녀는 인태가 살아있을 때보다 좀 더 가깝게 인태를 느낄 것이리라. 이날 정수는 수정에게 말하지 않은 내용이 하나 있었다. 충격적인 내용이었고 굳이 수정이 알 필요가 없는 내용이었다.

"진 사장도 예전 그 일 때문에 마음이 편하지 않지? 용서를 구한다면 마음이 편할지 모르겠지만. 그날 사건은 너나 그 죽은 사람이나 모두 재수가 없었던 거야. 다른 기억이 모두 사라져도 죄를 지은 기억이 사라지지 않는다면 그게 가장 큰 벌이겠지. 내 엄마처럼."

"저도 그게 두려워요. 형에게도 그 죽은 남자에게도 저는 죄를 지었으니까요."

"진 사장 사건은 그냥 우발적으로 운이 없어서 일어난 일이었어. 내 엄마와는 달라."

"그게 무슨 말이에요? 어머니와 다르다는 게."

인태가 말한 과거 사건의 비밀, 그것은 충격이었다. 그 사실을 알게 된 인태 역시 엄청난 충격이었다고 했다.

"사건이 있은 후 군에 입대를 했지. 그날 일은 의식적으로 생각하지 않았어. 나도 괴로웠으니까. 그러던 어느 날 새벽에 보초 근무를 서다 문득 그날 일을 곰곰이 생각했어. 그러다 알게 됐지. 그날의 진실을."

정수는 인태의 입에서 이어 나올 이야기에 집중했다.

"사실… 과거 그날 사건은 엄마가 계획한 거야."

예상 밖의 말에 놀란 정수는 입을 벌린 채로 인태를 쳐다보았다.

"우발적으로 일어난 사건이 아니라 나를 이용해서 엄마 자신과 지안을 지키려고 한 거지. 그래서 입양한 아버지에게 전화를 했고 내 입대 소식을 들은 거야. 식사 초대를 하기에 딱 좋은 구실이었지. 내가 엄마 집에 갔을 때는 아무도 없었어. 늦은 시간에 집에 온 지안은 친구 집에서 밥을 먹었다고 하고. 그 부분이 이상했어. 나를 부른 날 혹시 엄마가 의도적으로 지안이를 친구 집에… 바로 결론이 나오더군.

교도소로 엄마가 면회 왔을 때 이걸 물었어. 그날 나를 죽이려고 한 거냐고. 내가 그것을 묻자 엄마는 놀란 표정을 짓더니 눈물을 흘리며 미안하다고 하시더라고. 남편이 언니 집에 가서 엄마의 행방을 물으며 알려주지 않으면 다 죽여 버리겠다고 난리를 쳤다더군. 겁에 질린 엄마의 언니는 엄마가 전에 결혼해서 아이를 낳은 것과 집 전화번호를 알려 줬나 봐.

사업이 망해 이성을 잃은 남편이 무슨 일을 벌일 것 같은 예감이 들었던 엄마는 결심을 했겠지. 나를 이용하기로. 그날 엄마는 나를 희생해서 남편과 관계를 끝내려고 했을 거야. 엄마도 두려웠겠지. 간신히 도망쳤는데 다시 폭력의 울타리로 들어갈까 봐.

사건이 일어난 날, 너무도 차분하고 태연하게 나에게 지시한 것도 어떤 일이 있을 거라는 예상을 해서 그랬던 것일지도 몰라. 엄마는 폭행 정도만 예상했지 살인 사건이 일어날 줄은 몰랐다고 하시더라고. 나와 남편의 폭행 사건이 일어나면 경찰에 신고해 접근금지 명령이라도 하려고 했다고 하시더군. 그 말이 진실일지는 엄마 본인만 알겠지.

그래서 지안이 정신을 잃은 채 단주를 쥐고 있을 때, 나와 지안이 서로를 위해 남편과 싸운 사실을 알고 자신의 잘못을 느꼈던 거야. 그래서 이 단추가 엄마가 갖고 있는 죄책감의 시작이라는 거고.

나는 이제 엄마의 알츠하이머 속으로 들어갈 거야. 우리가 가족이었던 유일한 순간으로. 죄책감이 만든 왜곡된 엄마 기억으로 들어가서 엄마에게 괜찮다고 말해주고 싶어. 엄마가 그동안 짓눌러 온 그 죄책감에서 자유로워지길 바라면서."

인태가 연자 아파트로 돌아간 후 정수는 카센터 사무실에서 긴 시간 동안 하염없이 눈물을 흘렸다. 인태가 죽기 전이었지만 이미 그를 잃은 거나 다름없었다.

정말 인태 형 말대로 어머니는 과거 사건을 현재에 재연하면서 그런 죄책감에서 자유로워졌을까, 인태 형 말처럼 그들에게 가족이었던 순간은 사건이 일어난 그날뿐이었을까, 좀 더 일찍 가족이 되었다면 그런 불행은 없었을까.

지영이 탄 휠체어를 밀고 수정이 납골당 건물에서 나왔다. 차에서 내린 정수는 휠체어에 앉아 있는 지영을 들어 뒷좌석에 앉했다.

"삼촌, 엄마가 사진 속 아저씨 얼굴을 보고 기분이 좋다고 하네요."

정수는 룸미러로 지영 옆에 앉은 수정을 보았다.

"그래? 기억이 돌아오시는 건가?"

"기억이든 가슴에 숨어 있는 감정이든 뭐라도 다시 돌아왔으면 좋겠어요."

"배, 배고파."

지영은 배를 만지며 말했다.

"형수님, 배고프세요? 맛있는 거 먹으러 갈까요? 드시고 싶은 거 있으세요?"

수정이 옆에 앉아 있는 지영에게 엄마 먹고 싶은 거 뭐야? 하며 다시 물었다. 지영은 고기, 고기, 라고 반복했다.

"고기 드시고 싶으세요? 제가 좋은 데로 모실게요."

절굿공이를 휘두르던 연자의 동작이 멈췄다. 방바닥에 쓰러져 있는 인태는 짧은 호흡으로 얼마 남지 않은 현실에서의 호흡을 이어갔다.

인태는 힘겹게 손을 들어 쥐고 있던 단추를 연자의 손에 건넸다. 단추를 손에 쥔 연자는 자리에서 일어나더니 비칠비칠 거실로 나갔다. 행거 뒤에 숨어 있던 수정이 나와 방에서 나가는데 거실에서 연자의 목소리가 작게 들렸다.

"인태야, 미안하다."

'괜찮아요, 엄마. 오래전 엄마도 사랑하는 지안이를 위해서 그런 거잖아요. 나도 지금 사랑하는 사람을 위해 그러는 거예요. 제가 성격은 엄마를 닮았나 봐요'

"누가 뭐래도 너는 내 아들이야."

연자는 오래전 그날 하지 못한 말을 이제야 했다.

과거의 연자와 현재의 인태가 연자의 알츠하이머 속에서 만났다.

'엄마, 길지 않았지만 같이 보낸 시간 행복했어요. 엄마는 기억 못 하시겠지만'

죽음의 그늘이 조금씩 인태에게 스며들고 있는 시간, 인태는 기억 하나를 떠올렸다. 실제 경험한 기억이 아닌 상상만 했던 기억이다. 군 입대 전, 연자의 집으로 가면서 상상했던 장면이다. 그 장면이 실제 경험한 것처럼 인태의 기억에서 선명하게 떠올랐다. 현실의 인태가 느낄 마지막 기억이리라.

눈을 감은 인태는 기억 속 상황으로 들어갔다. 인태의 양쪽 옆으로 연자와 지안이 앉아 있다. 식사를 하며 웃고 떠드는 세 사람의 웃음소리가 인태의 귓가에 시냇물처럼 흐른다. 인태는 미소를 지었다. 상상 속 기억이 눈물을 타고 현실에서 흘러내렸다.

알츠하이머…

예전에는 낯선 단어로, 어느덧 익숙한 단어로, 이제는 머지않아 내가 맞이할지도 모르는 단어로.

내가 알츠하이머라는 단어를 느낀 변천사다.

늘어난 수명과 그로 인해 생기는 부산물들, 그중에 가장 치명적인 것은 치매가 아닐까. 세상에 존재했던 자신이 그리고 기억이 사라지는 것을 인지하지 못하고 삶의 끝에 서는 것에 여전히 마음이 온전하게 닿지 않는다.

이 소설을 쓰면서 두 가지가 힘들었다. 소설 속 인물인 강인태와 치매 노인인 송연자를 향한 내 마음이 완전히 상반되어서, 한 사람에게는 감정이입이 과했고, 다른 한 사람에게는 그렇지 않았다. 서로 다른 두 가지였지만 내 감정은 하나였다. 슬프고 답답하다는 것. 그래서 이 소설을 빨리 끝내고 싶었지만, 마무리를 해도 불편한 감정은 부스러기처럼 나에게 붙어있는 것 같다.

나의 부족한 소설이 책으로 나오기까지 고생하신 휴앤스토리 김양수 사장님과 직원분들께 진심으로 감사를 드리고, 소설 쓰는 데 도움을 주신 부천 가은요양원 김지연 원장님께도 감사를 전한다. 아울러 전국의 노인 관련 시설에서 묵묵히 일하시는 모든 분들께 고개 숙여 감사를 전하며 글을 마친다.

2022년 8월 어느 날
이바하

참고문헌

동아일보, 2019년 6월 21일 기사. '아내 살해한 사실조차 기억 못 하는 치매노인 사건이 재판부에 던진 숙제'

디멘시아 뉴스, 2020년 2월 14일 기사. '국내 최초 치매살인 치료적 사법 판결…향후 영향은?'

중앙일보, 2020년 2월 10일 기사. '아내 살해 치매노인' 법정 대신 병원에서 선고…'치료적 사법' 첫 적용

연합뉴스, 2014년 2월 10일 기사. '첨단 과학수사기법이 14년 전 강도 살인범 잡아'

알츠하이머 속으로

초판 1쇄 인쇄 2022년 08월 10일
초판 1쇄 발행 2022년 08월 18일
지은이 이바하

펴낸이 김양수
책임편집 이정은
교정교열 채정화

펴낸곳 휴앤스토리
      출판등록 제2016-000014
      주소 경기도 고양시 일산서구 중앙로 1456 서현프라자 604호
      전화 031) 906-5006
      팩스 031) 906-5079
      홈페이지 www.booksam.kr
      이메일 okbook1234@naver.com
      블로그 blog.naver.com/okbook1234
      포스트 post.naver.com/okbook1234
      인스타그램 instagram.com/okbook_
      페이스북 facebook.com/booksam.kr

ISBN 979-11-89254-71-1 (03800)

휴앤스토리, 맑은샘 브랜드와 함께하는 출판사입니다.